JN001575

Sabrina & Corina

Kali Fajardo-Anstine

サブリナとコリーナ

カリ・ファハルド＝アンスタイン
小竹由美子 訳

目　次

SABRINA & CORINA: Stories
by
Kali Fajardo-Anstine

Illustration by Hiromi Chikai
Design by Shinchosha Book Design Division

サブリナとコリーナ

芸術家たちを創り出した、わたしのママとパパへ

真夜中の絨毯には子供時代の炎が描かれ
スペイン風の作法と母上のクスリを持ち
カウボーイの口と、門限の栓を持つ
きみに誰が抵抗しようとするでしょう？
悲しい眼をしたロウランズの貴婦人よ

——ボブ・ディラン

（『The Lyrics 1961-1973』佐藤良明訳）

Sugar Babies

ふつう、コロラド南部の土は硬くて粉っぽいのだが、その春は雪が積もったあとに尋常ではない大雨が降った。八年生だったわたしの同級生の男子たち何人かが、この地面の状態は戦争ごっこにもってこいだと考えた。父親の物置からシャベルやつるはしを借りてきて、道具を自転車のハンドルバーにのっけると、わたしたちの町サグアリータの西の端へと出かけた。風に揺れる絹のような草が、女が枕にぎゅっと顔を押し付けて寝ているように見える土地、日中は金髪、夜は黒髪の美女だ。

最初に骨を掘り当てた男の子はロビー・マルティネスだった。錆びたシャベルのなまくらな刃で掘り当てたのだ。最近水浸しになったばかりの地面から色褪せたもろくて白いものを拾い上げた彼は、ただの紙切れみたいに風下に放り投げた。「見ろ」と彼は、お祈りしているみたいに跪（ひざまず）いて言った。「おいみんな、こっちへ来て見てみろ」

ほかの男の子たちが集まってきた。地面には、黒いジグザグの模様が入ったボウルのかけらが幾つか転がっていた。それらのボウルの破片の横には、人間の歯が、干からびた黄色いトウモロコシの粒みたいに散らばっていた。頭上では、サングリ・デ・クリスト山脈のいちばん高い峰の後ろへと太陽が沈みかけている。空はどんよりと淡い色で、膨らんだトカゲの腹が頭上を過って いるかのようだった。

「触るなよ」とロビーが言った。「どれにも。誰かに話さなくちゃ」

そして彼らは話した。町じゅうに。まるで誰もが目撃者みたいだった。

男の子たちの発見から数日後、わたしたち八年生最後のプロジェクトが発表された。全員が体育館に集められた。先生たちは技術クラスの男子と家庭科クラスの女子をいっしょにした。わたしたちはロープがぶら下がったりバスケットボールのリングがあったりする下で十列になってあぐらをかいた。古いソックスに突っ込んだテニスボールみたいな臭いがして、コンクリート壁には紫のビニールが貼ってある——おそらくドッジボールのときの怪我を最小限に抑えるためだろう。頭のおかしい人を入れておく部屋みたいだ、とわたしは思った。

出目のおばさんで、首はキリンみたいだけど胴体はサイみたいなシャープリー先生が、わたしたちの前の木箱の上に立った。「中学校生活の、残る二週間」と先生は言った。「みなさんには別の命の世話をしてもらいます」先生はそれから後ろの食料品店の紙袋のなかへ手を入れて、C&H印の純粋甘蔗糖を一袋取り出した。「シュガー・ベイビーです。みなさんそれぞれ自分のシュガー・ベイビーを育ててもらいます」

上の学年の子たちが悪名高い学校プロジェクトのことを噂していた。子ブタの解剖や、評判の悪い「成長と体の変化」、炭酸ガスボンベを使ったロケット打ち上げ、タバコの煙で黒くなった牛の肺の話は聞いていた。でも、こんなのは誰からも聞かされていなかった。

「シュガー・ベイビーには多くの責務が伴います」シャープリー先生はそう話しながら箱から降り、砂糖の袋を抱えて行きつ戻りつした。食事を与えたり、絆を築いたり、予算を立てたりといったことがうまくできるかどうかで成績がつけられる、と先生は説明した。それからオムツの説明書きをまわした。

「ぜんぶひとりでやるんですか？」ソラナ・セグラだ。わたしの後ろに座っていて、いつもめそめそした物言いで、語尾がどれもちょっとうめくみたいな感じになる。「シングルマザーとかみたいに？」

列の後ろのほうで、男子がしわがれ声で叫んだ。「だけど、僕が父親じゃないことはDNAで明らかだ」

みんながどっと笑いだし、シャープリー先生が指を二本挙げて静かにしなさいと合図した。

「もちろんそんなことはありません。ちゃんとパートナーといっしょにやるんです。名前を引きます」

ペイレスのフラットシューズを履いた補助教員がマジシャンのアシスタントみたいにシャープリー先生のほうへ駆け寄った。それぞれピンクとブルーのキラキラ光る素材で飾ったフォルジャーズ・コーヒーの缶を、二つ持っている。シャープリー先生は砂糖袋を置くと、補助教員から缶を受け取ってそれぞれよく振った。ピンクの缶から先生が最初に引いた名前はミミ・ヤズィー、彼女は立ち上がるとこそこそと前へ出て両腕に顔を埋め、シャープリー先生は彼女のパートナーの名前を呼んだ、マイク・ラモス。こうして辱めが繰り返され、何度目かでわたしはロベルト・

マルティネス、あの骨の男の子とパートナーになった。

　放課後、ロビーとわたしは外のブランコに腰かけた。彼は痩せこけた子で、しょっちゅう唇がひび割れ、鼻の頭にうっすら雀斑(そばかす)が散っていた。サッカーをやっていて、いつも着古したブルーのウィンドブレイカーを着て、ストライプが三本じゃなくて四本の、まがい物のアディダスのスニーカーを履いていた。シュガー・ベイビーは彼の膝にちんまりと収まり、棒のような両腕のあいだでそっとバランスをとっている。彼の黒っぽい眼はとても大きくぱっちりしていて、茶色いハトの卵が二つ並んでいるよう。そして、甲高く震える声でしゃべった。「僕たち、名前をつけなくちゃいけないんだよ。君がつけたい、シエラ？」

「ううん、あんたがつけてよ」わたしはブランコを上へ漕いだ。「それと、今晩はあんたが家に連れて帰ってよね」ブランコが下へ降りる。「明日はわたしがみるから、といっても、そうしなきゃならないんなら、だけど」

「いいよ」と彼は答えた。「ミランダはどう？　うちのおばあちゃんの名前なんだ」

「なんでもいいよ」わたしはため息をついてブランコの上で体を後ろにそらせた。「おばあちゃんの名前をつければ。家族全員の名前をつければ。かまわないよ」わたしはどんどん漕いで、錆び付いたチェーンをぴんと張らせた。それから飛び降りて、じゅくじゅくの砂利の上に両足で着地した。そして家へ帰った。

「ありゃあすごいな」翌朝いっしょに朝ご飯を食べながら、父が言った。電子レンジの上の我が家の小さな白黒テレビに、発掘現場の航空写真がニュース番組で映し出されていた。大地は、指(ゆび)

貫(ぬき)や磁器の小物類の代わりに古代人の破片を収めた巨大なシャドーボックス(思い出の品を収めた額)みたいだった。

「わたしたちも見に行ける?」最後のコーンフレークをスプーンで口に運びながら、わたしは訊ねた。

「嫌がられるんじゃないかな」父はテレビに目を向けたまま答えた。父のまぶたの周りには深いしわが刻まれていて、髪は完全に銀色、両手はコロラドの太陽の下で長年屋根職人として働いてきたせいでシミだらけだった。祖父だと思われる、ということが起こりはじめていた。

「なんで? わたしたちが見に行ったっていいじゃない」わたしは流しに行って汚れた皿をぽんとなかに置いた。「わたしたちの土地だよ。わたしたちの先祖でしょ」

父は顎を掻いた。父の指には細いトルコ石の指輪が嵌められていたが、以前はそこに金の結婚指輪が嵌まっていた。「皿を流しに置きっぱなしにするんじゃない」と父は言った。「何回言えばいいんだ、シエラ?」

わたしは引き返すと、自分のボウルを洗った。「本気だよ。行きたいの」

「ここじゃ、ああいうことはいつも起こる。べつに特別なことじゃないよ」

わたしにとっては初めてのことだと言いながら、緑と黄のスポンジで皿をこすった。乳白色の水が排水口の黒いゴムの唇を大きな音をたてて流れ落ちていく。もう一度ボウルをすすぎながら、流しの上の窓から外を見た。晴れ渡った朝で、遠くの山並が澄んだ青の巨大な波のように見える。まるでその海面を航行してくるかのように、ボンネットブラをつけた小さな白いピックアップトラックがうちの通りをやってきて、我が家の玄関へ続く砂利道へガタガタ入ってきた。トラックのフロントガラスの奥には黒々とした長い髪が見え、とても長い真っ赤な爪がハンドルを握っている。銀のロザリオがダッシュボードの上にぶらさがっていた。

「パパ」わたしは肩越しに呼びながら、穿いていたジーンズで手を拭った。

父は腰を上げるとわたしの後ろにすっくと立った、革と土のにおいがした。「あいつ、また帰ってきたみたいだな」父はちょっと唸って口のなかでぐちゅぐちゅやると、卵黄のような汁を流しにぴゅっと吐いた。「さあ行け、シエラ。お前の母親に挨拶してこい」

母が初めて出ていったのは三年まえだった。ある朝、母が朝食を作ってからだった。母が鍵とコートを持って我が家の冬枯れの庭を、靴を履かずに歩いていくのを、わたしはじっと見ていた。母は雪のなかに、鳥のように微かな足跡を残した。あとで、どうして母は出ていったのかと父に訊ねると、父はこう答えただけだった。「人間ってのは不幸だと、自分はなにかもっと大きなもの、家族とか、国民とか、部族でもいい、そんなものに属してるっていうのを忘れてしまうこともあるんだ」

母はときおり一日か二日、忘れたネックレスやバッグを取りに帰ってきたが、そのうち父は寝室にあった母のものを床下の箱のなかに入れてしまった。母はたまにしかやってこなかったので、わたしは母なしで暮らすことを学んだ。さいしょは簡単ではなかった。学校や教会で面白い話を耳にすることがある、するとまずこう思う、**ママに聞かせなくちゃ**。でも時が経つうちに、母といたい、母にいろいろ話したい、母の一部でありたいというあの強い思いは消えてしまった。母がいつも消えてしまうのと同じく。

母が戻ってきてさいしょの夜、エプロンが見つからなかったので、母は父の古いTシャツを着て夕食を作った。キッチンのテレビで『エンターテイメント・トゥナイト』を大きな音で流しながら、母はポークチョップを流れ出る脂でじゅうじゅう焼き、グリーンチリをこってりのせた。コーヒーテーブルで数学の宿題をやりながら目をあげるといつも、母がキッチンでガラクタを入れた引き出しやキャビネットを探しまわっているのが目に映った。何を探しているんだろうと思って、手伝ってあげると声をかけようか考えたものの、母がこの家でまた何を見つけようと見つけまいと自分にはどうでもいいことだと思いなおした。

しまいに母が父とわたしを大テーブルへ呼び、わたしは自分の砂糖袋――ミランダ・マルティネス゠コルドバ――をバックパックから引っ張り出した。「晩ご飯だよ」とささやいて、油性マーカーで描いてやった顔をほれぼれと眺めた。目はぱっちりと大きくて、短い睫毛が生えている。口元は満足そうにちょっとにっこり。

「あなたの大好物よ」父に皿を手渡しながら、母は言った。父は皿をさりげなく頭上でくるっと回すと、テーブルの自分の席へ置いた。二人とも何事もなかったかのようにふるまっている、母はずっと家にいてキッチンで料理してた、みたいに。父が嘘つきのような気がした、何も問題ないというふりのできる人間みたいな。だって本当は、ひたすら悲しいだけなのに？

「シエラ、何か飲む？」母が訊ねた。

「いらない」わたしはミランダの口を覆いながら答えた。「何もいらない」

「あらやだ」と母は言った。「あんたは大人の女になりかけてるのよ。女にはビタミンと栄養が必要なの。牛乳を飲まなくちゃ」

母は食器棚を開けた。レンジの横の小さなやつで、以前はコップ類を入れてあったのだ。でも父がナイフをひょいと動かして母に教えた。「流しの左だ」

母は首を傾げ、口元に強張った笑みを浮かべてみせた。牛乳を注ぐと、母はコップをわたしの前に置き、ちらっとミランダを見た。ロビーはミランダに妹のお古のピンクストライプのつなぎを着せていた。「あんたのお人形にも一皿要る？」

「お人形じゃない。それにまだうんと小さいから固形物は食べられないの」

母は笑い、自分の席について、父がお祈りを唱えるあいだ目を閉じた。ミランダとわたしは目を開けたままだった。母は古いTシャツを脱いで、あちこち糸のほつれた白い花の刺繍がある青いワンピースを着ていた。母の唇は薄くなり、わたしの記憶よりも黒髪が短かかった。昔は銀しか身に着けなかったのに、金のネックレスをしていて、ブロンズ色の肌で細いブレイデッドチェーンが輝いていた。

みなでアーメンと唱えたあと、両親は十字を切り、母は赤みがかった茶色の目を開けた。泥を盛り上げたみたいなアイメイクだ。「あのね」と母は言いながらわたしのほうを向いた。「塩が切れたみたいなの。あんたにお隣へひとっ走りして、ケリーの奥さんにちょっと貸してくれって頼んでもらおうかと思ったんだけど」

「あの人死んだよ」わたしは背中を丸めて顎をミランダの頭にのっけた。

「ええ？」

「あの人はもう生きてない」

父が静かに言った。「ケリーのおばあさんは去年の冬に亡くなったんだ、ジョージー」

母は声を出さずに「ああ」と口を動かし、自分の皿に目を落とした。母はそそくさと謝り、みなで黙って夕食を食べ続けた。頭上ではシーリングファンがくるくる回って空気をかき混ぜ、涼しい波をそれぞれの上に送っていた。母も父もずっとちらちら目を見交わしている――笑って、噛んで、笑って、飲んで、そしてまた笑う。しばらくすると両親の陽気さにむかついてきて、牛乳の残りを飲み干した。それから、なるべく大きな音をたてて空になったコップをテーブルに叩きつけるように置いた。

「でさ、ジョージー」とわたしは言った。「なんでデンバーからのこのこやってきたわけ？　それとも、いつも車でまわっては、みんなのためにポークチョップ料理してんの？」

「シエラ」と父が怒鳴った。「自分の母親を名前で呼ぶんじゃない」父は首を振り、わたしは父の厳しい視線を避けた。

母は優しく微笑んだ。「あんたの学校の男の子たちが西のほうで見つけたインディアンのお墓のこと、みんな聞かせて」

急に胃がでんぐり返りそうになって、お腹が消化不良みたいにぐるぐるいった。「そんなのなにも知らない」わたしはミランダを撫でながら答えた。

「知ってるに決まってるだろ」父が口をはさんだ。「あのロベルト・マルティネスって男の子じゃないか、骨を見つけたのは。お前のパートナーだろ、そのシュガーなんとかってやつの。お前の学校のプロジェクトのさ」

「考えてみたら」と母が言った。「あの骨はずっとここサグアリータでわたしたちの足の下にあったのよね」

「それは違うよ」とわたしは言った。「あ、な、た、の足の下にはありませんでした」

母はちょっとくすくす笑いした。「わたしはここに長いあいだいたのよ、シエラ。サグアリータのことは多少知ってると思うけど」

何も知らないよ、と言ってやりたかったけれど、膝に目を落として黙っていた。夕食のあと、わたしは自分の部屋で座りこんで、冷たい白いドアに耳を押し当てた。くぐもった低い声が聞こえた、居間で父が母に車の道中のことを訊ねている――道路の状態、春の突風、シロイワヤギがふらふら道へ出てこなかったか。なぜ戻ってきたのかとか、俺たちのことが恋しくなったのかとかは訊かなかった――そんな質問のことを考えると、わたしの胸は苦しくなる。わたしはドアから離れて、ミランダを隅っこに放り投げた。


「この子一晩じゅう泣いてたの。わたし、ぜんぜん眠れなかったよ」翌朝、そう言いながらミランダをロビーの腕のなかに押しやった。外の、ブランコのそばのいつもの場所で、授業の始まる三十分まえに待ち合わせたのだ。肌寒くて、空気はパンケーキの朝食と霜みたいなにおいがした。

「なんでこの子が泣くんだよ？」と彼は訊ねた。「ただの砂糖だぞ」

太陽が昇ってきた。光が大地にピンクと金色のビロードのような筋になって降り注いだ。これは天使がクッキーを焼いているのだと以前母から聞かされたことがあった。「それが赤ん坊のやることでしょ？　泣いてウンコして、そしてもっと泣くのがね？」

「おい」ロビーのひび割れた唇が横に寄った。「この子の服はどこだ？」

「なくなった」

ロビーはため息をつくと、自分のバックパックに身をかがめた。前のメッシュポケットからオムツを取り出した。「ここで着けるんだ。昨日の夜と同じオムツだと、減点されちゃうよ」ミランダを砂利の上に寝かせた彼は、その朝わたしが描いたばかりの悲しげで眠そうな新しい顔を見て、眉をひそめた。ミランダの睫毛はタランチュラみたいで、口はへの字だった。ロビーはオムツを不器用にいじくりまわし、横のくっつける部分を何度もやり直した。

「あのさ」とわたしは彼の前に立ちはだかって言った。「どんなだった？」

「なにがどんなだったって、シエラ？」

「あの、死んだ人を見つけたじゃない。怖かった？」

ロビーはオムツを留めた。ミランダの黒いマーカーで描いた顔をよしよしすると、弾みをつけて立ち上がった。「怖くはなかった」と彼は答えた。「だけど、変な感じでさ、ね？ 僕たちずっとここに住んでて、地面にああいう昔のが埋まってるのを誰も知らなかったなんて」

「だろうね」わたしは父が青みがかったハンモックをかけていたうちの庭のピニョン松のことを思い出した。この木々の根っこはね、と父は言ったものだ。きっと俺たちの祖先、スペイン人とインディアン両方の死体を養分にしてるな。わたしはいつも松の木陰で遊んで、両手にそれぞれ石を握りしめて実を割っていた。硬い殻をはがして、柔らかい中身を口に放り込む。でも、のみこみはしなかった。ほんのちょっとでも死が、土だかなんだかに由来する死が自分の体に入りこむのが怖かったのだ。「ここじゃなんでもが古いんだよね。なんでもが」

ロビーはうなずいた。彼はミランダを、小さな女の子たちが人形でやってるのしか見たことがないような仕草で前後に揺すっていた。「君のお母さん、また帰ってきたらしいね。レインボー・マーケットでポークチョップ買ってるのを、うちのおばあちゃんが見かけたって」

わたしはエナメル革の靴を履いた足を引きずって砂利を蹴飛ばした。わたしたちのあいだに埃が舞った。「あのクソ女、帰ってきた」

ロビーはミランダの耳を覆うふりをした。「おい」と彼は言った。「お母さんのこと、クソ女なんて言うな。もしも自分がミランダにクソ女って呼ばれたらどうするんだよ？」

「赤ん坊がしゃべれないのはいいことかも」とわたしは答えた。「特に砂糖でできた赤ん坊はね」

ロビーはにやにやしながらミランダを空中へ抱き上げた。ちょっとの間空へ上げておいてから、また下へ戻した。「君のお母さんが『プレーリーの日』の僕たちのグループ・リーダーだったときのこと、覚えてる？」

「うん」わたしは小さな声で答えた。

「で、君のお母さんが幽霊が出るって言った古い納屋をみんなで探して迷子になっちゃってさ？そしたらお母さんが、オレオを三袋食べさせてくれたんだよね？　でさ、君が茂みのなかでトイレしなきゃならなくなって」ロビーは笑った。でもわたしが顔をしかめると、さっと真面目な顔つきになった。「お母さん、今度はなんで戻ってきたの？」

学校のベルが鳴った。十分後には授業が始まる。わたしたちはバックパックに手を伸ばし、玄関へ向かった。わたしはロビーの腕からミランダを抱き上げた。「あの女のことなんか、誰にわかるっていうのよ。もしかしたら発掘現場を見たかったのかも。それか、昔の生活のなかで休暇を過ごしたかったのかも」

一週間もすると、母はミランダと同じくらい我が家に溶けこんだ。これはつまり、あんまりうまく溶けこんでないということだ。父だけのときには、遅くまで働いているので、たいていは冷凍ピザを温めるかインスタントのマカロニを作るのがせいぜいのところだった。紫色の小さな我が家は散らかっていることが多かった、わたしたちにはそれぞれやることリストがあって、日曜日にやっつけてはいたんだけど。母が戻ってきたら、家には新しい秩序が、違うリズムができた。母は体には良くないけれど心がほっこりする食事を作り、家にはいつもベーコンの脂やレッドチリパウダーの強いにおいが漂っていた。母は掃除もした。ラジオの音楽――オールディーズとかホンキートンクとかのくだらないやつ――に合わせて腰を振りながら箒を持ってくるくるまわった。たいていの夜、仕事から帰ってきた父は玄関でブーツの紐をほどくと、母の細いウエストに腕をまわした。二人はいっしょに音楽に合わせて体を前後に揺する。胸が悪くなった。

学校から家に帰ると、毎日母がわたしのベッドを整えて、枕の上方に動物の縫いぐるみを積み重ねている。わたしはすぐさまぜんぶ床に投げ捨てた。母はまた、春と綿雲を思わせる人工的なにおいを発散させる洗剤でわたしの服を洗い、丹念に靴下を揃えた。わたしが久しく味わったことのない贅沢だ。ある午後、わたしがソファに座ってちゃんと揃った靴下を履いた足をひじ掛けに投げ出していると、母が横を通って、ハエでも叩くみたいにわたしの足を叩いた。「家のなかでなにやってんのよ？　気持ちのいいお天気なのに」両腕をぎゅっと脇にくっつけている。明るい色のチュニックと黒いレギンスという姿の母は、一九六〇年代のグラマー・モデルみたいだった。母はまだ若かった、ほんの三十代半ばだった。

「外はブタの脇の下より暑いよ」わたしは首を伸ばして母のむこうにあるテレビを見た。ハーバルエッセンス・シャンプーのコマーシャルをやっていて、長い髪の女が流れ落ちる水の下で、あと言っていた。

「あんたってほんとに言葉遣いが汚いのね」と母は言った。「それから、ブタには脇の下なんてありません、天才さん」母はなにか探すようにソファのクッションを持ち上げはじめた。「ねえ、あのあんたが持ち歩いてる砂糖袋はどこ？　学校の、あんたの小さな赤ちゃん」

「父親のとこにいる。週末までね」

「へえ」と母は言った。「さあ、ソファから降りて。ドライブに行くよ」

最後に母と二人きりで車に乗ったのはいつだったか、思い出せなかった。「ええ？　どこへ？」

母はにこっとした。口元の綴じ目は赤い口紅で彩られている。「今にわかるわ」

わたしたちの車は発掘現場を見渡す急傾斜の丘の上に停まった。眼下では、白い帽子をかぶってカーキ色の短パンを穿いた考古学者たちが、掘り返された地面にアリが侵略していくみたいに群がっている。調査区域は、縦横が浅い公共プールくらいの大きさで、人間の体のサイズの四角形に分けられていた。空は雲ひとつなく青く、太陽の金色の球体があるだけだ。地平線では地面と大気がぶつかっていた。母はわたしの前に立って両腕を伸ばし、役に立たない翼みたいにぱたぱたさせた。風が母の髪に吹きつけ、髪を顔に巻きつけて、目を黒で覆った。母が家に帰ってきてから初めて、以前母をどれほど美人だと思っていたか、わたしは思い出した。小さかったころ、わたしは母のサテンのネグリジェやレースのブラでおめかしして遊び、その軽さにうっとりしながら、自分もこんな衣類を持てるようになるんだろうかと思ったものだった。

「どう思う？」と母は訊ねた。「きれいじゃない？」

わたしは肩をすくめて、母の横に立った。風が母のジャスミンの香りを運んできた。「この土地に丸ごとのみこまれそうな気がしたことない、シエラ？　この美しさがぎゅっと迫ってきて、ガラガラヘビの口のなかにいるみたいな気がすることない？」

「こんなのいつも見てるもん」とわたしは答えた。「それに、生きたままなにかに食べられる気分になんかならないよ」

母はわたしをちらと横目で見た。「そのうちそう感じるよ。もしかしたらわたしのときより遅いかもしれないけど。子どもを持つとそんなふうに感じるものなの。結婚。人生。そういったこといろいろ」母はわたしの背後にまわるとかがみこんで、冷たい両手ですっとわたしの目を覆った。「やってみて。目を閉じて風にむかって腕を伸ばすの。感じるから」

わたしは両腕が吹き上げられ、流されるにまかせた。閉じたまぶたの裏側で映像が万華鏡のように展開した。十歳だったあの日、母が初めて出ていく直前の情景が蘇った。母はわたしを、ニューメキシコの祖母が生まれたプエブロ集落へ連れていった。母はわたしの手を握って、小さな日干しレンガの教会へ入っていった。母は爪を赤く塗った指先で信者席に触れながら、わたしを引っ張って祭壇へ近寄った。わたしたちは横の部屋に入り、そこで長くて細い棒についた白い蠟燭に火を点けた。母は煙とともに空にむかって、愛する人たち全員のために祈りを唱えた。でもわたしはたったひとつのお祈りしかしなかった。**お願いです、**とわたしは聖母に嘆願した。**わたしのお母さんをこれ以上泣かせないでください。**母がこっそり泣いている姿を見ては、気がめいっていたのだ。喉元ですすり泣きを押し殺している姿に——レンジ台で、浴槽で、家の横の枯れた菜園に膝をついて。

目を開けると、母はわたしの横にいて、顔に妙に虚ろな表情を浮かべていた。「感じた？」と母は訊ねた。

「ううん」わたしは答えた。「なにも感じなかった」首筋と腕に鳥肌が立っていた。「風が強くて寒いだけ」

「よし、シエラ。じゃ、家に帰りましょ。夕食の支度にかからなくちゃ」

母はピックアップトラックに向かい、わたしは丘の端のむこうの発掘現場をもう一度見下ろした。考古学者たちは幾つかの小さなグループになっていた。掘り返された土の濃いにおいが吹きつけてきた。すべてが、恐ろしいほど静かだった。世界はこんなにも静かになることがあるんだ、とわたしは思い、そして、母の横に立ったあの一瞬、母はわたしを丘の中腹にそのまま永遠に置き去りにしてしまうのではないかと不安になったことを思い出した。


「眼球乾燥症」とシャープリー先生が言った。「これはあなたたちの赤ちゃんがかかるかもしれない、たくさんある子どもの病気のひとつです」それは次の月曜日、シュガー・ベイビーの最後の週のことだった。体育館でまた集会が開かれた。わたしの前の子二人は自分たちの赤ん坊を毛布でくるんでいて、まわりにはぎょろ目と赤い毛糸の口を貼りつけている子もいた。ロビーはわたしの隣にミランダを抱いて座っていた。ミランダは際立っておしゃれに見えた。その朝わたしはキルティングの枕カバーをムームーみたいに巻きつけてきたのだ。

「なによりも」とシャープリー先生は続けた。「眼球乾燥症はビタミンA欠乏症であり、涙が作れなくなります」

わたしはロビーのほうへ身を乗り出した。「あんたがその病気にかかればいいのに。そしたらわたしがミランダに描きこんでもメソメソ言わなくなるでしょ」わたしは最近ミランダの背中に十字架と錨を描いたのだ。タトゥーだよ、とわたしは説明したのだけれど、ロビーは、ミランダが便所の壁みたいに見えると言った。

「この子は赤ん坊なんだぞ」彼は目を閉じて言った。「赤ん坊にはタトゥーなんて要らない」

「砂糖だよ」とわたしは言った。「この子は砂糖袋だよ」

「さて、ちょっと考えてみてください」とシャープリー先生が両腕を宙で振りながら言った。「自分が泣くときのことをぜんぶ思い出してみて。幸せなときのこともあれば、悲しいときのこともあります。でも、泣くのは自然なことです。いちばん最近泣いたときのことを、ちょっと思い出してみましょう」

体育館は静かになった。頭上で蛍光灯が発する音が聞こえるだけだ。生徒たちはいちばん暗い、いちばん悲しい思い出にとりつかれたかのように項垂れていた。わたしはほかの生徒たちが年取って死んだ祖父母や折れた骨のことを回想し終わるのを待った。

「さて、お父さんお母さんたち」とシャープリー先生は言った。「泣けないというのはつらい状況だというのがわかるでしょう。宿題として、子どもがかかる病気についてそれぞれ調べてください。明日、病気のクジを引きます。病気にかかる赤ちゃんもいれば――現実の人生と同じく――かからない赤ちゃんもいます。クジ運しだいです」

その日のもっとあとになって、わたしが家へ帰ろうと歩いているとロビーが急いで追いかけてきた。バックパックが本人より滑稽なほど幅広い。「君がミランダを連れて帰ってくれよ」と彼は言った。「僕は今夜、サッカーがあるんだ」彼は巨大なバックパックからミランダを取り出すと、ゆっくりわたしに渡した。なんだかいつもより重かった。

「いったいこの子になに食べさせてたのよ?」わたしは訊ねた。

ロビーはミランダの腹を撫でた。「なんか変な感じだったよね、シャープリー先生に泣いたときのこと訊かれたの」

「あの先生、ほんとどうかしてるよ」とわたしはミランダを膝にのせながら言った。空は果てしなく青く、紙切れみたいな雲がちらほら浮いている。なんとなくミランダを傾けて空を見せてやっていた。「で、いつよ、ロビー? いちばん最近泣いたのって?」

「そういうのはプライベートなことだ、シエラ」

「ロベルト・マルティネス、わたしはあんたの子どもの母親だよ。そういうことも知ってて当然でしょ」

「わかった」ロビーは大きく息を吸った。「骨を見つけたあと、あの夜目が覚めたら、ベッドの足元に骸骨女が見えたように思ったんだ。女が誰かはわからなかったけど、あとになっておばあちゃんが、それはドーニャ・セバスティアナ、グリム・リーパーの女性版だって教えてくれた。死神だ」

「あんた、怖い夢を見て泣いたの?」

「違うよ、シエラ。あれはそれ以上だった」ロビーは頭を掻き、頭皮からじゃりじゃりいう音がした。「君はどうなんだよ? いちばん最近泣いたのはいつ?」

わたしは区画のむこうの、紫色の小さい我が家のほうを見た。母のピックアップトラックは私道になかったので、またポークチョップを買いにレインボー・マーケットへ行ったんだなと思った、でも一瞬、胸の奥で何かがずきんと疼いた。母はまた行ってしまったのではないか、今回は永遠に、という胸を蝕む不安が。わたしはぱっと走り出して全力で家へ向かった。「わたしは泣かない」と肩越しに叫んだ。「泣くのはちっちゃな女の子と赤ん坊だけだよ」

「新しいタトゥーを思いついたんだ」わたしはミランダに言った。ミランダはキッチンテーブルの上で、差し込む陽光の帯に照らされて強張った体を左に傾けて座っていた。わたしはガラクタを入れた引き出しをかきまわしてマーカーを探していた。窓をぜんぶ開け放したので、数日ぶりに家が豚肉くさくなかった。山並と砂漠、雨とセージとヒマラヤスギがひとつになった濃厚なにおいが漂っていた。引き出しには輪ゴムと切れた電池しかないとわかって、わたしは言った。「だいじょうぶだよ、虫歯袋ちゃん。わたしの部屋にマーカーが何本かあるからね」

自分のベッドの下の、へたっていないカーペットの上を這った。綿埃や髪の毛の塊だらけだ。画材を詰め込んだ靴の箱を探していたのに、結局代わりにわたしの「私有財産」箱を引っ張りだしてしまった。映画のチケットの半券や、昔の日記や母からのバースデーカードを入れておいた箱だった。母のカードは手作りで、デンバーの街なかの陽当たりのよいアパートにいる母がわたしの頭に浮かんだ。窓は室内用の鉢植えやサボテンで覆われ、そこを透かして差し込む街の灯が、ソファで切手をなめたり自分の昔の住所を書いたりしている母を照らす。

自室の床に座ったわたしは、両脚を広げ、バースデーカードを紙吹雪みたいにまわりに撒き散らし、とがった縁や滑らかなリボンに指を走らせた。十一歳の誕生日のものがあった、母が出ていってから初めてのカードだ。紫と金色の紙を手に取り、それから、温かく脈動する動物の心臓を扱うようにしてカードを開けた。母はマリゴールドの花を三つなかに入れていて、花は手のなかで危うく粉々になるところだった。

わたしのベイビー、シエラへ。今日はあなたのお誕生日。あなたが生まれたとき、これからはなにもかもが変わるんだってわかったの、一日一日があなたの日になる、同じままでいるものはなにもないんだってね。

わたしはベッドに上がって、ミランダに寄り添った。「これ見て」わたしは話しかけた。「わたしのお母さんからだよ」ミランダの悲しそうな顔を眺めて、ほんの一瞬、ミランダが本物の赤ん坊だと想像してみた、呼吸したり泣いたりする赤ちゃんだと。唇のほうへ引き寄せて、おでこにちょっとキスした。「わたしって、あんたにちゃんと優しくしてるのかな」わたしはささやいた。

そのとき、母が戸口に立っているのが目に入った。弱々しくぐったり壁にもたれている。赤みがかった茶色の目はメイクしていなくて、髪は頭のてっぺんでぞんざいにおだんごになっていた。
「あんたはその子をちゃんと世話してるよ」
「この子はほんとの赤ん坊じゃないよ」とわたしは答えた。

母はわたしのほうへやってきた、なんの無理もない自然で優雅な身のこなしで。わたしのベッドの足元に、背中をまっすぐ伸ばし腕もまっすぐにして母は腰かけた。緊張しているように見えた——降りかかってくる危険を前に猫が背筋をぴんと伸ばすみたいに。「あんたたち子どもにこんなことやらせるなんて、なんか変よね。あんたたちはまだ十三なのに、だけど、心構えをさせておこうっていう考えはわかる気がするけど。二週間砂糖袋を抱えさせられたからって、新しい人生の心の準備ができる子なんていないけどね」

わたしはミランダを引き寄せて、キルトで包まれた真ん中の部分に親指をもぞもぞ這わせた。「子どもを育てる心の準備なんて、できる人がいるのかしらね。実際にそうなるまえに練習できるようなことじゃないと思うけど」

わたしは肩をすくめて、ミランダを自分のお腹にのっけた。「今日はどこへ行ってたの？」

母はまっすぐ前を見つめていて、その目は無表情だった。「渓谷をドライブしてたの。信じられる？　二羽のタカを見たのよ。風に戯れていた」

タカはサグアリータでは珍しくなかった。六年のときには一単元がまるまるタカにあてられていた。タカは番うまえにダンスし、一時間に二四〇キロ滑空することができ、一生同じパートナーと過ごす。母がタカに目を留めたとは驚きだった。「都会にはどんな鳥がいるの？」とわたしは訊いた。

「カラス」と母は答えた。「やたらカラスがいるだけ」母はちょっと言葉を切るとミランダの睫毛を長くて赤い爪でなぞった。「どのくらいのあいだこの子の世話をするの？」

「あと何日か」ミランダの背中をゆっくり撫でながらわたしは答えた。「こんなのから解放される日が待ちきれないよ。この子、すごくうざいの」

「考えてみて、いつかそれが本物の赤ちゃんになるのよ。もっとずっと大変だから」

「それが問題なんだよね」とわたしは言った。「ミランダは本物じゃない。もし本物なら、わたしはもっとずっと優しくする、ロビーがやってるみたいにね。ロビーのほうがこの子の面倒みるのがうまいの」

母は膝で手をきちんと組んだ。母は指を揉みしだき、わたしたちのあいだに悲しみが静電気のようにぴりぴりと伝わった。「あんたが生まれたとき、わたしは今のあんたより三つしか年上じゃなかった、信じられる？」母はわざとらしく笑うとカーペットに目を落とした。「学校をやめなくちゃならなかった」

「学校へ行きたいと思った？」わたしは訊ねた。

母はため息をつき、わたしの質問を長いあいだ考えた。「学校へ行きたいと思う余裕なんてあったのかな、わたし。とにかく悲しかったんだと思う、でも今は授業を受けてるの。コミュニティ・カレッジでね。あんたもそのうち行けるのよ」

母は口を閉じた。頭からゴム輪を引き抜き、髪が肩や首に垂れ下がるにまかせた。母は輝くように浅黒く、また同時に色白に見えた。母の茶色の目にはちらちら光があった。若く見えた。幸せそうに見えた。「あんたはきっとそのうち芸術家になるよ、シエラ」母はミランダの背中のタトゥーを指さした。「それがわたしのなりたかったものなの」母はにっこりし、わたしたちは二人で笑った。

「ほら」と母は言った。「あんたの髪を編ませて。二、三日はだいじょうぶなくらいしっかり編んであげるから」

さいしょは身をかわしたものの、すぐに母のほうへすり寄ってしまった。いまだに、母があれだけのことをやらかしているのにそれでも母にそばにいてもらいたい自分が、恥ずかしかった。しまいには頭を母の冷たい手に預けて、母にどれほど傷つけられたか忘れようと努めた。母の指はキルトを縫っているようにわたしの髪のあいだを動いた。ミランダを両腕に抱いたまま、母の腕のなかで眠ってしまいそうになった。自分の部屋に午後の陽が差すなか、母のそばで横になりながら、母が遥かな未来にむかって、昼も夜も小さな白いトラックを走らせて山頂から谷へ、雪や熱波や暴風や雷のなかを突っ切っていくさまを思い描いた。母の車のヘッドライトは眩く温かく、町を照らす。そこにはやっと大人になったわたしが暮らしていて、母の黒髪は銀色に、顔はしわだらけになっている。遠くから、母がやってくるのが、嬉しそうにわたしに手を振るのが見える、母の終点だ。


翌朝目が覚めると、父がひとりキッチンテーブルで、オートミールを食べながら新聞を読んでいた。母はどこなのか訊ねたいという気もどこかにあったけれど、母がすでに山道を越えて北へ向かっているのは、デンバーの陽当たりのいい自分のアパートへ戻ろうとしているのはわかっていた。母の椅子までテーブルからなくなっていた。父はシリアルのボウルをさっとわたしに差し出した。それから手で新聞を叩いた。「驚いたね」と父は言った。「あの、尾根のインディアンたち、正式な陳情を出した。発掘現場を閉鎖しようとしているんだ」父の目が新聞越しにわたしの目を捉えた。「見に連れてってやらなくてごめんな、シエラ。そのうちまたべつのがあるさ」

「わたし、見たよ」とわたしは言った。「ママが連れてってくれた」

父はごくんと唾をのみこみ、新聞を振った。雨みたいな音がした。「朝ご飯にオレンジジュース飲むか？　お前が好きな果肉の入ってないやつ買ってあるぞ」

「いらないよ、パパ」とわたしは答えた。「あんまり気分よくないの。学校休んで家にいていい？」

父は白い眉毛をあげた。眉毛は、流しの上のシアカーテン越しにキッチンに差し込む低い陽光に照り映えていた。「そんなに気分が悪いんなら、もちろん休めばいい」

その日はほとんど一日じゅうミランダを腕に抱いてベッドで過ごした。二人で窓枠に置いてあるラジオを聴いた。母の好きなカントリーソングが小さな寝室に満ち溢れ、ときどきミランダを胸にぴったり抱き寄せて身を乗り出して、泣きたい気持ちになった。すると、三時に、ドアをせっかちにノックする音がした。

ロビーがうちの玄関ポーチに、こめかみや口元に汗をにじませて立っていた。

「ここでなにやってんの？」とわたしは訊ねた。「それに、なんでハアハアいってるの？　サボるかなんかしたわけ？」

ロビーは頭を前後に動かした。「大変だよ、シエラ。ほんとに大変なんだ」

「確かにあんたはおサボり名人だよね。そんなに思いつめることないよ」

「違う、そうじゃない。ミランダなんだ」彼は前かがみになって、うんと大きく息を吸った。

「あの子は死んだ」

「ミランダが死ぬはずないじゃない、バカ」

ロビーはわたしをじっと見た、その眼差しには深い悲しみがあった。「今日、病気のクジを引いたんだ。ほとんどの子は悪いのには当たらなかった。水疱瘡（みずぼうそう）が何人かいた。でもミランダは、あの子はＳＩＤＳになっちゃったんだ。君は宿題をやってなくて知らないかもしれないけど、乳幼児突然死症候群のことだよ」

「ＳＩＤＳがなにかくらい知ってるよ」とわたしは答えた。「わたしたちは今度はどうすればいいの？　あの子を捨てちゃう？」

「だけど、そんなことできないよ」ロビーは泣くような声をあげた。「ミランダだぞ」

わたしはしばらくじっと彼を見つめ、目から涙をこぼすまえに彼が何回瞬きできるか数えた。それから言った。「わたしに考えがある」

ロビーとわたしは自転車を、発掘現場を見渡す丘の端近くに停めた。わたしはミランダを黒い枕カバーに包んでいた。まるで赤ん坊の尼僧みたいだった。ハンドルにつけたかごからミランダを出すと、最後にもう一度、顔を空へ向けてやった。灰色の雲の塊が浮かんでいる。霧のパッチワークみたいに均等に大地の上空に広がっていた。「ほら」とわたしはささやいた。「空まであんたのために悲しんでる」

ロビーは丘と発掘現場の境目に、わたしと並んで立った。鶏の手羽みたいな細い腕を伸ばして、ミランダの頭をそっと撫でた。わたしたちはしばらく丘の端に立って、雲がごろごろ唸る音や遠くで雷がパチパチいう音に耳をすませた。穴のまんなかの、狙いをつけやすそうな一点をわたしは選んだ。それから、後ろへ体を傾けて、両腕でミランダを頭上へ放り投げようとしたのだけれど、ロビーに止められた。「ミランダをあそこに投げ込むつもり？」

「ほかになにができるのよ？」

あの大きくて悲し気な目で、彼は発掘現場を見つめた。それから、わたしへ目を向けた。「僕ならもっと遠くへ蹴ることができる」

「わたしたちの赤ん坊を墓へ蹴りこむつもり？」風がわたしの声を、さいしょからわたしのものじゃなかったみたいにもぎとっていった。

「僕はサッカーやってるんだぞ、シエラ」

ミランダをわたしの腕から取り上げると、彼はそっと丘の端に置いた。あの子のぐにゃぐにゃの体はおもに左のほうへ傾いている。ロビーは数歩後ろへ下がると、両腕を振り動かしながらうんと大きなストライドで前へ突進した。テニスシューズが当たった瞬間、ミランダの体はまるでただのヘリウム風船みたいに地面から浮き上がった。ロビーの靴が破った穴から体の中身の砂糖をらせん状に撒き散らしながら、ミランダは宙を旋回した。砂糖は風に飛ばされ、土に白いものが降り注いだ。なんてきれい、とわたしは思った。そしてミランダは、どすんと着地した。

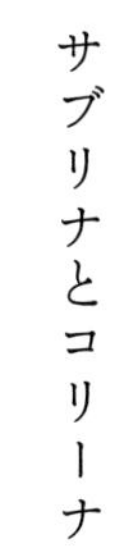

Sabrina & Corina

祖母からの電話で知らされた。まったくの驚き、というのではなかったけれど、それでも四回も訊き返してしまった。「首をくくったの」と祖母は電話のむこうから言った。「そういうことだよ」

　そのときわたしはメイシーズでメイクをしていたところで、その日最後の客の顔を仕上げて車で祖母の家へ行くと、いちばん幼いいとこたちが庭で鬼ごっこをしていた。バッグを頭上に掲げて金網の門扉をくぐっていくと、いとこたちは仲間にいれようとして、わたしの名前を呼びながら周囲を走りまわった。家に入ると、正面の部屋ではロッキーズの野球帽を目深にかぶった父がソファに寝そべっていた。おじのひとりがリモコンを持ってその横に寄りかかっている。もうひとりのおじは古いリクライニングチェアにじっと座りこんで、携帯電話の光る画面を見つめていた。奥の寝室からサブリナの母親が泣き叫ぶ声が聞こえてきた。男たちはたじろぎながらも、音を消したテレビの画面を眺め続けた。誰もわたしが来たことに気づいていなかった。

　台所では、祖母が三つの業務用サイズの鉄鍋を木のスプーンでかきまわしていた。長く伸ばした爪は金色に塗られ、白髪はアップにしてふわっとまとめてある。コルドバ家の葬式はさんざん経験済みだから、鍋のひとつはグリーンチリ、もうひとつはうずら豆、最後のはメヌードだとわかっていた。葬式、結婚式、誕生日――メニューはいつも同じだ。「ほら」と祖母がテーブルの上の生の豚肉の山をスプーンで指しながら言った。「手伝って」

わたしは女たちのあいだに入った。母とわたしは黙々とチリ用の豚を細かく刻んだ。おばのひとりはピッチャーいっぱいにレモネードを作り、もうひとりのおばは玉ねぎを刻み、べつのおばは男たちのためにテーブルに料理の皿を並べた。わたしたちは狭い台所で互いに肩で押しのけあいながら、静かに手際よく働いた。いとこたちが何人かリノリウムの床にあぐらをかき、ペイレスシューズの箱に入った家族写真を選り分けていた。急にサブリナの顔を忘れてしまったかのように、写真を回して眺めている。**このふさふさした長い黒髪**、といとこたちは言う。**この写真のあの子の青い目を見てよ。**みんないつもサブリナに憧れて、お化粧や着こなしを真似ていた。一族の美人であり、華やかないとこであり、みんなの美しい人形だった。あの子たちがべつの面でサブリナの真似をし始めるのは時間の問題だな、とわたしは思った。ひとりはすでに、前夜飲んだくれたまま数学の授業に現れて停学をくらっている。彼女は男の子といっしょにいて、両膝から血を流していたのだった。いちばん年下のいとこが、ボールダーの川辺にいるビキニ姿のサブリナの写真を見つめた。「抜群のスタイルだよね」と彼女は言いながら、自分のお腹をつまんで、あーあという表情をした。

わたしはまな板ごとレンジ台へ持っていって、豚肉をフライパンへ移した。祖母が横に立ち、のど飴のにおいと、わたしが職場から持ってきてあげたサンプルのシャネルの五番の香りが漂った。白内障で青みがかった小さな茶色の瞳がわたしを見る。ちゃんと見えているんだろうか、とわたしは思った。祖母は刻んだ豚肉が茶色っぽくなるまで炒めてから、木のスプーンで少しずつチリに混ぜこんだ。

「あんたはあの子のことをいちばんよく知ってたよね」祖母は唐突に言った。鍋のなかを覗きこんだままで、その詰るような口調は、誰に向けられていてもおかしくなかった。「あんたはあの子のことをいちばんよく知ってたよね、コリーナ」

ほかの女たちの手が止まった。みんながわたしを見た。黒髪のなかから耳が狼みたいにピンと突っ立ちそうな気迫で、わたしの答えを待っている。もう何か月もサブリナとは会っていないし話もしていない、それにその頃にはサブリナはもうわたしが知っている彼女ではなかった、などとは言わなかった。わたしはまな板を流しに置くと、手を洗った。


わたしが十一、サブリナが十二のとき、わたしたちは裸足で祖母の家の屋根裏の窓から這い出して、ポーチの上の屋根に立った。もうほとんど真っ暗だったけれど、足の下の屋根板は夕日に照らされた名残でまだ温かかった。わたしたちは祖母の家のあるウエストサイド地区からの、にょきにょき伸びるデンバーの街の輪郭を楽しく眺めた。超高層ビルが花崗岩の崖のように白々と寒々しく夜空にそびえたっている。近くの六番街の角に建つ、うちの一族の教会であるセント・ジョセフ教会の鐘の音が響き、ステンドグラスの窓越しに室内の明かりがきらめいた。

髪を広げ、組んだ腕に首をのっけて、わたしたちは寝そべった。なんマイルも上の空では、飛行機の赤い光が夜空を進んでいた。サブリナは左手を顔の前にかざし、目に近づけたかと思うとまた離した。爪が青く光り、わたしが作ってあげた友情ブレスレットが手首をずり上がった。

「あんたの、生まれてからいちばん最初の思い出ってなに?」とサブリナは訊ねた。

「思い出せない」

彼女はわたしの腕を軽くたたたいた。「思い出してごらん」

わたしは目を閉じ、すると赤ん坊のサブリナとわたしが山の湖のそばでプラスチックの鏡を編み込んだマリゴールド色の毛布にくるまれているところが浮かんだ。毛布は光を受けて、まるで太陽の一片にくるまれているみたいだった。雲ひとつない空からミツバチが舞い降りてきて、わたしの頬にとまった。

「わたしがハチに刺されたのはあの時だったのかも」とわたしは言った。「わたしたちはまだ小さくて、母さんたちといっしょに山にいたの」

サブリナは目を細めて暗い夜空を眺めた。星はほんの少ししか見えず、月は出ていなかった。

「あんたってばほんと真似し屋さんだよね、コリーナ。それはあたしでしょ。刺されたのはあたしだよ」

「まさか」とわたしは反論した。「感じたんだから。顔から首にかけて焼けるみたいだった」

サブリナは上体を起こし、目を閉じて首を振った。「あたしたちの母親に訊いてごらん。痛い思いをしたのはあたし」

十一時ごろになると、男たちはソファで鼾(いびき)をかきはじめ、幼いいとこたちはだらしない酔っ払いみたいに床の上で眠りこんでしまった。女たちは台所で葬儀の段取りを決めた。女は全員その場にいたが、サブリナの母親だけは抗不安薬を飲んで祖母のベッドで寝ていた。ロザリオの祈りと死者との対面は二日後にラミレス葬儀場で。葬儀のミサはその翌朝、それから墓地へ。そして、あとのレセプションは教会の地下室で。いとこのひとりがカラオケDJを安く頼めると言い出したが、幸いなことにべつのいとこが、あんたバカじゃないの、と言ってくれた。

棺を閉じたままにしておくことについては意見がまとまらなかった。祖母は反対だった。涙ぐむ参列者たちが亡くなった人の昔の写真を見せられる葬儀のことを口にした。「ああいうのは駄目」と祖母は言った。「インチキで、罰当たりだよ。遺体が見えないなんて、そもそも最初からこの世にいなかったみたいじゃないの」

「そっちのほうがいいかも」と母が言った。「葬儀社のカルロスが言ってたけど、あの子の首はひどいことになってて、腫れあがってすごく見苦しいって」

「あの男が怠け者なだけだよ」と祖母は答えた。「カルロスにはいろんな手段があるはずでしょ、近頃じゃ新しいクリームだの化学薬品だのあるんだから」

おばのひとりが不満げにうなると、去年の秋、セリアおばさんが眠ったまま安らかに息を引き取ったときに、カルロスがおばさんの顔を酢漬けにした豚耳みたいにしてしまったことを皆に思い出させた。「あの男がサブリナにどんなことをするか、目に浮かぶね」とおばは付け加えた。

「みんなそんなに心配なら、なにもカルロスにやらせることはない」祖母はわたしのほうを指さした。「コリーナにしてもらえばいい」

「なにをしろって言うのよ、おばあちゃん？」わたしはぎょっとして訊ねた。「あの子のメイクを？」

「そうだよ、ヒタ（わたしの娘の意）、それに髪もね。それがあんたの仕事でしょ」

そのまえの冬のキンセアニェーラ（十五歳の少女の誕生日を祝う慣習）のことをわたしは思い出した。十一人のいとことその友だちのメイクと髪をやってあげたら、手首から先がもげてしまいそうだった。美容術の勉強を勧められたのは、わたしがそういうことが得意だったせいもあるけれど、うちの一族が、サービスが無料で受けられたり品物をただで貰えたりするのが好きなせいもあったのではないか。「あんた、サンプルとか手に入るんでしょ」とおばたちは言ったものだ。「口紅とか、あのしわ取りクリームとか貰ってきてよ。あれ、すごくお高いの」

「死んだ人の整形メイクなんかやってないもの」とわたしは言った。

「バカ言うんじゃないよ」祖母はテーブルを叩いた。「サブリナにメイクしなさい。きれいな顔にするんだよ。首には特に気を付けてね」

「そんなことできない。どうやるかわかんないよ」

祖母は膝に目を落とし、それからレンジ台のほうを見た。喉元が震え、顔を拭った。かつてなかったほど、泣く寸前までいっていた。祖母はわたしに背を向け、やりますと言うしかないとわたしは思った。


サブリナは祖母の家が大好きだった。とりわけ浴室がお気に入りだった。照明の光は温かいバラ色で、四方の壁それぞれに等身大の鏡がある。女はみんな、あらゆる角度から自分がどう見えるか心得ておかなくちゃいけない、というのが祖母の信念だった。大事なことなんだよ、と祖母は言うのだった、世間があたしたちのことをどう見てるのか知っておくのはね。

サブリナとわたしが中学生のとき、彼女は一ドルショップからハート形のサングラスを、ソックスのなかに突っ込んで盗んだ。そのつぎに二人で祖母のところへ行ったとき、彼女はそのサングラスを一日じゅうかけていて、手首をさっと動かしたり、髪をなびかせたりしながら、若手女優気取りでふわふわ動きまわった。そのうち、彼女にそそのかされていっしょに浴室のピンクの洗面台の上にあがった。彼女といっしょに両脚を曲げてシンクに突っ込んで、体が向き合うように座らせられた。どちらを見ても、わたしたちは四つの鏡に果てしなく映っていて、絡み合ったクモ少女みたいだった。

「あのね」とサブリナは自分にキスするみたいな表情を作りながら言った。「あたし、モデルか女優になれるかも」

彼女の顔はきゃしゃな卵形で頬骨が高く、下唇がぽってりしていた。でもいちばん目立つ目は、サングラスで隠れていた。淡いブルーの瞳の色だけでも人目を引くのに、その形が——真ん丸で大きい——また並外れていた。通りで会う知らない人たちまでが、彼女のことを、生きているお人形さんみたいだと言った。「わたしたち、もっと大きくなったらカリフォルニアへ行かなくちゃね」とわたしは言った。「映画スターになりに」

「行かなくちゃ」サブリナは手を叩いた。「あたしはサルマ・ハエックみたいになるんだ。それともブロンドにして、すっごいセクシー女優になるか」

「ブロンド？　ブロンドになんかなりたいの？」

「あたしの父さんはブロンドだったんだよ。ともかく、母さんが持ってる写真ではね」サブリナはよくこの何枚かの写真のことを口にした。わたしたちのどちらにしろ、サブリナの父親を見たのはその写真でだけだった。サブリナが生まれるまえにいなくなったのだ。祖母の話では、くだらない男だったということだ――鼻づまり(スタッフィー・ノーズ)みたいな名前、スチュアートだかランダルだかいうどっかの白人男だと。

「あんたの父さんがブロンドだったかどうかなんてどうでもいいよ。わたしや母さんたちみたいな髪のほうが、あんたには似合う。ぱさぱさの黄色い髪だったら養子みたいに見えちゃうよ」

「で、今は養子みたいに見えない？　このブルーの目でも？」

「ぜんぜん。あんたはコルドバ家の人間に見えるよ」とわたしは答えた。「あのさ、あんたがサルマ・ハエックなら、わたしは誰？　どの女優？」

サブリナの顔に深く考えこむ表情が現れた。彼女はにやっとした。「あんたはあたしの個人的なアシスタントになればいい」

「そりゃいいね」とわたしは答えた。「ドロレス・デル・リオはどう？」

「それっていったい誰？」

「おばあちゃんの頃の古い映画に出てくるの。セリフが入ってないようなのにね」

サブリナはハート形のサングラスを滑り落とし、下から明るい目がのぞいた。「そんなのバカみたい。しゃべらない女の子なんてどっからもお呼びがかからないよ。死んでるのといっしょ」

ラミレス葬儀場は、繁華街の北の交通量の多い交差点の角にある目立たない建物で、窓に光が反射し、入り口へ向かうコンクリートの通路の両脇にはプラスチック製のマリゴールドが並んでいた。中も外も長年のあいだにたいして何も変わっていなかった。カーペットは相変わらずシーフォームグリーンだし、壁も変わらずクリーミーなパステルカラー、カルロスと会うことになっていた待合スペースは相変わらずバブルガムピンクだった。

わたしは腰を下ろすと、ガラス製のコーヒーテーブルに並んでいる悲しみや喪失についてのパンフレットを何冊かぺらぺらめくった。どれもしなびた顔に明るい色の目の、美しい白髪の人たちの光沢仕上げの写真が掲載されている。サブリナも年を取ったらそんなふうになっていただろう。いとこたちはいつもサブリナをいじめていた。「そんな目だと」と彼らはサブリナに言っていた。「ああいう犬みたいに見える。ハスキーとか、いっそオオカミ」祖母はサブリナに、相手にするんじゃないよ、と言った。人というのはね、あんたのいちばん美しいところを見つけてそれを醜くしようとするんだ、と祖母は言った。「そしてどんなことでもする」と祖母はいつも言った。「あんたのその部分を手に入れるためならね」

「コルドバ家の人は一マイルむこうからわかる」こちらに向かって歩いてくるカルロスが言った。片手を腰に当てた彼は、背が低くてまばらな口ひげを生やし、ペイズリー柄のウエスタンシャツを着ていた。このまえセリアおばさんの葬式で会ったときよりも黒髪が薄くなっていた。

わたしはパンフレットをテーブルに戻すと、サブリナのもの――きちんとした赤いワンピース、水晶のロザリオ、髪に飾るシルクフラワー、昔の写真――が入ったダッフルバッグを彼に渡した。

「要るとおっしゃったものです。でも靴は持ってきませんでした。必要ないだろうって祖母が言うもんで」

「死人は」と彼は言った。「白人といっしょだ。ダンスができない」

わたしはちょっと笑った。「自分で考えたジョーク？」

「ああ、そうだよ。人生、なるようにしかならないものさ」

彼は黄色い正方形の模様があるカーペットを敷いた廊下を案内してくれた。九〇年代のはじめにわたしの名付け親(ゴッドファーザー)が肝炎で亡くなったとき、サブリナと二人でこの正方形をけんけん跳びで伝って遊んだっけ。廊下の端までくると、彼は棺のショールームのドアを開けた。濃い色の木でできたものが多いが、ぴかぴかの金属製のものもあり、輝くように白いのも幾つかあった。小さなサイズのコーナーもある、子供用だ。カルロスはいちばん小さいのに寄りかかった。「べつの部屋へ行くまえに、確認しておきたいことが幾つかある」

わたしは頷いた。

「一、もし君がやりたくないのなら、やる必要はない。二、君の持ち時間は二時間だ。そのあとお通夜が始まる。三、これは君のお祖母さんに頼まれたからだ。君にこんなことをさせたってことは誰にも言わないでもらいたい」

「それだけですか？ ほかにはもうない？」

「ここで待っていてくれ。先に行って彼女に服を着せるから。遺体の準備ができたら君を呼ぶよ」カルロスはベルトについている格納式チェーンの鍵束を手に取った。ドアを開けるまえに彼は言った。「それと、サブリナのことはご愁傷様。きれいな子だったのにな。本当にきれいだったのに」

高校で、わたしたちは切っても切れない仲だった。サブリナはわたしの親友、いちばん親しいいとこだった。父は、あんなお荷物を背負っててうんざりしないか、などと言ってわたしに嫌な思いをさせたが、サブリナは愉快だった。生き生きとしていて、胸が張り裂けるような思いだろうが明け方の四時まで飲んだくれる夜々だろうが、なんでも深く受け止め、わたしたちのささやかな人生についてサブリナだけが思い描ける大きな計画を立てた。彼女にとってはすべてが可能なのだった――金も、真実の愛も、コロラドから出ていくことも。彼女が十一年生で落ちこぼれて繁華街のスポーツバーで働くようになってからでさえ、わたしはいつも奥のボックス席で宿題をしながら、彼女が優雅な首筋にロングヘアをまとわりつかせながら流れるように滑らかにテーブルのあいだをすっと通り抜けるのを感心して眺めた。男たちは、オニオンリングやビール衣のフィッシュフライを食べる合間に、飽くことなく彼女を追いかけた。まるでわたしのいとこを追いまわすのもまた彼らの飢えの表れなのだといわんばかりに。

卒業すると、父は美容学校へ行く費用を出してやろうと言った。お前はコルドバ家のほかの女たちのようにぶらぶらしてばかりいないで、何かやらなくちゃいけない、と父は言った。もちろん父が言っているのは主にサブリナのことで、彼女はその頃には一族の食事の席へ酒場のにおいをさせて現れるようになっていた。でもそれは彼女だけではなかった。幼い息子を役所に取り上げられた遠縁の娘がいたし、ヘロインに手を出して死んだいとこたちもいたし、大おばさんのドティは不適切な男とデートしたあげく視力を失い、リズおばさんは自分のクライスラーのなかで、エンジンをかけっぱなしにして車庫のドアは鍵がかかった状態で死んでいた。祖母はリズおばさんのことをほとんど口にせず、おばさんを殺したものにみんな殺されてきたのだ、と言うだけだった。

わたしがカットやヘアカラーやパーマや縮毛矯正剤の勉強をしているあいだ、サブリナはバー勤めを続け、いずれもよく似た男たちと寝ていた。みんな背が高くて、首が太くて、目はグリーンかブルー。わたしの頭のなかでは、こうした連中はそろって冷淡な男っぽい顔立ちで、わたしが古い写真で見たサブリナの父親の、周囲に関心を示さない表情の続きだった。彼女はときどき美容学校へわたしを訪ねてきた。わたしの作業台に立った彼女は、服がしわくちゃで、昼だというのに起き抜けみたいに見えた。ほかの女の子たちがくすくす笑いながらガムを膨らませてはパチンと割っているなかで、サブリナは髪をかき上げる、するとあざが、腐ったガチョウの卵みたいなキスマークが喉元に見える。「あの人たち、仕事帰りのあたしを家まで送ってくれるの」と彼女は言い、わたしはいつも彼女のために、メイクでなんでも隠してやるのだった。

美容学校を卒業すると、ウエストサイドの、使われなくなった公共プールを見下ろすワンルームアパートを借りた。夜になると、二階の自分の住まいのバルコニーに座って、なくなった飛込台のことを考えたものだ。かわりにオレンジ色のトラフィックコーンが、誰かが真っ逆さまに硬いコンクリートの上へ飛び込むのをとめてやるぞとばかりに置かれていた。わびしい場所で、サブリナはごくたまにひとり暮らしになったときだけやってきた。やってくると、アパートじゅうわたしにつきまとった。誰か見てくれている人がいないと自分が存在しなくなってしまうのではないかと不安になる子どもみたいに。

「メイクなしだとひどい顔の女の人たちのメイク、したことある？」

彼女は便座の蓋の上に座って、わたしたちそれぞれに一本ずつ、二本のコロナビールを腿で挟んでいた。ラジオはオールディーズの局に合わせてあった。わたしたちがまだ小さくて、夏に母親たちの運転する車に乗せられて山を抜けていったころ、母親たちが聴いていたような音楽だ。

「もちろん」とわたしはにっこりして答えた。「でも、わたしがきれいにしてあげたら、誰にもわかんないよ」

「当人だけにしかわかんないだろうね」サブリナは鏡で自分の顔を確かめながら、ベリーの色のリップライナーを左の小指でぼかした。「それと、当然あんたと」

いっしょに、街はずれの幹線道路の陸橋に近いバーへ行った。曇った窓にネオンサインがかかっている。わたしたちはビリヤードで対戦し、安いテキーラを飲んだ。サブリナはときどき踊りながら昔風のジュークボックスのところへ行き、レコードをぱらぱらめくった。彼女の顔に照明が瞬（またた）き、ガラスには彼女の胸像が浮かんでいた。わたしはカウンターに座って男たちのグループが彼女を取り囲むのを眺めた。胸元でビールを持ちながら、ハゲワシのように近寄るチャンスをうかがっている。

「外でタバコ吸ってくる」とサブリナが言った。

肩幅が広くて首の太い、なまっちろい顔の男が二人、彼女の後ろに立って、わたしにお楽しみを台無しにされるんじゃないかと恐れているかのように、そわそわこっちを見ていた。

「だけどあんた、タバコ吸わないじゃない」とわたしは返事した。

「吸うようになったの」と彼女は言った。「たった今」

わたしは正面の窓越しに、彼女が外へ出て停まっていたミニバンにバタンともたれかかり、髪を指に巻き付けながら満面の笑みを浮かべているのを見つめた。彼女の横に立っている男たちはタバコをとんとん叩きつけていた。どちらも彼女とは別の世界の男たちだった。でもサブリナは、自分は贈り物なのだ、表情豊かできれいな顔と女の子らしいくすくす笑いを差し出してあげているのだ、といわんばかりに男たちに話しかける。相手が注目してくれるかぎり、どんな人間かはどうでもいいのだった。しばらくすると、もう彼女を見ていられなくなった。わたしはスツールの上で向きを変え、バーテンダーの注意を引こうとした。そのうちやっと彼は肩に白いタオルをかけてやってきた。

「あれはお姉さん？」と彼は、窓の外へ目をやりながら訊ねた。

「姉じゃないわ」サブリナが髪を後ろへはらうのが見えた、首の筋が滑り台みたいに鎖骨へと続いている。「いとこよ」

「血がつながってると思ったよ」彼はテキーラを注いでわたしの前に置いた。「二人ともよく似てる」

「それほどでもないけど」わたしはそう答えてショットグラスを傾けた。

よろよろと戻ってきたサブリナは、ウェッジシューズを履いた足でちゃんと立てないほどだった。男たちが両方から手首を握って連れてきた。二人のあいだでゆらゆらしていたサブリナが手首を離されてわたしのほうにかがみこむと、腐った果物のような鼻を突く臭いが彼女から漂った、生ごみのような臭いだ。

「コリーナ、コリーナ。楽しんでる？」

わたしは彼女の横の二人の男を睨みつけた。二人はサブリナと比べるとぜんぜん酔っておらず、どちらかのアパートへ向かうタクシーにすでにサブリナを押し込んでしまったかのように、得意げに顔を輝かせていた。

「さあ出よう」とわたしは言った。

サブリナは目を細めてわたしを見た。目元と口元に小さなしわができかけている。「あたしはここに置いてってくれていいよ」と彼女は言った。「ちゃんと家へは帰れるから」

　両手でしっかり彼女の手首を握って、わたしは彼女をドアのほうへ引っ張っていった。二人の男は笑い、後ずさりして二つ三つむこうのスツールのべつの女の子のまわりをうろうろしはじめた。バーテンダーはカウンターの白いタオルを引き寄せながら、わたしには哀れみに思えた表情で、わたしたち二人が立ち去るのを眺めていた。

「さあ行こう」わたしはサブリナの手首を握る手に必要以上に力をこめた。彼女は背後でよろめき、わたしはいっそう強く腹立たしげに握りしめながら、彼女の肌にわたしの爪の痕がつくんじゃないかと思った。「ひとからどう見られてるのか、気にならないの？」

　外の空気はひんやりしていて、月はうっすら雲に囲まれていた。わたしはサブリナをぐいぐい車まで引っ張っていき、彼女は夢見がちな子どものように空を見上げながらよろよろついてきた。しまいに手を離すと、彼女はわたしによりかかって体を支え、ブルーの目を大きく見開いた。「あたしたちは同じように見られてるんだよ、コリーナ」彼女は笑って、わたしの顔に指を突き付けた。「あたしたちはね、クズ同然に見られてんの」

　わたしは彼女に車に乗りなさいと命じ、あんた酔っぱらってる、と言った。家へむかって車を走らせながら、ウィンドウにもたれかかっている彼女の疲れ果てた顔に目をやったわたしは、何かうかがい知ることのできないものをサブリナに感じた。わたしたちのあいだを病のように行き来する、彼女の芯のところにある悲しみを。それはどこから生じたのだろう？　それとも、ずっとそこにあって、彼女の体内で育ち、液体のようにずっしりと彼女の肺をいっぱいにしたのだろうか？「サブリナ」とわたしは小声で呼びかけ、彼女の肩を叩いた。でも彼女はもう眠り込んでいて、わたしは生まれて初めて、すぐ隣に座っている人がそこにいない気がして寂しかった。

サブリナの遺体はクロムメッキのテーブルの上に、透明のチューブや濁った色の化学薬品に囲まれて横たわっていた。頭はプラスチックの台で持ち上げられていた。目は閉じ、白っぽい口元は両端に凝固物がくっついている。部屋には肌が焦げた臭いや消毒薬や酢の臭いがたちこめていた。

「こんなきれいな女の子たちが」とカルロスは首を振った。「自分をこんな見苦しい姿にしてしまうんだから」

わたしはサブリナを見つめた。黒髪が、波打つ喉元の白い円柱を縁どっている。変色は首全体に広がっていた。青っぽい部分の端が黄色っぽくなり、へこんだ声帯をぐるっと囲んでいる。内出血は鎖骨にまで至っていた。そんな状態のいちばん上には、腫れた顎が妙にちょこなんと右に傾いて強張っている。

「本当に大丈夫？」カルロスが訊ねた。

わたしは息を吐き、両手を後ろに隠した。指がちょっと震えていたのだ。「大丈夫です。メイクの道具はどこですか？」

カルロスは金属製のテーブルをごろごろ押してきた。上には幾つかの瓶やブラシが並べられ、それに小さなラジカセがあった。「この化粧品は違うんだ。君が使ってる従来のものみたいに混ざりやすくはない、でも、塗った感じはだいたい同じだ。目や唇のことはわかってるね？」

「どういうことですか？」

カルロスはサブリナの目を撫でるような仕草をした。「感じよく見えるように目を閉じ合わせておくんだよ。君からもらった写真を参考にした。この子をこの子らしく見えるようにしなくちゃね」

彼はポケットから写真を出してこちらへ寄越した。サブリナがうちの浴室の鏡に映った自分を撮ったものだ。二十一か、それとも二十二の頃だったか。

カルロスは家具でも磨くようにサブリナの額のしみを撫でた。彼はラジオをつけた。シュレルズだ。わたしたちみんなに、この世に生まれたあらゆる女に悪いことをする男の歌だ。終わったら、廊下の向こうにいるから来てくれ、とカルロスは言った。

わたしはサブリナの遺体のまわりをまわった。手を伸ばして頬に触れると、思っていたより温かかった。わたしは仕事に取り掛かり、こめかみと顎の腫れを目立たなくしようと懸命になった。右頬は強張り、唇のそばに畝（うね）ができている。わたしはいちばん細い筆でそれを平らにし、後ろに下がった。死んでしまった彼女の睫毛が伸びていることに気づいた。おかげでなんだか内気な表情になっている。

豚毛のブラシで、彼女のもつれた髪を解きほぐした。髪はこぼれた潤滑油のように輝いた、黒いなかに緑や金色や青があるのだ。らせん状になった部分がヘアアイロンから飛び跳ねた、台の上の何よりも生き生きしている。

首については、オリーブ色がかったライムグリーンのコンシーラーを手に取った。難しい酒皶（しゅさ）（顔に生じる皮膚病のひとつ）のための標準的な下地だ。扇形に広がった合成繊維のブラシを瓶に浸し、自分の手首にくるくる擦る。いい下地だった、なめらかでねっとりしている。彼女の喉元はプラスチックみたいで、硬くなった肉が盛り上がったままのところが、畝になっていた。鎖骨から柔らかい顎までブラシを動かしても消えない。彼女の皮膚をペールオレンジ一色で塗っていった。胸骨のくぼみにファンデーションがちょっと溜まって凝固しかけている。ティッシュでそれを拭った。

首の後ろの変色具合を確かめてみようかと思ったものの、誰も、うちの祖母でさえ見ないだろうと気がついた。サブリナはずっと天井やピンクのサテンが貼られた棺の蓋と向きあい、墓へ埋葬されたら、彼女の喉は崩れ、しだいに暗黒のなかへと分解していくのだ。

わたしたちが二十代半ばになる頃には、サブリナと会う回数はどんどん減っていた。彼女は夜働いていた。わたしは昼間働いていた。彼女は何度か引っ越し、住所も、彼女の友人たちの名前も、どんな男と付き合っているのかも、どこのバーで働いているのかもわからなくなってしまった。親族の食事会にもめったに現れず、来るときには、目は腫れぼったく肌は土気色で、セクシーなトップスはいつも肩からずり落ちていた。彼女はブラックコーヒーを何杯も水みたいにがぶ飲みし、自分で冗談を言って笑い、祖母のテーブルの上で髪が揺れた。そのうちわたしたちは互いに電話しなくなり、しばらくのあいだ、彼女はそれでいいんだとわたしは思っていた。

ある午後、わたしは職場で白人の女の人が頬紅を探すのを手伝っていた。若くてブロンドで、肌には、ずっと栄養状態が良好で、高価な保湿剤を使い続け、何世代にもわたって悲劇とはかかわりない人生を送ってこないと望めない艶があった。わたしはきらめく金色の頬紅を彼女のまったく目立たない頬骨の上にはたいた。手鏡に映る自分の顔を検分しながら、彼女は気に入ったようだった。

「いつも、化粧品にお金を使うなんて馬鹿げてる気がするの」と彼女は、アメックス・カードを差し出して言った。

「いい投資ですよ」わたしはレジを打ちながら答えた。「研究によると、男性が女性にいちばん性的魅力を感じるのは顔なんだそうです、体は二番目」

背後のどこかから下卑た笑い声が聞こえた。「そんなの嘘だ」

わたしのカウンターに、短いデニムスカートを穿いて形の崩れたバッグを肩に掛け、白いタンクトップからネオンピンクのブラをのぞかせたサブリナが立っていた。サブリナが女性客の横に立つと、女性は最初ぽかんと見つめ、それからさっとわきへ避けた、まるでサブリナのことを動物園から逃げ出した動物だとでも思ったみたいに。わたしは売り場に目を走らせてマネージャーたちがいないか確かめ、見たところ誰もいなかったのでほっとした。ここで何をしているのかと、サブリナに皮肉っぽく訊ねた。こんなに早く、まだ昼なのに。

「あんたに会いたかったの」と彼女はかわいらしく答えた。「明日、二人でお祝いしたらどうかと思って」

わたしは幾つかのカブキブラシを集めて、専用の台に並べた。「お祝いって、なんの？」

「あたしの誕生日」サブリナはドルチェ&ガッバーナのライトブルーを自分のシャツの前に吹きかけはじめた。「明日で二十五になるんだよ。二人でビリヤードやってもいいし、いっしょにご馳走作っても。昔みたいにさ」

わたしは忙しいんだと言いたかった。でもガラスカウンターのむこうを見て、彼女の化粧っ気なしの顔にどきっとした。肌は古くなった肉みたいな灰色だし、青い目は生気がなく、隅には乾いた目やにがこびりついている。彼女のバッグは汚れていて、ジッパーは壊れ、中身が見えた——丸めたティッシュ、キャップのないペン、一ドル札が二枚。サブリナはわたしを求めているんだ、と思った。

「明日は九時に仕事が終わるの」とわたしは言った。「うちへおいでよ。いっしょに考えよう」

その夜もつぎの日も、わたしはサブリナの汚らしいバッグとゴミみたいな中身のことを考え続けた。一ドルショップへひとっ走りしてデコレーションを買ってきた、白いパーティー用テープやメタリック・グリッターを。トレスレチェ・ケーキを焼き、プレゼントを包んだ——アイシャドー、ディオールの香水の試供品、口紅。何もかもつややかなパステルカラーでウエディングケーキみたいに見えるようにしておいて、ベッドに腰かけてサブリナが来るのを待った。

自分のアパートの青っぽい光のなかで眠っていたわたしは、真夜中に誰かがドアを叩く音で目を覚ました。玄関口でサブリナが、破れたジーンズにフードのついたトレーナー姿で震えながら立っていた。冷気といっしょに入ってきた彼女は、わたしのソファに腰を下ろした。黒髪についた雪片がとけていた。「ここまで歩いてきたの」と彼女は言った。「どれだけ雪が降ってたか、きっと信じられないよ。何もかも真っ白」

しゃべり方で酔っているのがわかった。ろれつがまわらないほどではないものの、いつもより口調が柔らかくて、天使のように軽やかだった。

「あの話のことをずっと考えてたの」と彼女は言った。「ダンス場の悪魔の話。覚えてる?」

祖母はよくその話をしていた。美しい娘が家族の言うことを聞かずにこっそり真夜中のダンスへ出かける。着いてまだいくらも経たないうちに、集まった人たちのなかから見栄えのいい男が娘のほうへそっと近づいてくる。男はダンスがうまいのがわかる、しかも、白人(アングロ)にしては、というのではなく。男は娘を何時間もくるくるまわし、やがて娘は周囲の人たちの表情に気がつく、目を丸くして、口をぽかんと開けていることに。娘の両腕が急に熱くなる、それから背中の下側が、そしてしまいに唇から喉まで——男に触られたところはどこもかしこも。男の足が、悪魔の足のような蹄(ひづめ)になっているのに気がついて、娘は悲鳴をあげる。

「おばあちゃんが話すと面白いよね」とサブリナは言った。「娘が酸っぱい臭いに気がつくと、自分の肉が焼けている」

面白くなんかないよ、とわたしは言った。恐ろしい話なんだよ、と。

「あんたのユーモアのセンスって、いっつもサイテーだよね、コリーナ」

わたしは彼女にプレゼントを渡した。「ところで、お誕生日おめでとう。日付が変わっちゃったね。どこにいたの?」

サブリナの顔に微笑みが広がり、せかせかと手を動かしてプレゼントを開けていき、銀色の紙の切れ端が彼女の濡れた靴に落ちた。彼女はひとつずつ中身を引っ張り出した——アイシャドーを手首になすり、唇に口紅を塗り、喉元に香水を吹きかけた。まるで誕生パーティーを開いてもらった幼児を見ているみたいだった、どのプレゼントも自分のもので、どの人もみんな自分のために来てくれたのだとわかって、驚きに目を丸くしている。「あたし、出かけてたの」と彼女は言った。

わたしは正面の窓とソファを行きつ戻りつした。音を消したテレビが二人のあいだの唯一の明かりだった。「あんたのこと、夜じゅうずっと待ってたのよ。電話してくれればよかったのに」

「忘れてた」

「あんたが会いたいって言ったのよ。こっちから頼んだわけじゃないんだからね」

サブリナはソファから立ち上がるとキッチンの壁沿いに歩いた。キャビネットの扉を開けては閉め、つま先立ちになって棚の上を探した。

「お酒はないよ」とわたしは言った。

彼女は振り向くと、薄暗がりを透かしてわたしを見た。彼女の眼はほとんど白かった。「水を飲むコップを探してんの」

わたしは乾燥ラックからひとつ取ると、彼女の手に突き付けた。彼女はそれを両手で挟んで転がした。爪がぎざぎざで、ルビー色のマニキュアは剝げていた。

「どうしたっていうのよ？」と彼女は訊ねた。「出かけない？」

バーはすぐ閉まる、とわたしは答えた。来たのが遅すぎる、と。サブリナはコップに水を汲むと二口、三口で飲み干した。水を顎へと滴(したた)らせながら袖で口を拭った。そのいい加減さが不快だった。彼女の手からコップをはたき落として、顔の前に鏡を掲げ、自分の姿を見ろと言ってやりたかった。「みんながあんたのことをどう思ってるか、わかってんの？　わたしがあんたのことどう思ってるか？」

サブリナは薄ら笑いを浮かべた。「いとこのコリーナちゃんはあたしのことをどう思ってんの？」

「気にもしてないじゃない」とわたしは言った。「あんたはなんにも気にしてない、自分のことでさえね。自分がどんな生活してるか、見てごらんよ」

サブリナはじっとわたしのほうを見た。その青い目は虚ろに光っていて、何も見ていないみたいだった。「で、あたしがどんな生活してるって？　そりゃあ、あんたにはわかってるよね。これまであんたがしてきたことったら、あたしに付きまとうことだけなんだから」

「みじめだよね」とわたしは言った。「あんたの生活って」

彼女はソファの上のプレゼントをかき集め、大きな音をたててゴミ箱に放り込んだ。フードをかぶると首の紐をしっかり締めた。「あんただってあたしたちと同じくこんなところにいるじゃない、コリーナ。ただ、恥ずかしいから認めようとしないだけでさ」

窓のほうを向くと、光の筋のなかに自分の姿が映っていた。「わたしはあんたとはぜんぜん違う」

「確かにね」サブリナは笑った。「あたしはショッピングモールの孤独な美容部員じゃないもんね」

「あんたは飲んだくれよ」そう返しながら、怒りで顔が燃えるようだった。

サブリナがドアを開けると、その向こうでは降りしきる雪が白々と輝いていた。「あんたにはあたししかいなかった」夜の闇に足を踏み出しながら彼女は言った。「これでもう誰もいなくなったよ」

窓の向こうに、歩み去る彼女が、どんどん遠く小さくなる姿が見えた。街灯の光の琥珀色の帯のなかに彼女の影が伸びていた。ちょっとしてから、わたしは玄関の外に立ち、彼女の方角へ向かって煙のように息を白く吐いた。彼女の名前を叫ぼうと思った頃には、サブリナはすでに一区画向こうに行っていて、わたしの声はもう届かなかったし、振り向くには遠すぎた。

　わたしはお通夜の部屋の最後列の席にすわった。天井のスピーカーからクラシック音楽が流れている。サブリナの棺は蓋が開けられ、両側に花が飾られ、後ろにはアイボリー色のカーテンが下がり、彼女は舞台にいるみたいに見えた。おばさん、おじさんたちが腕を組んで近寄る。見下ろして、横を向いてひそひそしゃべり、離れていく。いとこの何人かは彼女の髪を撫でた。わたしの母は彼女の手にキスした。祖母はどの葬式でもやるように写真を撮った。自分の番になったので、わたしはサブリナの棺のところで跪（ひざまず）き、彼女の顔に触れた。さっきよりも冷たく感じられた。誰かのキスの跡らしく、額に口紅がついている。それを拭っていると、祖母が横に現れた。「みんながこの子のこと、きれいだって言ってるよ、コリーナ」祖母はわたしの頭を撫でると頰にキスしてくれた。

　わたしは祖母にありがとうと言い、彼女の頭のむこうの、折り畳み椅子に座っている親戚一同を眺めた。何列かに並んで座って、手にロザリオを握り、涙ぐんでいる目は地味な色合いだ。幼いいとこたちを見た。白いタイツを履いた足をぶらぶらさせ、髪を三つ編みにして赤いリボンを結んでいる。両親のほうを見た。ぼうっと受動的で、何も感じないかのようだ。

　そのちょっとあと、祖母がジョージーおばさんに言うのが聞こえた。「これがあの子の望んだことだったんだろう」

　うちの一族が失ってきたさまざまな女たちのことをわたしは思った。彼女たちが目にした恐ろしいことを、ただただ耐え忍ばなくてはならなかった行為のことを。サブリナは何世代にもわたる悲劇の列の新顔となったのだ。そしてすぐにでも、そういう気分になったときには、祖母は自宅のキッチンテーブルに座ってレモネードの入った発泡スチロールカップを変形した手に持ち、サブリナ・コルドバの話を始めるだろう――男たちが彼女のことをあまりにも愛しすぎたこと、彼女が自分のことをすこしも愛さなかったこと、それがしまいに彼女を殺してしまったことを。どの話も終わりは必ず同じ、違う女の子が死ぬだけで。そしてわたしはもうそんな話は聞きたくなかった。

「そんなことない」席につくまえに、わたしは祖母のほうへ向き直って言った。「サブリナはこんなの何も望んでなんかいなかった。あの子は価値のある人間になりたかったんだよ」

お通夜の五か月まえ、職場の女の子たちに誘われてコルファックス大通りのパーティーへ行った。銀成金と愛らしい目をしたその妻たちが建てた石造りの大邸宅のひとつで開かれていて、四階建てで、湾曲したポーチの上に円形のバルコニーが張り出した家だった。若い娘たちが外で身を寄せ合ってタバコを吸っていた。深く吸い込んではこってり紅をつけた唇からゆっくり煙を立ち昇らせる。ひとりは昔付き合っていた男が最近大型ゴミ容器のなかで刺し殺されているのが見つかったという話をしていた。ほかの女の子たちはうなだれ、そのうちひとりが冗談を言った。わたしはその横を通ってなかに入った。

正面の部屋は人がいっぱいで、むんむんしていた。見たことのない顔が何人か、らせん階段にすわってビールやテキーラを瓶のまま飲んでいた。暗いなかに照明の薄明かりが幾つか、それにクリスマスの電飾が瞬いていた。廊下で、わたしは壁にもたれてキッチンのほうを見た。そこでは古いドゥーワップ・ソングにあわせて皆が体を動かしていた。相手の男の前で女が踊っている。髪を持ち上げ、頭を揺らし、銀のフープイヤリングが肩にぶつかる。そのときだった、誰かがダンスの群れから抜け出してくるのが目に入った。彼女は人ごみを突っ切って廊下へ向かってきた。近寄ってくると、サブリナだとわかった。ほっそりして、汗まみれだ。彼女の誕生日以来、会うのは初めてだった。

彼女は青い目でほほ笑んだ。「こんなに長いあいだ、どこ行ってたのよ、コリーナ?」

ポーチで、サブリナはわたしにカリフォルニアへ引っ越すのだと話した。出会った男がバーを開こうとしていて、これからうんと金を稼ぐのだ、と。「落ち着いたら遊びに来てね」と彼女は言った。

そうね、行くかも、とわたしは答えた。黒のSUVがパーティー会場の外に停まった。ヘッドライトは点けたままで、低音の楽器の鈍い響きが聞こえた。着色ガラスのウィンドウで姿の見えないドライバーに向かって、サブリナは手を振った。合成皮革のジャケットを肩に羽織ると、スチレットヒールのブーツで足早にポーチの階段を下りていった。庭を半分ほど進んだところで、彼女は振り返った。「この世で最初の思い出はなに?」

「あの、わたしがハチに刺されたときのことだって知ってるでしょ、だけどあんたに言わせると、刺されたのはわたしじゃないのよね」

「それはどうでもいいの」とサブリナは答えた。「あんたがそのほうがいいなら、あれはあんたの思い出だよ」

彼女は黒のSUVに乗り込み、ドアをバタンと閉めた。出ていく車の窓が下がった。サブリナの肩から上が現れ、何か叫んでいるけれど聞き取れなかった。あれは冬の終わりだった。道路には薄氷がきらめいていた。わたしに見えたのは、月のように白いサブリナの首に長い髪が巻き付く様子だけだった。

姉妹

Sisters

すると、盲人は見えるようになって、言った。「人が見えます。木のようですが、歩いているのが分かります。」（新共同訳）

マルコによる福音書　八章二十四節

ドロレス（ドティ）・ルセロは、視力を奪われるまえの日々には、自分の人生をありきたりなものとして見ていて、毎朝目が覚めるとレースのカーテン越しに陽光が降り注いでいるのを当たり前だと思っていた。自分の寝室で、乳房を片方サテンのネグリジェからこぼれ出させて横向きになり、大きな鼾をかいている妹のティナには、特に注意を払わなかった。鉄のフライパンがラックの上で乾かされ、卵の殻がゴミ箱に入れてある見慣れたキッチンを、足を止めて眺めたりはしなかった。そして外の、正面の窓の向こうでは、町の自分たちの側であるノースサイド、フェデラル大通り沿いの、メゾネットアパートや丈の低いバンガローの建ち並ぶ区域のハコヤナギやサンシャインエルムに注目することもなかった。

街じゅうに、七月初めに雪が降ったかのようにビラが現れた朝、ドティはティナと朝ご飯を食べかけてから、新聞を取ってこようと外に出た。姉妹の暮らすメゾネットアパートの玄関の網戸から外へ出た彼女は、カールした黒髪をきちんと整え、メイクは完璧で輝いていた。「ロッキーマウンテン・ニュース」の火曜版を拾い上げようと身をかがめたドティの目が、おかしな場所に白っぽい四角いものがあるのを捉えた。裸足で芝生を横切った彼女は、ハコヤナギのところで足を止めて、幹からビラを引きはがした。安物の破れやすい紙に女の子の写真が印刷してある、ノース高校の一九五五年イヤーブックから借用したもので、ちょうど真ん中に位置していた。**行方不明、ルシア・バレラ、フィリピン系の十九歳女性、十六番通りとトレモント通りの角にあるモンゴメリーワードの皮革製品売り場に勤務。**

ドティの胸は強い悲しみで痛んだ。目をあげてひっそりした通りを眺めながら、行方不明の娘が郵便受けか停まっている車の横に不意に現れるのではないかと期待しそうになった。ドティは屋内に戻り、居間のソファの横を通って化粧漆喰のアーチをくぐり、キッチンへ行った。そこではティナがポテトフライと小麦粉のトルティーヤを盛り上げた皿を前にテーブルに着いていた。寝間着のままだ。髪はきゅっとまとめて何本かのピンで地肌に留めてある。

「これがうちの木に貼ってあったの」ドティはスペイン語でそう言って、ビラをテーブルに置き、椅子に座った。

ティナはチラッと目をやった。肩をすくめた。

「見覚えない？　ベニーズに来てる子、ひらひらしたカウガールドレス着て。セント・キャサリンにも来てるよ、あのフィリピーナのひとり。ほら、早くからミサに来て、いつもいちばん前の席でいちばん深々と頭下げてる女の子たち」

ティナは姉を、素っ気ない、遠くを見るような目つきでじっと見た。高い頬骨と黒い眉に挟まれた目はくぼんでいる。軽薄で、ひどく周囲に無関心なところがあったが、ドティにとっては親友であり、デンバーにおけるただ一人の家族だった。ティナはわざわざビラをもう一度見てから、その女の子はこれまでぜったい見たことがないと姉に告げた。「ミサのときに人の後頭部なんかよく見ないもの」と彼女は英語で言った。「でも姉さんは見てるんだね」

ドティはビラをテーブルからさっと取り上げると陽光のなかにかざした。確かに知っている女の子だ。最初にその子に気づいたのは数か月まえのことで、教会でつい、頻繁に目を向けてしまうのだった。一度、ルシアが首を垂れ、白手袋をはめた両手を握りしめて聖体を拝領したあと、神父のもとを離れてからドティをぎょっとさせたことがあった。ルシアはちらと彼女のほうへ目を向けるや、ピンクの舌を突き出して口のなかの白い聖餅を見せたのだ。それから、にやっとすると自分の席へ戻っていった。ドティは着ていたワンピースの中心に熱いものが広がるような気がした。ルシアはたいそう美しく、目は鋭く射抜くようで、知り合いになりたいという強い衝動をドティは感じたのだった。

ドティは言った。「あんただって教会で見かけてるってば、ティナ。彼女、どうしちゃったんだろう?」

「たぶん死んでるんじゃない」ティナはコップのオレンジジュースをごくごく飲んだ。「誰かに切り刻まれちゃったのかも」

「ひどいこと言わないでよ。そんな恐ろしい」

「はいはい。きっと恋人がいたんだ」とティナは意見を述べたが、その声はさもうっとうしそうだった。「きっと駆け落ちして急いで結婚したかったんじゃないの」

「そうは思わないな。そういうことに興味があるようには見えなかった」

ティナは自分の汚れた皿をシンクに運んだ。朝食の食べ残しのふやけた残骸をこそげてゴミ箱に入れながらカントリーミュージックをハミングする彼女の肩甲骨は、発育不全の羽のように背中から突き出していた。「やめてよ、ドティ。あんたが男を見つけることに興味がないだけでしょ」

ドティはなにも言わなかった。ビラに手を伸ばすと、行方不明の女の子の目を、眠らせようとするかのように指先で撫でた。

ティナとドティは、十六歳と十七歳でコロラド南部を離れて以来二年間いっしょに暮らしていた。二人の母親はデュランゴという町にいた。彼女はワイスという名前の高齢のアングロ牧場主と親しくなった。さいしょは、はじめの夫が酒の飲みすぎで死んでしまった姉妹の母親にとっては良い選択に思えた。ところが、ワイスはティナとドティに姉妹のどちらも望まない関心を向け始め、姉妹の眠るベッドのまわりをうろうろしては夢を見ている姉妹の頬に肉厚の胼胝(たこ)のできた掌を押し当てる。別れてくれと母親に懇願しても、母親の心はあまりに打ち砕かれていた。どうしようもないでしょ、と母親は言うのだった。ワイスはインディアンやスペイン系のきれいな女の子が好みだったのだ。母親は餞別として姉妹に二十七ドルと助言を与えた。「あんたたちはなるべく早く結婚しなさい。じゅうぶんきれいなんだから」

姉妹は街なかで血液病専門医の受付の仕事を見つけた。ドティは午前の担当で、ティナは午後働く。ドティは落ち着いたペースやたくさんの新しい雑誌、高層ビルからのシビックセンター・パークの眺めを楽しんだ。自分のデスクから、細い列になって公園を囲んでいるポプラの葉が次第に移ろっていくさまに驚嘆した。夏は緑の葉が、秋になると、無数の金貨が見えない手で際限なく弾かれているかのようだ。ティナがこの仕事に耐えていたのは、特別な思惑があったからだった。四か月まえ、彼女は恋人のランディーと出会った。ある火曜日に、彼が納品にきたのだ。その夜、夕食の折、ドティは「彼、そのうちあたしに結婚を申し込むよ。わかるんだ」と言った妹の口調の確信に満ちた響きに衝撃を受けた。一方、ドティのほうは結婚などという隷属状態は予定していなかった。男には一切興味がなかった。ときどき、そもそも自分は結婚なんかするんだろうかと思うことがあった。

ビラが現れた日の夜、座っていたライム色のソファからドティが目を上げると、ティナが玄関の網戸を開けて入ってきた。夏の熱気でメイクが温まって、顔がシュガーシロップをかけたドーナツみたいに見える。

「さあ立って」とティナは姉の脚を突いた。「映画に行くよ」

「今日は火曜日よ」ドティはもう普段着姿——シガレットパンツにゆったりした古いブラウス——だった。「サンタフェは火曜はやってないでしょ」

「あそこじゃない。べつの映画館でダブルデートするの」

べつの劇場ではスペイン語の映画はやっておらず、ティナはいつものように姉のデートの相手として白人男を見つけたんだろうか、とドティは思った。妹はアングロ好きだった。稼ぎがいいし、街のどこにでも住めるし、行ける、そしてティナは、自分たち姉妹はやがてそれぞれそういう白人男と結婚できると信じていた。なんといっても、二人とも色白だったから。だがドティは、白人男からちゃんとした女として扱ってもらえないような気がしていた。死んだ動物みたいな、家に飾っておくエキゾチックな物扱いされているような気が。このままティナがお膳立てしてくれたときには、ドティはラスティン・ミッチェルという、モップを濯いだ水みたいな不快な臭いを発散する保険屋の男との夜の外出に、我慢して付き合った。その夜の終わりに、ドティが嫌だと首を振るのに男はキスを迫った。ドティは体をうんと後ろへそらしたので、リンボーダンスみたいになった。

ティナが言った。「診療所の外で、ドクター・マーカスに頼まれて木の手入れをしている男の人に出会ってね。ジョーイ・マシューズっていう名前でさ。アーボリストとかなんとかっていういい仕事をしてるの。すごくハンサムなのよ。背が高くて、それに、ああ、ドティ、目がベイビーブルーなの。あんなのぜったい見たことないよ」

「見たことあるに決まってるでしょ」とドティは返した。「緑の目、ブルーの目、黒い目。ぜんぶ見たことある」

ティナはドティの両手首を握ってソファから立たせた。「あんたも行くの。つべこべ言わない。それと、今度は愛想よくね。もしかしたらこの先ずっと彼と付き合うことになるかもしれないんだから」

ジョーイ・マシューズはカウボーイハットを両手からだらんとぶら下げて玄関口に立ち、自己紹介した。髪と同じミルクのような色の肌で、歯がま四角だ。薄い上唇の上には口蓋裂を治療した赤みがかった縫い痕があり、しゃべるとそこが震えた。ドティに見つめられると顔が焼けるとでも言いたげに、ブルーの目を伏せた。「嬉しいです」弱々しく握手しながら彼は言い、それぞれ——ティナ、ランディー、ドティ——に、エンジンをかけたまま縁石沿いに停めてある自分の四人乗りフォード・ピックアップに乗ってくれと身振りで示した。ティナとランディーは後部座席でほとんど重なりあうようにして座った。ドティは前の席でドアに体を押し付け、車はノースサイドから離れていった。日は沈みかけていて、勢いよく流れるサウスプラット川をピンクと金色に染めていた。

低い光を背に、ジョーイはドティのほうを向くと、どんな音楽が好きなのかと訊ねた。その顔は影になっていた。「きっとよくあるスペイン音楽みたいなのが好きなんでしょうね」と彼は言った。

「いえ、あんまり好きじゃないです。あたし、パッツィー・クラインのほうが好き」

そのあと、車中で会話はなかった。

ドライブイン・シアターで、ジョーイはトラックの荷台をスクリーンに向けて停めた。みんな後ろのウールの毛布を重ねた上へ移った。ドティは注意深く木綿のワンピースに片手を添えて両脚を覆いながら上へあがった。集まっているのはいつものイーストサイド族で、店で買った高価な服をまとったブロンドの女の子たちと、大きくてぴかぴか光る雲の色をしたシボレーに乗っているその恋人たちだ。ドライブイン・シアターの遠く離れた一角がドティの目に映った。有色人種の区画で、ノースサイドやベニーズ・ダンスホールの友人たちが集まっている、普通なら彼女とティナもそっちの場所に座っている。自分がルシアの顔を探していることにドティは気づいた。もしかしたらもう見つかっていて、外出して、この暖かい夜に映画を楽しんでいるかもしれない。だがすぐにドティは、有色人種の区画の端に高い木の塀があり、そこにあの行方不明の女の子を探すビラが何枚か貼ってあるのに気がついた。ルシアのきれいな顔はドライブインのどこにも見当たらず、あの同じ強い悲しみが喉元から胃へと沈んでいくのをドティは感じた。

黄昏(たそがれ)の最後の微光がぎざぎざになった山並の後ろで弱まると、映画のスクリーンがぱっと明るくなった。音割れするスピーカーからサーカスの音楽が流れ、画面では漫画のホットドッグが手袋をはめた手とソックスを履いた足とともに踊っていた。周囲の車はタバコの煙と反射光とで霞んでいる。ドティは映画が始まるのを待ちながら不安を感じた。その気持ちが自分のどこから湧いてくるのかはわからなかったものの慎重に身構え、口をわずかに開いて息をしているジョーイの口元では四角い歯が唾で輝いていた。ティナがトラックの荷台の反対側で甲高い笑い声をあげた。彼女は喉元までブルーのフリルがあるパーティードレスを着た、小さな女の子みたいに見えた。ランディーにもたれかかった彼女は、彼に両腕を巻き付けた。

「コーラ買ってこようよ、ベイビー」とティナは言い、二人はトラックから飛び降りて駐車している車のあいだを縫っていき、彼女の黒髪と彼のフェルトの帽子が車の群れのなかをひょこひょこ動いていった。

ジョーイはドティのほうへ身をかがめた。彼はかすかに土のにおいがした。ドティはさっと離れた。映画のオープニング・クレジットが始まっていた。長くて黒い道路が画面に延びていき、やがてカメラは破れた黒いワンピース姿のプラチナブロンドの女優のところで止まる、肩と尻をむき出しにした女優は悲鳴をあげる、青ざめた顔を両手で挟み、口を大きく開いて、ぶらさがったのどちんこを丸見えにしながら。カメラはさっと彼女の背後へと切り替わり、そこでは目からレーザーを発する象くらいの大きさのアリが卵形の宇宙船から地上へぞろぞろ降りてくる。

「いい夜だね」とジョーイが言った。

「夜ね」とドティは答えた。

ジョーイは両肘をついて後ろにもたれると、二人の下の毛布を敷きなおした。映画の光が彼の顔を照らし、白や灰色に色が移ろった。ドティはつい彼の傷跡を、肉の縫い合わされた部分を見つめてしまった。彼はこぶしでそこを隠すと、会話を続けた。

「ねえ」と彼は言った。「僕、なにか君の気に障ることした？」

「いいえ。そんなことないわ」ドティはスクリーンを指さした。「あたしはただ映画を観てるだけ」

「なんかちょっとバカみたいな映画だよね？」

ドティは笑った。もちろんバカみたいだ。それは巨大アリの映画だった。「そういうつもりなんじゃないの。滑稽狙いね」

ティナとランディーがコーラとポップコーンの赤い小袋を持って戻ってきた。売店で起きたことについてなにか言い争っている。ティナとドティが知っているノースサイドの若い男が、コーラを注文して水を渡され声を荒げたら、ドライブイン・シアターから放り出されたのだ。ティナは起こったことに腹を立てているのではなかった。いかにそれが普通にあることか、まくしたてていたのだ。ランディーが気づいていないということが、彼女には理解できなかった。

「水待遇（ウォーター・トリートメント）くらった、って言うの」ティナは片手でテールゲートを握って言った。「聞いたことない、ランディー？　あたしたちにはしょっちゅう起きること。素敵なウールワースのお店へ行くでしょ、そして自分の番が来ると、いきなり店員がレジを閉めちゃうの。それとか、コルファックスの食堂へ行くでしょ、で、グリルドチーズ・サンドイッチを注文すると、ウェイトレスが空の皿を持ってくるの」

「なんで僕がそんなことに気がつくんだよ？」ランディーは両手に目を落とし、ポップコーンの袋を噛みちぎりながら訊ねた。

「あなたが大きくて背の高いアメリカの男の子だからよ」とティナは皮肉っぽく言った。

ランディーは薄ら笑いを浮かべた。「そして君は僕の小さなスペインの女の子だ」

ティナは舌を鳴らし、あきれたという顔をしてみせた。それからトラックの上によじ登ろうとしたが、滑って後ろ向きに落ち、どすんと地面に着地した。

ドティは前へ飛び出し、トラックのテールゲート越しにのぞいた。「そこに突っ立ってないでよ」とランディーに言った。「あの子を助けて！」

「おいおい、ベイビー」と言いながら、彼はティナの横の地面に膝をついた。「だいじょうぶか？」

ティナは頭をのけぞらせ、泣き声をあげた。「すごく痛い」彼女は左腕を曲げ、肘から血が滴って黒っぽい地面に落ちているのを皆に見せた。ランディーはジョーイに買ってきたものを渡した。ティナを地面から抱き上げて、怪我をした腕を自分の首に掛けさせ、シャツに血がついた。

「美人だよね、君の妹」ジョーイはそうドティにささやいて笑った。

ドティはあきれた。ティナを笑うことはできる。これまでずっと笑ってきた。でも二人は姉妹だ。

「あたしたち、ダンスしてるわけじゃないのよ」とドティは答えたが、その声は大きくなっていく映画の音楽にかき消された。プラチナブロンドの女優は女王アリに地面から摘まみ上げられながら苦悶の叫びをあげた。肉が裂ける音が夜の闇にあふれ、血の迸るちぎれた腕が画面を落下していった。

つぎの夜、ティナはユリの花束を持って仕事から帰ってきた。樹液のような色の花弁が大きく口を開いている。ティナはそれをキッチンテーブルに置いた。そこでは喉元までボタンをかけた木綿のブラウスを着て、ドティが座っていた。両手を握りこぶしにして顎にあてがっている。すみのほうでは、新しいパッツィー・クラインのアルバムが針の下で回っていた。

「いつもこういう暗いカントリー聴いてんのね」ティナは言いながら、仕事用の服のジッパーを下ろした。

「誰かさんが、お怪我のおかげでお花もらったみたいね」

ティナは服を脱いだ。藤色のワンピースが肩からはがれて余分な皮膚みたいに腰のまわりに垂れ下がる。ティナは腕を曲げてガーゼを当てた傷をドティに見せた。黒ずんだ血のシミが包帯にぽつんとにじんでいる。「じつはね」と彼女は肘に息を吹きかけながら言った。「これはあたしにじゃないの。あんたによ。あたしの仕事中にジョーイが送って寄越したの。彼、お堅くって愛想のない女が好みみたいね。ところがね、ランディーったら腕の具合を訊きに電話すらしてこない。だってさ、折れてたかもしれないんだよ。どれだけ高いところから落ちたか、見てたでしょ」

「死にはしないって」ドティは花を撫でながら答えた。犬の耳みたいに柔らかくてすべすべしている。茎のそばにカードが添えられていた。**美しい人に美しいものを。**ドティは嚙まれたかのように手を引っ込めた。肋骨の内側に馴染みのない動揺を感じた。それまで花をもらったことはなかった。「ジョーイったらこんなものに、ものすごく無駄遣いして。何かお返しを期待してなきゃいいけどね」

「なんで彼がなにか期待したりするのよ?」ティナはぱっと自分の寝室に着替えに入ってしまった。数秒後にはタオルを巻いた姿で出てきた。「言うのを忘れてた。あの行方不明の女の子のジャケットが、今日プラット川のそばで見つかったんだって。ノースサイドから街なかへ行く橋のちょうど下のところで。診療所で患者さんがぺちゃくちゃしゃべってた。『いったいなんて世の中なのかしらねえ?』って、彼女、繰り返し言うの。『なんて世の中なのかしら?』って」

「ジャケットが?」ユリの甘い香りを吸い込んだドティは窒息しそうな気分になった。くしゃくしゃになったウールのジャケットが煤けて黒々と川の水に半分浸かっている光景が思い浮かんだ。ルシアが土手をよじ登り、石で膝や肘を擦りむき、着ていたジャケットが脱げ落ちる様が脳裏を過った。

ティナは髪をオレンジ色のシャワーキャップにたくし込んだ。「ほんと、怖いよね。あの子、もう死んでるよ」

ドティは花束をテーブルから持ち上げた。シンクのそばの大きな窓の下にそれを飾った。明かりを浴びて、花弁はスクリーンのように鮮やかに見えた。「そんなこと言わないで、ティナ。あの子は死んでない」ドティは首を振った。「違う、死んでるはずない。たぶんただ寒いだけ」

その日は土曜日で、ドティはしぶしぶ二度目のデートを承諾したのだった。ディロンと呼ばれる山の湖の岸辺で、温かい風がドティの右目に砂を運んできて、白いリボンが幾筋も並んでいるように輝く水面の眺めがぼやけた。母が昔自分とティナに聞かせてくれたロッキー山脈をうろつく邪悪な水の精のお伽話を彼女は思い出した。夜、子どもたちが寝ていると、白髪で歯が小石の男が子どもたちの影を盗み、湖底のこけむした小屋に閉じ込める。ドティは目をこすると、自分のトラックから釣り道具を一抱え下ろしているジョーイのそばへ行った。

岸から一メートルほどの地面に、ジョーイはチェックの毛布を広げた。二本の釣竿の糸の結び目を解き、釣り針に生きたミミズを突き刺した。ドティは毛布の上に座り、彼が釣り糸を両方とも湖に投げ入れるのを見守った。ジョーイは糸をちょっと巻き取ってから、釣竿を小ぶりな岩の湾曲部に据え付けた。それから毛布に腰を下ろすと、籐のバスケットからチーズとジャムのサンドイッチを取り出し、パンの皮に汚れた親指の痕を残しながら、ひとつをドティに手渡した。ドティがゆっくりと食べ始めると、ジョーイは家族のことを訊ねた。母親はいなくなったし、父親は死んでしまって、身内はティナだけなのだと彼女は話した。

ジョーイは判事とかソーシャルワーカーのような強い眼差しで彼女を見つめた。「大変だろうね、そんなふうにひとりぼっちだと」

「じつはね」とドティは答えた。「そうでもないの」

ドティはすぐにジョーイに仕事のことを訊ねた。木を切る、それは知っている、と言うと、ジョーイは、それは違うと訂正した。もっとずっと複雑なのだ。彼は父親と苗木を植え、枝を刈りこみ、幹を観察する。新種の甲虫が、と彼は説明した。森を丸ごと消滅させてしまう恐れがあるのだ。彼は立ち上がると、石の上をきびきびした大股で歩いて木のあるほうへ行った。彼のブーツが地面でじゃりじゃり音を立てた。すこししてから、ジョーイは人差し指と親指でもぞもぞ動く黒い虫を摘まんで戻ってきた。

「見かけはこんなふうなんだ」と彼は話した。「でも、この小さなやつはちょっと違う種類なんだけど。殺したがる人もいるけど、僕は、たとえ醜悪な生き物であっても生きるチャンスをもらうに値すると思ってる。お互いに滅ぼしあわないで共存できるようにしなくちゃいけないってだけのことだ」

「その言葉、書いておくべきだわ」とドティは言って、ジョーイの顔をじっと見た。彼の表情は控えめだったが、口元には嬉しくてたまらない様子が、ほとんどめちゃくちゃな喜びが浮かんでいた。**誰かがなにかに値するだなんて、ご大層な言い方しちゃって**、と彼女は思った。**ましてや、黒い虫だよ？**

　ジョーイは笑い、掌の甲虫を吹き飛ばし、虫は湖の上へ飛んでいった。彼は腰を下ろした、さっきよりもドティの近くに。陽に照らされた彼の顔は、赤ん坊みたいな頬の色とピンクの傷跡を除けばハンサムといっていいほどだった。彼はこのまえよりもさらに強く土のにおいがした。ドティは体を離した。思わず空気を扇いでいた。

「君はどうなの？」と彼は訊ねた。「君は妹とやってる仕事を気に入ってる？　君たち二人は事務員なんだよね？」

「そうね、問題はないわ」ドティは滑らかな石を探した。掌で地面を撫でているうちに、なんだか磨かれたみたいに見える石が目に留まった。

「ずっとやっていたいの、一生の仕事として？」

ドティは立ち上がり、でこぼこした地面を岸辺へ歩いた、短いヒールが濡れた小石に刺さる。彼女は石を投げ、石はぼちゃんと音を立てて水面に落ちた。「いいえ」と彼女はジョーイを振り返って答えた。彼の眼はひたとドティの顔に向けられていた、まるであの飛んで行った甲虫に対するのと同じくらい興味を惹かれているかのように。「ほんというとね」と彼女は誇らしげに言った。「もっと芸術的な仕事がしたいの」

ドティは水平線を見つめ、雲の切れ端がぶつかりあうのを眺めた。毛布へ戻ると、水玉模様のサンドレスを気にしながら腰を下ろした。「お店のウィンドウのデザインとか」と彼女は話した。「大きなデパートのショーウィンドウを通りかかったりするでしょ、頭のないマネキンがきれいなドレスをいろいろ着せられてて。ひどいんだもの。あたしならもっとずっとうまくできる。モンゴメリーワードでね、ゆったりしたチューリップドレスがビーチボールの陰になっていたの。大事なものがほとんど見えないのよ」

「そうなの？」とジョーイは言った。

ドティは口をつぐんだ。ルシアのことを考えた。一度モンゴメリーワードの横を歩いていたら、正面のウィンドウ越しにあの子が新しい革手袋を並べているのが見えた。かがみこんでいる彼女の首筋がドティの目に留まった、細い黒の産毛がなくなり、彼女の幅広い背中が始まる部分が。ルシアは振り向き、ぱっと親しみを浮かべてドティに手を振った。すっかり狼狽(うろた)えたドティは、入っていってこんにちはとは言えなかった。今ドティは、そんなチャンスがこの先あるだろうかと考えていた。

釣り糸のひとつが震え、釣竿の先についている鈴が鳴った。ジョーイは岸辺へ行くと、念入りにリールを巻きあげて、ドティが見たことがないほど小さなニジマスを引き寄せた。「君はどっかの事務仕事とかつまんないデパートとかで一日じゅうあくせく働くべきじゃないよ」とジョーイは肩越しに言った。

ドティは大声で訊き返した。「なんて言ったの？」自分たちが何を話していたのか、ほとんど忘れていたのだ。

ジョーイは魚を針からはずし、ぬるぬるするのを両手のなかで転がすと、ズボンのポケットからナイフを取り出した。素早い動作で魚に切り込みを入れてから、小さすぎてなにもならないと考えた。彼は死んだ魚を湖に投げ込み、手をハンカチで拭きもせずにまた毛布に座り、ドティの腿をそっと撫でてから膝をぎゅっとつかんだ。死んだ魚のにおいがぷんぷんし、ドティは追い詰められた気分になった、目の前には山腹の全景が広がっているというのに。

「君は大事にされるべきだ」とジョーイは言った。「君みたいなきれいな女の子にはそれがふさわしい」

「なにが気に入らないの？」ティナはライム色のソファでくつろいでいた。メゾネットアパートは涼しくて、ジュニパーベリーのにおいと花のような芳香が漂っていた。「よさそうな人じゃない。それに、あんないい仕事を持っていて、見栄えもそんなに悪くないし」

ドティはコーヒーテーブルの雑誌の横にジントニックを二杯用意した。そして、妹の隣に座った。「それはいいんだけどね、なんかしっくりこないの」ドティはグラスに手を伸ばして飲んだ。

「なにかが違うって気がするの」

「それは」ティナは返事しながら自分もグラスに手を伸ばした。「ジョーイの問題じゃないよ。姉さんにはなにかひっかかるところがあるんだ。個人的な問題が。それを唯一解決できるのは——」

ドティは妹に装飾用のクッションを投げつけた。

「あたしは怪我してんのよ」ティナは痛むふりをしてみせながら叫んだ。「よくもそんなことできるね」

「あんたこそ、よくもつぎつぎとバカみたいな男をあたしに引き合わせて嫌な思いさせてくれるよね」

「けっこう」とティナが言った。「そんなふうに思ってたんならなにより。だってね、あたしたち今夜はベニーズへ行くんだよ。姉さんとあたしとランディーと、それにジョーイで」

「昨日彼に会ったばっかりよ。また今夜会う必要ないけど」

ティナは大きな音を立ててグラスを置いた。彼女は完璧な姿勢で座ってため息をつき、ドティの目にかぶさる前髪を両手でそっとはらいのけた。「あのね、あたしたちがこのままずっとこのアパートで暮らしていけると姉さんが考えてるのはわかってる。でも、だめなの。姉さんも誰かを見つけなくちゃ、でね、彼がいないときに姉さんが自分の時間でなにをしようと、それは姉さんの勝手なんだから」

ドティは窓のほうを見た。シアカーテンが波打ち、硬木の床の上に光の筋を投げかけている。ティナに行かないと言おうかと彼女は考えた——家で本を読んだり髪の手入れをしたりするからと——でも口を開いた彼女は、代わりに両手でグラスを傾けて飲み物を喉へ流しこんでいた。

ベニーズは等間隔の街灯に照らされた並木のある大通りに面した、長いエントランスと木のスパニッシュドアのある円形の建物だった。内部ではワックスのかかった床に、控え壁とコーナー壁のあいだに吊るされた無数の小さなライトの明かりが反射していた。円形テーブルにはレースのクロスが掛けられ、色付きのランプがバーを照らし、ノースサイドとウエストサイドの男女がいちばん上等の服を着て、四、五人ずつ壁沿いにかたまっている。

ドティはジョーイといっしょにテーブルに座り、ピンクのドレスの膝で両腕を組んでいた。べつの車で来たティナとランディーは、フロアの真ん中でエネルギッシュに踊っていた。ドティとティナがベニーズに来始めたころは、いつもいっしょに来ていっしょに帰っていた。二人はたいてい前のほうのテーブルに座り、ティナはとびっきりハンサムな男や美人の女の子がいないか部屋じゅうを見まわした。「競争だもん」と彼女はいつも言うのだが、ドティはそこに来ている男たちにぜんぜん興味はなかったし、女たちを競争相手とみなすこともなかった。彼女たちを見るのがただ楽しかった、きれいな服や髪や、幸せそうに輝く顔を眺めるのが。

「踊らなくちゃ」ジョーイはテーブル越しにドティの手首に手を伸ばした。

ドティはホールの端を見つめた。ステージではバンドがもの悲しい調べを奏でていた。演奏家たちがトランペットを下げている。光の輪が金管楽器に反射してダンスしているカップルを照らし、ティナとランディーも、上下する頭と揺れる腰の海に交じっていた。ジョーイは立ち上がると両手をドティの肩に置いた。「おいで」と彼は言った。「どうやるか、僕に教えてくれよ」

ジョーイは彼女を導いて揺れる体のあいだを進み、しまいにダンスしている男女に囲まれてしまった。彼はドティを引き寄せ、右腕を彼女の腰のあたりに置き、左手で彼女の右の掌を包みこんだ。彼の肌はじっとり温かくて、子どもの肌のように柔らかかった。ドティは距離をとろうとしたが、ジョーイは彼女の胴を自分に引きつけ、彼のくっきりした顎のラインが彼女のカールを押さえつけるほどくっついた。ドティはなるべく動かないようにしながら、踊っているほかの男女の熱気に自分が当惑しているのを感じていた。ジョーイの腕が自分を回転させようとしているのに気づいた彼女は、ヒールを床にしっかりくっつけて言った。「あたし、そういうの苦手なの」「そんなことないって」と彼は返し、彼女の体を外側へ押し出した。ドティはよろめき、背中をよそのカップルにぶつけた。ジョーイはもう一度彼女を引き寄せ、それからうんと強く押し出したので、今回は体がくるりと回り、目に映る裸の肩やパールのネックレスやむき出しの歯や閉じた目がぼやけた。ドティはまたジョーイの腕のなかに引き戻されながら、肩越しに振り返った。ティナとランディーはテーブルに戻っていた。ドティがジョーイから身をもぎはなし、妹のところへ駆け戻ると、彼も後を追った。

ティナとランディーは二人とも酔っぱらっていて、座ったままちょっと左に揺れながら、醜悪な笑い声をあげてはぶちゅぶちゅキスしあっていた。テーブルの下で、ランディーはウィスキーの入った金属製のスキットルをドティに渡した。彼女は身をかがめて一口飲み、それからもう一口、もう一口と飲んだ。酔っぱらってしまったら、この夜がもっと耐えやすくなるかのように。

ティナは立ち上がるとテーブルの上に身を乗り出し、襟元から胸の谷間があらわになった。ビーズのクラッチバッグからシナモン色の口紅を取り出すと、ドティに差し出した。「ほら」と彼女は言った。「ちょっと塗ってもいいんじゃないの」

ドティは口紅に手を伸ばしたが、ティナの左手に気づいて動きを止めた。小さな金の指輪にダイヤモンドがひとつ、涙のしずくみたいにきらめいている。彼女はティナの顔を見て、目の表情に気づいた。「それって婚約指輪?」

ティナは熱っぽくうなずいて、そうよ、と叫んだ。

「イヤッホー、ランディー」とジョーイは叫び、おめでとうの握手を交わした。

ティナはちょっと下がると、ランディーの首にキスした。「ねえ、あたしたちのこと、喜んでくれないの?」

ドティは作り笑いを浮かべた。立ち上がって妹を抱きしめた。「もちろん、喜んでるわよ」

ステージでは音楽がやんで、白いドレスにおそろいの帽子をかぶったフィリピン人の老女が、写真を握りしめてライトの下を歩いてきた。ホールの男女は、グラスをカチンといわせて互いに大声を張り上げたり、まとまりなく音楽なしでダンスしたりしている。ティナはまだ左手を宙に掲げてぎこちなく指輪を見せつけていたが、周囲の顔は舞台へ注意を向けはじめていた。

「お知らせがあります」老女はマイクロホンに向かって言った。

「あらやだ」とティナは大げさな声をあげた。「こういうところでやらなくたって」

「うちの娘が行方不明なんです」とステージの女は言った。「娘の名前はルシア・バレラといいます――」

ティナは後ろのテーブルに向かって手を振って、ケーキを食べている女の子たちのグループに指輪を見せびらかした。「すっごくゴージャス!」と女の子たちは叫び、ティナは金切り声でそうでしょと言った。

「ちょっと黙っててくれない？」ドティはティナにわめいた。

「あらあら」ティナは小声で言った。その表情は妙に平板だった。「自分の妹が婚約したのに喜べないのね。いったいどうしたのよ、ドティ？」

「あんたのろくでもない指輪なんて知るもんですか。あたしたちの地区の女の子が行方不明なのよ」ドティは唇が脈打ち、舌がちくちくするのを感じた、眠りに落ちるときみたいに。一瞬、きつい言い方をしてしまったのを後悔した。

ティナの顔から満足そうな輝きが消え、代わりに怒ったとげとげしい表情が現れた。それから、頭のなかで自分に向かって冗談を言っていたかのように、ティナはドティに面と向かって酔っぱらった笑い声を放った。「へえ、あんた、あの子にのぼせてたの？　性的倒錯者（インヴェルティーダ）とかなわけ？」

ドティは愕然としてティナから離れ、まるで平手打ちをくらったかのように片手を自分の頬に当てた。妹の顔をまじまじと見た。睫毛がほこりっぽい緞帳のようにぱたぱた動き、下唇が内側へまくれて、ドティには歯しか見えなかった。「どうしてそんなこと言うのよ？」

「落ち着いてよ、ドティ」ティナは目を見開いてあきれたという顔をしてみせた。「ただの冗談だってば」

ジョーイとランディーは今や笑っていた。二人ともティナに、やめろよ、酔ってるんだからまた何か後悔するようなことを言ってしまうかもしれないぞ、と言った。ステージの女は嘆願を終え、バンドが静かに新しい演奏を始めていた。周囲全体で音楽の鈍い響きがホールに反響していた。ドティはテーブルから立ち上がり、じれったそうにプラスチックのストローを嚙んでいるジョーイのほうを向いた。

「出てもかまわないかしら?」と彼女は問いかけた。「ひどく頭が痛いの」

ジョーイは窓を開けて車を走らせ、夜風が二人の顔に吹きつけた。彼はラジオをいじくって、局を見つけた。流れてきた歌は陰気で音が割れていた。スローなカントリーだ。ドティの好みだった。ジョーイはドティのメゾネットアパートへ戻る道を進みながら、信号で何度かそろそろと停まり、必要以上に長く静止したままでいた。ドティの住む通りへと曲がる角を彼がわざと通り過ぎるのを彼女は見ていた。前かがみになり、片手で額を押さえた。お決まりもいいとこだ、閉じたまぶたを撫でながら彼女は思った。

彼は車を、街を見渡す空地へ乗り入れた、彼女の地区からさほど遠くない工業地域だ。そして端へとバックした。地面には廃棄された車や錆びついた巨大な機械が散らばっていた。ジョーイはエンジンを切った。ヘッドライトとともに音楽も消えた。

「あたしが住んでるのは反対側だけど」とドティは言った。

ジョーイはトラックから降りた。彼はドティの窓のほうへまわってきた。「わかってる」と彼は言った。「だけど、君はこれを見なくっちゃ」

ドティはしぶしぶドアを開けた。ジョーイは彼女をトラックの後ろへ連れていった。二人は荷台に這い上がった。遠くのほうに、新しく建設された高層ビルや、昔ながらのどっしりしたレンガ造りの総合施設が並び、そしてオリンジャー葬儀場のネオンサインのギラギラした光が、二十四時間営業の食堂の広告かなにかのように丘の中腹を照らし続けていた。

「向こうに木立が見えるだろ?」ジョーイは茂った葉が傘のように見える遠方の木々を指さした。

「親父と僕とで何年もまえに植えたんだ。子どものころ親父に連れてってもらって。僕は五つか六つだったはずだ。おかしな話なんだけどね。なんだかあれは自分のものみたいに思えるんだ」

「素敵ね」とドティは言った。ジョーイの視線が自分の顔に注がれているのがわかった、それから、彼の掌がピンクのドレスのプリーツの下に。彼女は布地の下で盛り上がっている彼の拳を見ながら、あとどのくらいのあいだ有毒なヘドロに肌を焼かれているみたいな気分にならずに手をそこへ置かせたままにしておけるだろうかと思った。長くは無理だった。「やめて」と彼女は言った。

ジョーイは両手を宙に浮かせた、まるで瓶のキャンディーを盗んだところを見つかったとでもいうように。彼はドティから体を離した。「妹に言われたことを気にしてるの？　君はさっさとベニーズを出たがったよね」

ドティは座ったまま足の下に広がる砂利を見つめた、土砂の海が靴の下のほうで渦巻き、盛り上がり、膨らんでいた。「今、ものすごく楽しい気分とは言えないわね」

ジョーイはまた彼女のほうへ身を寄せた。彼には、ネズミのような無精ひげの生えた、ざらざらした部分があった。ひげは彼の顎から突き出して、口を囲んでいる、つるつるになった傷跡部分を。彼はさらに身を寄せ、さりげなく、いっしょに映画館にでもいるかのように右腕をドティの肩にすっと回した。「妹にあんなこと言われて悔しい？」彼の指先が彼女の鎖骨を軽くたたいた。「だいじょうぶ。妹が間違ってたって証明してやればいい」

ジョーイは手をドティの首の後ろに当てた。彼女が顔を前へ突き出しても、彼はまだ手をそのままにしていた。髪が、馬の目隠しのようにドティの目を囲んだ。

「疲れちゃって、家に帰りたいの」彼女はそう言いながら、大きな石がないか地面を探った。

「君の妹はすぐにいなくなる、そうしたら、君ひとりでどうやってあのアパートに住んでいられるの？　君はどうするつもり？　ショーウィンドウのドレスの飾りつけなんていうくだらない仕事をする？　そんなことじゃ、暮らしていけないよ」

　ドティは砂利の上に飛び降りた。両手を腰に当てて立って、微動だにしなかった。

　ジョーイは深く座りこんで脚を組んだ。「君の気持ちを傷つけるつもりはなかったんだ」と彼は言った。「ただね、君は美人だ。誰かに手助けさせてくれるなら、みんなそうするよ。僕の言っていること、わかる？」

「あんたの言ってることなんかどうでもいい」とドティは答えた。「それに、手助けなんかいらない。すぐにあたしを家に連れて帰って。連れてってくれないなら、歩くから」

　ジョーイは脚を解いた。ミルクのような髪を両手で梳き、深く息を吸い、トラックから降りた。ドティのほうへ歩いてくると、ダンスしていたときと同じくらい近寄った。彼はドティの腕をつかむと、朝になったら痣になっているだろうと彼女が思うほど握りしめた。「ひとりで外にいるのは安全じゃない。こんな時間に。こんなスピック（スペイン系を指す蔑称）の住んでるところじゃさ」

「あたしはぜんぜんだいじょうぶ」とドティは彼に握られた腕を振りほどこうとしながら言い返した。「あたしはここに住んでるのよ」

「そうか」ジョーイは言って、手を離した。「だけど、キスくらいしてくれてもいいだろ？」

　ドティは駆け出した。車の部品や壊れた道具、金属製の壁板、空のペンキ缶、ばらばらの靴といったものの間を突っ切った。街の眺めはいっしょくたに滲んで青みがかった光の筋となった。

ふいに、ジョーイの手に手首をつかまれるのを感じた。彼女の体に噛みつこうとする狂犬のような勢いで、彼は向かってきた。ドティは体を引き離そうともがき、悲鳴をあげ、その声は丘の中腹にこだました。

「なにやってるんだよ?」とジョーイは問いかけた。「こんなことやめろ」

だがドティはやめなかった。蹴飛ばし、身をよじり、そして自分が体ごとジョーイの両腕に引きずられていることに気づいた。トラックに戻らないかぎり放してもらえないとはっきりわかったドティは、肺に空気を吸い込むと、ジョーイの顔に向かって絶叫した。彼女の声をぶつけられて彼は首をまっすぐ伸ばし、喉仏の長い隆起がごくんと下がった。ドティはまた息を吸い込み、夜の闇で肺をいっぱいに膨らませた。口を開き、叫びを放つ。ところがジョーイは背伸びすると、動物にするように彼女の口をふさいだ。「黙れ」と彼は言い、彼女を後ろへ突き飛ばした。

ドティは俯せに倒れ、そこにあった取れた車のドアに頭が大きな音を立ててぶつかり、裂けた。右のこめかみへ手を伸ばすと、髪が沼のようにべっとり温かかった。ドティは両手を顔の前で振ったが、両目と外界とのあいだには、闇があるだけだった。両目に漏れ出しているのは紛れもない温かい血液で、じくじくと口まで伝ってくるのがわかった。石や割れたガラスを指先で探りながら、なにか見なくちゃ、なにか、と自分に言い聞かせた。「見えない」彼女は慌てふためいて叫んだ。「あたし、見えない」

体の力が抜け、ドティは黙った。自分の苦しげな息遣いとジョーイのブーツが砂利を踏む音に聞き耳を立てていると、覚えのある彼の両腕に丘の中腹の地面からぐいと抱き上げられてトラックへ運ばれるのを感じた。ジョーイのトラックのエンジンが始動する音が聞こえ、そしてラジオから、ブリキ缶のなかで鳴っているような低い音で音楽が流れた。車は、ドティが三十三番街ではないかと思ったところを静かに進んだ、本道よりも人気のない通りだ。どうやら赤信号らしく、ジョーイがトラックを停め、ドティは両手に血がついていてビニールシートにも広がっているのを感じた。

「君はあんまり利口じゃないな」と彼は言い、その口から土のにおいが漂った。「飲みすぎて、転んだんだ」

「だめなの」とドティはやっとの思いで言葉を発した。「見えないの」

「僕がいて運がよかったよ。僕たち二人だけだったんだ、そして僕が君を救った」

意識が薄らいでいく寸前、ポプラの木陰の涼しいところを毎朝歩く公園の、お馴染みのカーヴのところに来ているのをドティは感じた。

現れたのと同じく、たちまちのうちにビラはハコヤナギやサンシャインエルムの木々から落ちてしまった。ビラは芝生に散らばり、溝に集まった。老人たちが家からごそごそ出てきて、ホースの水で押し流した。ルシア・バレラの顔は水路を流れて下水道に入り、分解して、ただのインク交じりの塵となった。やがて、彼女の顔は忘れられ、樹皮はそれまで同様、ねじれてむき出しになっていた。でもそれから、九月半ばに並外れて暖かい朝が訪れ、足早にあたりを歩く出勤途中の女たちの顔は汗にまみれ化粧は崩れた。女たちの多くは、立ち止まっては絹のハンカチで顔の汗を拭い、ニュースを聞いて黒く縁どった眼を丸くした。ルシア・バレラが、失せ物の大半がそうであるように、見つかったというのだ。郵便配達の男が街の北のほうで、幹線道路沿いの食堂のガラスドアから出てくるのを見つけたのだ。「ロッキーマウンテン・ニュース」には、ルシアが両親に挟まれている写真が掲載された。彼女は背中を丸めてうなだれていた。

「もっと説明はないの？」ドティは朝食をとりながらティナに訊ねた。

ティナは新聞を振った。「もちろんあるでしょうけど、誰も一言も言ってない」

ドティは自分のフライドポテトの皿の上へ身を乗り出した。「彼女、どんな顔してる？」

「ほっとした感じかな。どんな経験をしたのかは、神のみぞ知るだね」

ちょっとの間、ドティは心をさまよわせた。「神のみぞ知る」

ルシアが生きて見つかってから九か月近く経ったティナの結婚式の日、ドティは便座の蓋の上に座って、コーラルの口紅を両手で挟んでくるくる回していた。

「下唇にちょっとつけすぎ」ティナがウエディングドレス姿でドア枠に寄りかかって眺めている。ティナが姉の後ろを通ってトイレットペーパーのロールをちょっとちぎると、つけているクチナシの香水がカビのにおいと妙な具合に混ざり合った。彼女はドティの顔を、曇ったフロントガラスを拭くみたいにして拭った。

披露宴が始まって何時間も経ってから、気さくでどこか深みのある声の女の子がドティに、なにか飲み物は要らないかと訊ねた。彼女は教会の、芝生で覆われた中庭の端に近い丸テーブルに座っていた。夕暮れ時で、空気は刺すように冷たくなりかけていた。女の子の声は聞き覚えがあり、彼女の目に見えない部分、声と香りは、ぶつかりあうような具合に音楽的かつ優しかった。ジントニック一杯が三杯になり、ほどなく女の子は謝りながらもドティに目をどうしたのかと訊ねた（醜いというのではないのだが、とにかくあちこち向いてしまうのだ）。ほかの客たちはダンスフロアへ移動していた。ドティは白いテープが芝生に流れるのを感じた、その独特の影を。

「事故にあったの」

「あら、なんてこと」と女の子は言い、ドティに駆け寄って手を握った。「きっとみんなから、もっとひどいことにならなくてよかったって言われるんでしょうね」

「ほんと言うとね」とドティは答えた。「誰もそういうことにはまったく触れないの」

Remedies

皮膚科医は、缶入りの液体窒素を使って四、五秒で疣を取り除くことができる。わたしはニンニクの球根とバンドエイドを使って一晩で取り除ける。何日か指が臭いけれど、疣は二度と出てこない。スポンジ状の部分に血がにじむまで噛んだり掻きむしったりする必要はない。恥ずかしいとかきまりが悪いとか思わずに人の手を握ることができる。

こういうやり方は曾祖母のエストレヤに教わった。曾祖母はニューメキシコ北部のプエブロ集落で自分の祖母から教わった治療法を、ぜんぶわたしに教えてくれた。胃が痛いなら、カモミールティーに蜂蜜を入れて、舌をやけどしない範囲でなるべく熱くして飲む。頭が痛いときは、こめかみにジャガイモのスライスを貼って痛みを吸い取らせる。風邪をひいたり失恋したときには、ブルーコーンだけで作った温かいアトーレ（穀物飲料）を飲む。

うちのシラミの出所はハリソンだった。ママはさいしょ彼だとは気がつかなかったのだけれど。ママはとにかくわたしの髪をマヨネーズで洗ってみた。歯科診療所の衛生士仲間からこのやり方を聞いて、品質の良いクラフトフーズの大瓶を持って帰ってきたのだ。ママはわたしの頭をキッチンのシンクに突き出させ、取り分け用の大きなスプーンを取り出してわたしの頭皮にマヨネーズの塊を落としていった。唇にくわえたマールボロライトを上下させながら、わたしの長くて茶色い髪にぐちゃぐちゃすりこみ、しまいに頭全体が湿っぽく温かくなった。口紅を塗った唇でタバコをふかすママの口元の右側の歯が一本ないのが見えた、ママがいつもわたしを含めて誰からも隠している部分だ。塗り終えると、ママはわたしの髪にビニール袋をかぶせ、首の中ほどで輪ゴムで留めた。

「ここ」とママは爪の赤い指先でキッチンテーブルの椅子を指して言った。「十五分間すわってなさい、ヒタ」

ママはくわえていたタバコをソーサーでもみ消すと、自分の黒っぽい髪をかき分け、調理台に身を乗り出して、濃い青緑色のカバーガールのコンパクトミラーで青白い頭皮を調べた。ママの視線が上へいき、下がって、また元に戻った。ママはそれからパタンとコンパクトを閉じると、わたしを見た。

「いいわ、かわいい子ちゃん。シンクに頭を突き出しなさい」

クロムメッキのシンクにわたしの頭を突っ込ませておいて、ママは大きな胸をわたしの背中に押し付けながら髪をすすいでくれた。着ていたトゥイーティーのTシャツの前の部分にお湯がこぼれ、首や胸がびしょびしょになった。自分の頭から発する卵のにおいに吐き気がこみあげるのを抑えながら、わたしはめそめそ愚痴った。

「ねえママ」とわたしは言った。「どうしてエストレヤおばあちゃんにシラミのこと頼んじゃったらいけないの？」

「こっちを見て」ママはわたしの体をぐるっとまわし、自分のTシャツの裾でわたしの顔の水気を拭った。「シラミが湧いたなんて、ぜったいエストレヤおばあちゃんに言っちゃだめよ」

なぜなのか訊こうとしたけれど、ママはまたわたしの頭を蛇口の下へ突っ込むと、エストレヤおばあちゃんがクリスマスイブにトウモロコシ粉をこねるのと同じようにして、力強い両手でわたしの髪をこねた。濡れた茶色の髪がぎゅっと絞られると、目に水が流れ込んで視界がぼやけた。でもわたしは確かに白いシラミの卵が排水管の暗い穴に落ちていくのを見た。

わたしたちが初めてハリソンを迎えにいった日は、雪が降っていた。ママは車をデンバーの街なかのグラント通りにあるアパートへと走らせた。マフラーに中古のソレルのブーツという姿のわたしたちは、表玄関の赤い防水シートの日よけの下で身を縮めた。

ママがインターホンのボタンを押すと、眠そうな声が応答した。「どなた？」

「あたしたちです」とママは言った。「ミリーとクラリサよ」

真鍮のスピーカーボックスから唸るような音が短く響き、ママはロビーのドアの取っ手を引いた。中へ入るまえに、ママはちょっとためらってわたしを見下ろした。

「あのね、ここにいるのはあんたのきょうだいなのよ」ママは静かに言った。「あんたはあの子に会ったことがないし、あたしたちはもう二度とパパに会うこともないよね。だけど、ハリソンはあんたほど運がよくないの。だから、優しくしてあげてね」

優しくするとわたしが約束してから、二人で中へ入ると、カーペットはゲロみたいな緑色で天井はブリキでできていた。きいきいきしむ階段を上がっていくと、ニンニクと白カビのにおいがぶつかり合いながら追いかけてきた。二階の廊下の突き当たりで、ママは13Bのドアを強くノックした。

ハリソンの母さんが戸口に現れた。ぶかぶかのピンクのトレーナーを着ていて、襟元の切り取ったところから、左肩の上のほうの星のタトゥーがのぞいていた。ブロンドの薄い髪を上でひっつめてぞんざいにおだんごにまとめ、笑うと歯がひどくがたがただった。

「あら、こんにちは」と彼女は言った。「ハリソン、おいで、坊や」

彼は出てきて母親と並んだ。痩せこけていて背中が丸く、うつむいて床板を見つめている。

「姉さんと楽しんでおいで」と彼の母さんはあの眠そうな声で言うと、息子にバックパックを渡した。彼女は身をかがめるとハリソンのおでこにキスした。彼女の背後に住まいの一部が見えた。洗濯物で覆われたへこんだ茶色のソファがある、埃っぽい居間が。汚れたガラスのコーヒーテーブルの下には、しわくちゃになった絹のような生地のパンティがあった。

ハリソンの母さんは両手で目をこすり、メイクをめちゃくちゃにして、しまいにマスカラのかけらが左目に入った。「彼、あんたがこんな素敵なレディだなんて一言も言わなかった」彼女はそれから息子に投げキスすると、アパートのドアを閉めた。

ママはぱっと温かい笑顔を浮かべた。「あたしのこと、覚えてる？　あんたの母さんと話をしに来たときに会ってるの。あんたは二日ほど、あたしたちのところにいるのよ」

ハリソンは頷き、頭を掻いた。「トゥッツィーロール持ってきてくれたよね」

「げげ。あのキャンディー、最悪」わたしは小声で言った。

ママは赤く塗った長い爪でわたしの首の後ろを突いた。「この子はクラリサ。血が半分繋がったあんたのきょうだいよ。あんたたち、ほとんど同い年よね」

「君十歳？」ハリソンが訊いた。

「違うよ」とわたしは答えた。「わたしは十一。年の割に背が低いの」

「僕は低くない」と彼は言った。「そこは父さんに似たんだってうちの母さんは言ってる」

三人で廊下を歩きはじめ、ライムグリーンの衣装戸棚みたいなバスルームが壁に埋め込まれているところを通りかかって、わたしは驚いた。中をのぞくと、古ぼけた陶器の、底に鉤爪（かぎづめ）のついたバスタブがあった。ママに訊ねると、昔はみんなバスタブを共同で使っていたのだと教えてくれた。エストレヤおばあちゃんちの二階のバスルームにもそういうバスタブがあった。共同で使ってたのよ、とママは説明した。だけどそのあとエストレヤおばあちゃんに訊くと、あいう廊下のバスルームがあるのは、低級な連中が住んでる建物だけだと言われた、とんでもないことをして暮らしをたてている人たち、毎晩顔にコールドクリームを、下向きだとしわができるから上向きにゆっくり撫で上げてすりこむまえにおばあちゃんが祈ってあげているような人たちが。

エストレヤおばあちゃんは、ベネディクトという名前の公園の端にある赤レンガのヴィクトリア朝風の家に住んでいた。おばあちゃんは背が低くて恰幅がよく、カラフルなロングスカートを穿いて、肌はローズオイルとエアスパンのおしろいの香りがした。おばあちゃんは一人暮らしだった、わたしのひいおじいちゃんはわたしが生まれるまえに死んでしまったし、ママがまだ四歳のときに一人娘を車の事故でなくしたからだ。ママとわたしは父さんが出ていってからはエストレヤおばあちゃんと暮らし、ノースグレンに自分たちのタウンハウスを持てるようになってからでさえ、毎週末おばあちゃんちへ行っていた――ハリソンが来るとき以外は。ママは忙しいからと言っていたが、わたしは本当のことを知っていた。エストレヤおばあちゃんは、ハリソンのことはまるごとぜんぶ大嫌いだったけれど、わたしのことは半分だけ、父親から受け継いだ半分、白人の半分にだけそんな感情を持っていた。

　ある週末、エストレヤおばあちゃんのところに泊まっていたとき、おばあちゃんがビスコチートスと呼ぶクッキーをいっしょに焼いた。おばあちゃんちの広いキッチンでは窓をぜんぶ開け放ち、黄色いカーテンがそよ風に揺れていた。わたしたちは調理台の上のテレビで『奥さまは魔女』を観ていたのだけれど、その回が終わると、ジェリー・スプリンガー（視聴者参加型トークショーの『ジェリー・スプリンガー・ショー』で有名）が現れた。

「ああ、ミハ（女の子への呼びかけ）、こういうヒルビリーの白人を観るのは大嫌い」とエストレヤおばあちゃんは言った。「この男を見てごらん」おばあちゃんは大きな木の麺棒でテレビを指した。「この社会でうまくやっていくあらゆる機会を与えられていたというのに、なにをやった？　酒やドラッグで無駄にしてしまって、自分の家族の面倒もみれやしない。あんたの父親といっしょだ」

「そうだね」わたしは生のクッキー生地をスプーンで舐めながら答えた。

「あの男があんたたちの暮らしから出ていってくれたのは、あんたとあんたの母さんの人生でいちばんいいことだ。あの男が自分から出ていかなかったら、このあたしが追っ払ってたよ」

　わたしは笑った。「追っ払ってたって、エストレヤおばあちゃん？　なにを使って？」

「箒(ほうき)だね、それともハンガー。道具はたくさんあるよ。さあ、いい子ちゃん、チャンネルを替えてちょうだい。いつものドラマを観たいの」

おばあちゃんがわたしのために特別に作ってくれた白いレースのエプロンで粉まみれの手を拭ってから、チャンネルを七にした。ドラマの一部では、映像がわざとやわらかくぼかされていた。ダイヤモンドを身に着けたきれいな睫毛の白人たちが、キスするか、それとも嘘をついて互いを裏切る。エストレヤおばあちゃんがテレビで観るのが好きなのはそういう人たちだった――金持ちで醜聞まみれの人たち。

エストレヤおばあちゃんが言った。「今週のティファニーはすごく素敵じゃない？　なんで髪をあんなふうに伸ばさないの、ミハ？　女の子はいつだって髪が長くなくちゃ」

わたしは自分の茶色い髪の毛先を見た。「肩から先は伸びないの」

「ばか言わないで。お茶にして飲むといい薬草があるよ」

エストレヤおばあちゃんは大きなメガネの奥の小さな目を閉じると、頭のなかでいろんな紙片を読んでいるかのように声を出さずに唇を動かした。しばらくすると、おばあちゃんは口を開いた。鼻筋のあたりが広がってなめらかになり、ほんの一瞬だけれど顔が若返ったように見えた。

「髪が伸びるレシピを教えてあげるよ、ミハ、だけど、このお茶には気をつけなくちゃいけないよ」

「気をつける？」とわたしは訊ねた。

「虚栄は危険だからね、いい子ちゃん。よく聞いて。あんたにはミラグロスっていう大大おばさんがいてね、あんたの母さんが名前をもらったのと同じミラグロスだよ、で、この人はこの薬草をしょっちゅう使いすぎて、黒髪がどんどん長く、美しく伸びて、あたしらのプエブロ集落の男たち全員、それにとおくの男たちまでが結婚したがったんだけど、この人はね、誰かひとりを選ぼうとはしなかった、というのも、自分の髪がもっと長く、もっと美しくなったら、もっといい夫が選べると思い込んでいたの。そしてそのうち、ある夜、ほかの子どもたちがみんな同じ寝室ですやすや眠っているあいだに、髪が蛇みたいに首に巻きついて、喉から命をすっかり絞り出してしまったんだよ」

「それってほんとに起こったこと？」

「もちろん！　あたしが嘘つきだっていうの？」

わたしはクッキー生地の切れ端をゴミ箱に捨てながら、自分の髪にはどんな力があるんだろうかと考えた。


ハリソンが泊まるときはいつも、ママは予備の掛布団を引っ張り出した。穴が幾つかあいていて、綿がぜんぶ四隅に集まっているものだ。ママはそれをソファに広げて彼の寝場所をこしらえて、二人で何時間もそこに座っては、映画を観たり笑ったりした。ママはしょっちゅうハリソンに質問し、たいていはわたしたちの父さんに関することだった。

「父さんはあんたにプレゼントを送ってくれる？」

「一度くれた。ホット・ウィールのセット」

「あら、すごい」とママは言いながら、手を伸ばしてハリソンの首を撫でた。「あんたのママはどう？　父さんはママにお金の援助はしてる？」

「知らない。たぶん」

「してくれてるといいわね。父さんにはできるんだから。あのね、ハリソン」ママは嘘のない笑顔を浮かべて付け加えた。「あんたって、父さんにほんとによく似てる。まるであの人がいるみたい、ただし小さな男の子のね」

居間へ入っていくといつも、ソファに沈み込んでいるハリソンを見ては、お腹に熱いどろどろのアスファルトが入っているような気分になった。彼のそばにいるのがとても嫌だった。父さんはとっくにいなくなっているし、彼の母さんは酒と薬の問題があるんだから、かわいそうに思ってあげなさい、というママの言葉なんかどうでもよかった。**想像してみて、もしあたしが一日じゅう寝てたらって**、とママは言った。**温かい料理なんてぜったい食べさせてもらえないのよ。**

ハリソンがうちの居間にいると、タウンハウス全体に彼のアパートと同じ悪臭が漂った。彼は目の下に、誰かにひどく殴られ続けて治る暇がないかのような黒い隈（くま）ができていた。Tシャツの袖には穴があいていて、ジーンズは擦り切れて薄くなり、尻と膝には薄く泥がついていた。いちばんひどいのは、おしっこみたいな臭いがすることだった。

「ねえ、ハリソン、なんであんたんちのクソみたいなアパートで、廊下のバスルームを使わないのよ？」

「あれは誰も使ってないんだ、クラリサ。古いし壊れてる」

「使ったほうがいいよ。あんた、猫用トイレみたいな臭いがするもん」

「そんなことない。今日はシャワー浴びたぞ！」

「それにしても、なんでわたしのママがあんたの面倒みなくちゃいけないのよ？　あんたんちのママはどっか具合悪いの？」

「ぜんぜん。母さんは僕の母さんってだけだ」

　ハリソンはけっして反論しなかったし、わたしが意地悪してもぜったい言いつけなかった。代わりに、馬鹿みたいな振る舞いをした。午後の半ばに、彼はわたしのドレッサーの引き出しを開けてTシャツやジーンズに顔をこすりつけ、うちの電子レンジのスイッチを入れたり切ったりし、うっとうしい質問をいろいろするので、いったい家でどんな生活をしているのだろうとわたしは思った。

「雪がほんとにひどく降ってるときでも休み時間は外で遊ぶ？」

「ううん、そういう日は校舎内にいる」

「君の先生はどう――彼女、優しい？　髪の色はどんな？」

「言っとくけど、わたしの先生は男だよ」

「男、ほんと？」

「あんたに関係ないでしょ。あんただって学校行ってんじゃないの？」

「僕たちの父さんのことは？　なんで僕たちの誰にも会いたがらないんだろう？」

「たぶん、シラミをもらいたくないんじゃないの」

　彼はわたしよりひとつ下なだけだったけれど、あのころでさえ、わたしたちが天と地ほどもかけ離れているのはわかっていた。ハリソンについていちばん嫌だったのが――彼が来るたびにシラミも戻ってくるということに加えて――わたしの母は正しかったということだった。彼は父さんにそっくりだった。小さな男の子だったころでさえ、彼はパパにそっくりだった。

最後にパパといっしょにクリスマスを過ごしたとき、わたしは九歳だった。パパはいつになく早く起き、目の下に黒い隈もなかったし、ビールとタバコの嫌な口臭もなかった。楽しそうで、にこにこしながらママの口にキスした。わたしたちは飛行機ごっこをし、寝室がひとつのアパートで、パパはわたしを旋回させ、くすくす笑ってはしゃぎながら、わたしは腕を小さな翼みたいに広げていた。ママは一日じゅう料理していた――豚のもも肉、クランベリーソース、サヤマメのキャセロール、コーンブレッド。でも、エストレヤおばあちゃんのところみたいなクリスマス・タマレス（トウモロコシをすり潰してラードと混ぜ、バナナの葉などに包んで蒸したもの）はなかった。パパはあれが好きではなかった。

わたしたちはいっしょに、居間の隅にある折り畳み式のカードテーブルに着き、パパがお祈りを唱えはじめた。パパの黒い眼のまわりのしわを見ながら、自分の顔にもいつかあんなのができるのだろうかとわたしは思った。パパのそばにいられるときにはくっついているのが、わたしは好きだった――パパが手でわたしの首の後ろを覆い、皮膚に胼胝（たこ）のざらざらを感じるのが好きだった。パパはわたしに仕事というものを、車を、グリースを洗い落とすのにパパが使うあの特殊なオレンジ色の石鹸を思い出させた。

「ミリー」とパパが言った。「バターを忘れてるよ、ハニー」

ママはわたしのほうを見て、いい子だからパパにバターを持ってきてあげてくれない、と頼んだ。わたしは椅子からさっと降りて、小さなキッチンに向かった。ゴミがあふれている横を通ると、ぴかぴかのグリーンのクリスマスカードがサヤマメの空き缶や卵の殻の下に突っ込んであった。なぜそんなことをしたのかわからないけれど、わたしはゴミのなかに手を入れて、べとべとしたカードを引っ張り出した。開けてみると、黒い眼で明るい茶色の髪の小さな男の子が野球のバットを振りかぶっている写真が落ちてきた。わたしは長いあいだその子の顔を見つめた。

「クラリサ」ママがテーブルから叫んだ。「見つかった？」

わたしはクリスマスカードをまた、ゴミのなかにできるだけ深く突っ込んだ。テーブルに持っていくバターを掴むと、すぐ行くから、と両親に告げた——夕食のまえに手を洗わなくちゃならないから、と。


社会科の時間にわたしがぼりぼり掻いていたら、しまいに首の後ろからシラミが一匹シャンテル・サンチェスの机に落ちた。彼女の悲鳴はあまりに大きかったので、校長室にいた校長先生にまで聞こえた、というか、ほかの子たちはそう主張した。ハリソンからシラミをうつされたのは一年で四回目だった。わたしは学校から家に帰された、この問題が解消するまで無期限に、ということで。「健康上の危険による退学」というのが正式なピンクの紙に書かれていた言葉だった。ママはシラミに対していつもよりも躍起になった。マヨネーズを試し、ついでオリーブオイルを使い、それからアルコールをすりこみ、そのあと店頭売りのシャンプーを使った。母が作業を終えるころには、もう学校へはけっして戻れないのだとわたしは考えていた。

つぎの土曜日、ママはハリソンとわたしを町のウォッシュ・パークと呼ばれるところにある美容院へ連れていった。店は青と白で塗られて四方八方に鏡があった。天井のスピーカーからテクノ・ミュージックが流れ、床からかすかにアンモニアのにおいがした。美容師たちは活気があり、カラフルな髪に顔ピアスをしていた。彼らはセレステとかルナとかスカイなんて名前だった。わたしはいろいろなヘアスタイルがのっている小冊子をめくって、気に入りそうだと思ったカットをママに見せた。

「この人の前髪見て」ママに見せようとページを折り曲げながらわたしは言った。

「素敵ね、ヒタ。あんたたちもカットしてもらうのよ」

「ここで？」ハリソンは自分の席で目をあげて、驚いた表情を浮かべた。

「そう。新しい髪型を選ばなくちゃなんて気にする必要はないからね。どうするかは美容師さんたちにもう頼んであるから」

　わたしの髪はこのところエストレヤおばあちゃんのお茶のおかげで特別長く伸びていた。ママはいつもはわたしをコストカッターズ（安い美容院チェーン）へカットに連れていっていたのだけれど、前回は断られてしまった。誰も理由は言わなかったものの、きっとシラミだとわたしは思っていた。

　女の人に名前を呼ばれて、わたしは席から飛び上がってハリソンに向かって舌を突き出した。彼は無視して頭を掻いた。するともうひとりの女の人が彼の名前を呼んだ。わたしたちは黒い回転椅子が並んでいるところへ連れていかれ、隣同士で座らされた。わたしの美容師さんは口のなかのペパーミントガムでパチンと音をたてた。まぶたにグリッターを塗っていて、歯が見たことがないほど真っ白で大きく、エストレヤおばあちゃんのドラマに出てくる白人の女の人たちみたいだった。黒い櫛でわたしの髪を分けたあと、彼女は横で紫のケープをかけられているハリソンを指さした。

「あなたたち、双子？」と彼女は訊ねた。「なんて言うんだっけ、父方（パターナル）の？」

「違うわよ」ハリソンの髪を切っていた女の人が言った。「二卵性（フラターナル）っていうの」

「それそれ」とわたしの美容師が言った。「あなたたち、ぜったい同い年に見える」

ハリソンはくすくす笑った。「双子だったらよかったのに。クールなのにな」

「血が半分つながった弟ってだけ」とわたしは言った。

美容師二人はそろってああそうか、という顔になり、わたしは目をそらして正面の窓のほうを見た。

外では、カモメが街灯のあいだを急降下していた。陽は沈みかけていて、あたり一帯ぼうっとピンクに染まっていた。ピザの箱を抱えた一家がいっしょに駐車場を通り抜けていく。母親、父親、それに三人の小さな男の子。母親は笑いながら夫を指さし、夫はショッピングカートを摑んで、後部にスクーターのようにして乗っていた。息子たちは父親の真似をしようとする。子どもたちはあちこちよろよろして、母親は心配そうだった。ほんの一瞬、わたしはその家族が妬ましくなった、楽しそうにいっしょにいるところが。ずっと前からハリソンのことを知っていたら、わたしたちは友だちになれていたかもしれない。でもその代わりに、彼はわたしにパパを思い出させた。わたしを見捨てたただひとりの人を。そして一家は歩み去って視界から消え、わたしは鏡に視線を戻した。

そのときだった、わたしがわっと泣き出したのは。

わたしの長い髪は消え、ゴミの山のように床に集められていた。美容師はいったいどうしたのかと何度も訊ねたけれど、わたしはただ短くなった髪を摑むことしかできなかった。髪は涙のせいで前の部分が湿っぽかった。

「泣くなよ、クラリサ」ハリソンが言うのが聞こえた。ハリソンはひっそりとすすり泣いていた。

彼の頭は剃りあげられてつるっぱげになっていた。

わたしは立ち上がり、それからママのほうを見た。わたしたちの後ろのべつの席にいて、悲しそうな顔でうつむいている。ママの長い黒髪はカットされて、短い前髪のあるツーブロックのスパイキー・ヘアになっていた。わたしと目が合うと、ママは声を出さずに口だけ動かした、たぶん、**ごめんね**、と。

店を出るときに、ママは受付の人に小切手を渡し、ひとりがママにふけ予防シャンプーを売りつけようとした。

「あのね、お子さんたちは二人ともひどくやられてるわ」とその女の人は主張した。「これはぜったい効くから」

ママは首を振ったけれど、頭皮に突っ立つ短い髪は揺らぎもしなかった。「ありがとう、でもうちはまず民間療法を試してみるわ」


ママは泣いていた。ハリソンとわたしが唯一動くニンテンドーのコントローラーを使うのがどっちの番かで争っていると、泣き声が聞こえてきたのだ。さいしょは隣家の犬がきゃんきゃん鳴いているように聞こえたのだけれど、だんだん大きく絶え間なくなってきた。わたしはコントローラーを放り投げ、ハリソンもついてきた。蓋を閉めた便器に座って、両手で頭を抱え、ママはかゆくてたまらない様子で短い髪を引っ張っていて、頭皮にも首にも赤いぶつぶつができていた。鼻水と涙が顔を伝って唇を越え、白いシャツの胸元に滴っている。わたしはドア枠のところに立ったまま、ママの傍へ行くのが怖かった。こんなママを見たのはそれまで一度しかなかった——

パパが永遠に出ていってしまったときだ。

「消えてくれないの」ママは両手に顔を埋めてすすり泣いた。声がちょっとしわがれている。

「なにが、ママ？」

「どうしても消えないのよ」

ハリソンがわたしの後ろに立った。彼の黒い目は涙でいっぱいで、下睫毛で堰き止められていた。その目にバスルームが映っていた――ママがひとりで便器に座って、膝にも床にも髪が散らばっている。出てってと怒鳴りつけたかった、歩いて家に帰れ、バスに乗るなりなんなりして、わたしたちの生活から出ていけ、と。でも代わりに、ママを見ててね、とだけ彼に言い、キッチンへ駆け込んでけっしてしてはならないことをした――エストレヤおばあちゃんに電話したのだ。

わたしはおばあちゃんになにがあったか、ここ何か月かどういうことになっていたのか話した。おばあちゃんのわめき声があまりに大きかったので、話が終わると、我が家のタウンハウスのキッチンで本物の静寂が聞こえた。差し込む陽光のあいだを埃が漂う。クロムメッキの蛇口から水が滴る。電話のコードがゆっくりと丸まる。なにもかもがシーンとしているところへ、ママのすすり泣きが廊下から響いて静かな空気をかき乱した。エストレヤおばあちゃんがわたしたちを待っていると告げても、ママはわたしを殴りもしなかったし、怒鳴りつけもしなかった。ママは黙って赤い顔で便器の蓋から立ち上がると、車へと歩いた、まるでさいしょからこの日を待っていたかのように。

わたしたちが着くと、エストレヤおばあちゃんはポーチに立って、片手を目の上にかざして庭をタカのような目つきで注意深く見渡していた。おばあちゃんはひらひらする紫のスカートを穿いていて、その背後にはレンガの家がお城みたいにそびえていた。ママは車を停めて降り、タバコを道にぽいと捨てて、わたしたちを連れてポーチへ向かった。

「なんて髪なの」とエストレヤおばあちゃんは言った。「あんたたち全員」

「また伸びるわ」とママは答え、顔から涙を素早く拭った。

エストレヤおばあちゃんはちょっと唸った。脇へ寄ると、ついておいでとわたしたちに両手で合図した。玄関を開けるまえに、おばあちゃんはハリソンの小さな手を握ると、ミセス・ロペスだよと自己紹介した。ハリソンの黒い目は大きく見開かれ、驚きでいっぱいになっているように見えた。祖父母というものを持ったことがないみたいな感じで、たぶんいないんだろうとわたしは思った。

「全員、二階へあがって」

わたしたちはチェリーオークの階段をのぼって二階のバスルームへ行った。鉤爪の脚のついた長くて白い陶器のバスタブが暗い部屋に置かれている。冷え冷えしていたけれど、窓は床に置かれた金属製の鍋の湯気で一面に曇っていた。いつもはエストレヤおばあちゃんがメヌードを作るのに使う鍋だ。おばあちゃんはわたしたち全員に、膝をついて顔を下にして頭をバスタブの縁から垂らすよう命じた。首や腕が陶器に触れるとひやっとした。エストレヤおばあちゃんはわたしが小さかったころ、ここでお風呂に入れてくれて、わたしの膝や肘をタオルとアイボリー石鹼でごしごしこすった。一度、どうしてそんなに痛いほどごしごしこすらなくちゃならないのか訊いたことがあった。「あたしたちが不潔な人間じゃないからだよ」とおばあちゃんは答えた。あとでそのことをママに訊いたら、エストレヤおばあちゃんが子どものころ、自分の先生たちから不潔なメキシコ人と呼ばれていて、おばあちゃんはそれが、不潔の烙印（らくいん）が忘れられないんだ、と話してくれた。

エストレヤおばあちゃんが背後からゆっくりと苦い液体をわたしの頭に注ぐのが感じられた。ニームと呼ばれるものから作った液で、根っこのような強い悪臭があった。おばあちゃんはそれからわたしの短い髪を、頭皮に押し付けるようにして容赦なく素早く梳（くしけず）った。それを終えると、立つように命じた。

「ミハ、これを持って。首の後ろから前はおでこの上まで、きちんとかかるように気を付けて」

おばあちゃんは重い鍋をわたしの両手に持たせた。「だけど、わたしじゃ持ち上げられないよ」

「甘えん坊（マルクリアーダ）になるんじゃないの」

わたしは気を引き締め、膝を固定しておいて、鍋を持ち上げた。ハリソンの細い首に液体を注ぎながら、わたしの腕はぶるぶる震えた。彼が信じられないほど嚙まれてかさぶただらけなのを初めて目にした。

「痛む？」わたしは訊ねた。

「ううん、クラリサ」彼はくぐもった穏やかな声で答えた。「ごめんね、シラミが消えなくて」

「だいじょうぶ。今度のは効くから」

わたしがハリソンの頭に液をかけ終わると、エストレヤおばあちゃんは膝をついて白いタオルで彼の頭をこすり始めた。

「あたしの背中に垂らさないでよね」とママは言った。ママはバスタブに向かって身を強張らせ、ぎゅっと縁を握りしめていた。何度も振り向いては目を細めてわたしを見る。そのときわたしは、ママが震えているのに気がついた、脚も手首も震えている。エストレヤおばあちゃんは白いタオルを置くと、ママのほうへ身を乗り出した。手を伸ばすと、両手を軽くママの頭に置いた。ママを寒さから守ろうとするかのように。

エストレヤおばあちゃんはささやいた。「あの男もあの男が選んだことも、あんたにとってはもう過去のことなんだよ」

ママは答えた。「あたしはあの子に、姉がいるってことを知ってもらいたかっただけなの」

「で、こうしてあの子にはわかってるじゃないの、いい子ちゃん、だけど、これはあんたの出る幕じゃないんだよ」おばあちゃんはそれからママの首で指先を躍らせながら、かけるようにと、ママの皮膚といっしょに自分の手も濡らしてくれと、わたしに合図した。

つぎの日、ママは完璧にお化粧して、シラミのいなくなった髪にムースをつけ、ハリソンをグラント通りのアパートで降ろした。わたしは外の車のなかで待ちながら、彼の住居だとわかっている窓を見上げた。彼の姿を一目見たかった、この世でたったひとりのきょうだいを。見つめていると、しまいに彼が現れた。痩せこけた腕を伸ばすと、彼はブラインドを閉めた。わたしたちが彼をどこかで降ろしたのは、それが最後だった。

エストレヤおばあちゃんは亡くなるまえに、自分の治療法をすべて記したノートをわたしにくれた。なかには、おばあちゃんが震える手で植物の絵を描いてくれていて、その下に、スペイン語の名前と学術名、それにわたしのためだけに英語の名前が記してある。わたしはアタマジラミや胃痙攣や口臭を、適した薬草を使って治すことができる。たいていは、市販の薬に頼っている。

清潔だし、効目が早いし、子どもには蓋が開けられない容器に入っているし。でもときおり、本当にひどい頭痛が起きてアスピリンを飲んでも治まらなかったりすると、わたしはジャガイモのスライスをこめかみに貼りつけて、悪いものが体から吸い出されることを期待する。

この街で、パーティーやショーのときにときどきハリソンを見かける。彼はローチズというパンクバンドでベースを弾いている。彼はいまでは背が高くて、生真面目だけれど希望に満ちた表情をしている。わたしの父親も若いころは彼みたいだったんだろうかと思うことがある、わたしたち二人の母親がベタ惚れになってしまったころは。そしてまた、彼はいまだにみんなにシラミをうつしているんだろうかと思うこともある。でもそれはないだろう。

二、三か月まえ、ランサー・ラウンジの外にいたときに、窓越しになかのステージの上にいるハリソンが見えた。マイクにかがみこんで、黒いコードが腕に巻き付いていた。彼が体を起こしたときに、長いこと顔を見合わせ、それからわたしは笑顔を浮かべて彼の青いモホーク・ヘアを指さした。

「素敵な髪ね」とわたしは口を動かし、ハリソンは笑顔を返した。ガラス越しにわたしの声が聞こえたかのように。

ジュリアン・プラザ

Julian Plaza

ロビーに吊るしてある黒板にはさまざまなお知らせが書かれている——孫の誕生、夜のビンゴの会、葬儀。最近、放課後の日課のひとつとして、コラとわたしはいつも黒板を確認していた。新しいお知らせを書きこむのは、わたしたちの父、十年以上ジュリアン・プラザ老人ホームの用務員をしているラモンだった。早春のある月曜の午後のこと、コラはベルベットのロンパースを穿き、お揃いの赤いシュシュで髪をまとめて前へ身を乗り出していた。目を細めて読んでいる。

「ミセス・フローレスだ！　わかってたよ」コラは両手で自分の首を絞める真似をし、白目をむいてみせた。コラに言わせると、お年寄りはみんな、いちばん貧乏で、具合が悪くて、孤独な人から順に死ぬそうだ。「あの人は好きだったな。クソみたいな味のキャンディー持ってなかったし」

「あたしも」とわたしは言った。「あの人はいつもスキットルズ（フルーツ味のキャンディー）持ってたよね」

背後でエレベーターのドアがチャイム音とともに開き、道具がぎっしり入ったオレンジのバケツを持って父が足早に降りてきた。グレイのフランネルに包まれた肩は広く、袖はまくりあげられ、左の前腕に広がる色褪せたワシのタトゥーが露わになっていた。わたしの明るい色の目と栗色の髪は父親譲りで、母は冗談で父のことをいつも征服者(コンキスタドール)の顔だと言っていた——クローバーの目、高くて長い鼻、それに尖ったスペイン系の顎、はるか昔のアテンシオ家の祖先から受け継いだ容貌だ。父のとび色の髪はきれいに整えられ、一日じゅうきちんと落ち着いて波打っていた。父は歯の細かな黒い櫛と爽やかなフィネス・シャンプーしか使わなかった。**洗い流してもう一度、かわいい子ちゃんたち、**と父は言うのだった。**二度洗いがしっかり香りをつけるコツだよ。**

「ねえ、パパ」とコラは言った。「ミセス・フローレスはくたばったの?」

「そんな言い方するんじゃない。丁寧な言い方は、亡くなったとか——」

「ガタがきた? ひっくりかえった?」

わたしはくすくす笑ったが、父に睨まれてやめた。

「調子に乗らせるんじゃないよ、アレハンドラ。せめて一人は礼儀正しい娘がほしいね」父は砂色の作業用長靴を履いた足をちょっと後ろへ引いて、正面事務室の大きな時計へ視線を向けた。「もうちょっとまわってこないと」父は中央廊下をむこうへ行ってしまい、グリーンのカーペットとピンクの壁のなかに姿を消した。

コラとわたしはその午後、地下の娯楽室で過ごした。ここには誰もいたためしがなく、いつも石みたいなにおいがした。旧式のエクササイズマシーンがいくつか、ダイヤモンドゲームの箱、ケーブルテレビがあり、ポプラの木の壁紙が貼られていた。コラはサイクリングマシーンで競争しようと言い、意味がないにもかかわらず、わたしは承知した。コラは猫みたいにしなやかにまたがり、長いお下げ髪を左肩に垂らした。徹底的に洗っているのでコラのスニーカーはぴかぴかだったけれど、穴があきかけていて、そこからソックスのオレンジ色がちらちら見えた。

何分間かギアを軋ませ、わざとはあはあ息をしたあとで、コラが訊ねた。「パパはあたしたちのどっちかをもう片方よりも愛してると思う？」

コラはよくこういう質問をした、自分で自分に答える質問だ。わたしはペダルを踏み続けた。

コラはマシーンから降りた。テレビの横のリクライニングチェアのところへ行って座った。「どう見ても、あんたのほうがパパに好かれてる——今のところはね——だけど、あんたのほうが愛されてるかとなると、どうなんだろう。そうなるともっとずっと複雑だからね」コラはテレビをつけて、ニコロデオン（子ども向けチャンネル）を探した。「だけど知ってる？　パパはあたしたちのどっちも、ママほどは愛してないんだよ」

「病気だったら、その人をいちばん愛さなくちゃいけないんだよ」とわたしは答えた。

そのまえの十二月、デンバーのイーストサイドにある一九二〇年代に建てられた小さな我が家の居間に、母が入ってきた。コラとわたしはそった硬材の床に座って色鉛筆で人魚を描いていた。外の二十六番通りには、みぞれが降っていた。ほこりをかぶった正面の窓からくすんだ光が居間に差し込んで、ライム色のタオルを巻いた母を照らしていた。母は濡れた黒髪から肩や首にしずくを滴らせながらわたしたちのほうへ歩いてきた。なんだか母が溶けかけているように見えた、蠟（ろう）でできた女の人みたいに。母は床に膝をつくと、左の乳房を触ってみてくれとコラに頼んだ。ところが姉は嫌な顔をして断った。すると母はわたしのほうを向いた。頼みもせずに、母はわたしの手をタオルの下へと導いた、母の滑らかな肌の上へ。見えない体毛が指にちくちく感じられた。「どんな感じがする、アレハンドラ？」

「どこが？」とわたしは問い返した。

「ここ」母はそう言いながら、心臓の上のところへわたしの手を押し付けた。

母のみっしりした乳房は温かくてしっかりしていて、そしてその内側にごつごつした核があった。

「いい子ちゃん」母は唇をぎゅっと引き結んで硬い表情になった。「どんな感じがするか教えてちょうだい」

「石があるみたい、ママ。皮膚の下に」

それから何週間かして、母と父がキッチンテーブルに座っていた。二人の頭上ではつや消しガラスの照明器具の内側で蛾が一匹飛んでいて、閉じ込められたその影が両親の顔に投影されていた。コラとわたしは廊下の敷物の上をちょこちょこ歩いて階段の上方に腹ばいになった。手すり子を握って、ささくれ立った棒材のあいだからのぞきこんだ。母は青いネグリジェを着ていて、シフォン生地を透かしてプラム色の乳首が見えていた。家のなかがじめじめと麝香（じゃこう）のにおいがするみたいに感じられ、胸の奥底のどこかで、これは不安の気配なのだとわたしは悟っていた。

父は母の胸元にキスし、細い両手首を握った。「だいじょうぶだよ、ナエリ」父は言った。「いい治療を受けられる方法を見つけるさ」父は母の横にかがんで、びっくりするほど小さく見える姿勢で頭を母の膝にのせた。「心配しないで、愛しい人（ミ・ケリーダ）」

母は顔を光に向け、コラとわたしの近くを見つめた。コラはわたしを引っ張りながらさっと横へ寄った。敷物を見つめるわたしたちの耳に、母の声が聞こえた。「何日も休むようになったら、辞めさせられるわよ」

「ほかの仕事があるさ、もっといい保険つきの」

「だめ」と母は言った。「辞めるのはリスクが大きすぎる。そのときがきたら、あたしはシンシアのところへ行く」

コラはわたしの左腕を引っ張って、二人でそっと床から立ち上がった。厳しい、心配そうな表情で、黒い目は曇っていた。「どうしてママがそんなとこで暮らさなくちゃならないのよ?」コラは小声で言った。「あたしたちで看病すればいいじゃない」


ミス・シンシアとその夫、わたしたちがレックスおじさんと呼んでいた理髪師は、何区画か向こうのうちよりもさらに古い家に住んでいた。濃い青緑色のペンキがはげかけていて、長い木製の車椅子用スロープがあり、わたしはそれを海賊船の厚板だと想像して楽しんでいた。その夕方、コラとわたしはジュリアン・プラザを出てから、太い蔓や枯れた葉に覆われたあの家のポーチに立っていて、父が赤いドアをノックした。

「あら、アテンシオのおちびちゃんたちね」ミス・シンシアはそう言って、腰に幼い男の子を抱えながらわたしたちを中へ入れてくれた。ミス・シンシアはカスティーヨ家の出で、父によると、うちの家系図のどこかにある古いスペインの苗字だということだったが、似ているところは見当たらなかった。彼女の黒い目は引っかき傷のある丸いメガネの奥でケシ粒みたいだったし、髪は銀色で、編んでうなじのところで丸くまとめられていた。おそろしくずんぐりした体形で、胸がウエストまで垂れていた。いつもオンドリの絵がついたエプロンをしていて、ごつごつ膨れたポケットにはおしゃぶりがぎっしり、不格好なスニーカーはベージュ色だった。年は取っていたものの、ミス・シンシアは、かくしゃくとしていると父が呼ぶタイプだった。

　彼女に導かれてわたしたちは、テーブルにクッキーやベビーフードの置かれたキッチンを通り抜けた。市松模様のリノリウムの床の上で、ほかの幼児たちがブロックやプラスチックの揺り木馬で遊んでいる横を通ってすすんだ。ミス・シンシアは幼児たちをまたぎ、奥のドアのところで立ち止まった、そこに母がいるのだった。

「あの人、今日はぼうっとしててね」と彼女は父に言った。「あの新しい薬だね。あれはどうもよくない」ミス・シンシアの腰にのっかっている男の子がまじまじとわたしを見つめた。わたしが手を振ると、そっぽを向いた。

　奥の部屋の三枚パネルの窓の前で、母は使い古した金属製の車椅子に座っていた。頭をちょっと右に傾げ、両手がひじ掛けからだらんと垂れている。母は外を見ていて、庭で揺れている実のなっていない桃の木立を眺めている様子だった。夕暮れ時で、空は金色とラベンダー色だった。部屋は半月形に建てられていて、専用の玄関があり、レックスおじさんがあとから思いついて、部屋代を取って足しにするために家にくっつけて建てたという感じだった。母の病床のための品々が横のアルミのトレイに並んでいた。エアブラシで描かれた聖母マリアの絵、くるくる丸まったコードがついたピンクの電話、ブタみたいな色の差込み便器、コラとわたしの学校で撮ったポートレート、それにオレンジ色の薬瓶が幾つも。

「来たよ、ママ」わたしは低い声でそっと言った。

　母は口ごもり、水をちょっと飲んで口を湿した。「アレハンドラ、野良猫（アリー・キャット）ちゃん」

「見せたいものがあるんだけど?」

母はざんばら髪の頭を下げた。

母の足元に座って、わたしはバックパックから絵本を引っ張り出し、緑がかった馬のマーカスが彗星(すいせい)の尾にのっかっている挿絵を見せた。「マーカスはほかの動物の夢のなかへ飛んでいけるんだよ」

「ああ」母はわたしのこめかみのところで人差し指をくるくるまわした。「それはあたしもできるわよ」

「ママは魔女(ブルーハ)なの?」

母は目元でにこっとした。

わたしたちは木を囲むようにして母のまわりに座り、母の手足に触ったり、チクチクするペンドルトンの毛布を撫でつけたりした。父は職場の話をした――新しい入居者、亡くなった古い入居者たち、それに八階のベランダのリフォーム。しばらくすると父は黙ってしまい、おでこを母の頭頂部にくっつけた。母が病気になるまえには、父はよく夕食を作る母の腰に両腕をまわしていた。父は母の巻き毛のにおいを嗅ぎ、両肩と両方の耳たぶにキスした。母は以前はくすくす笑って父を振り払い、「やめてよラモン、子どもたちはこんなの見たがらないわ」と言ったものだった。

母は訊ねた。「コラはどこ?」

隅のほうで、ベッドに座ってトレイに並んだオレンジ色の処方薬の瓶をじっと見ていた姉に、父は身振りで合図した。コラは飛び降りた。のろのろと母のほうへ歩いてくると、頬にひとつキスした。そしてしまいに母がいなくてどれほど寂しいかしゃべりだした、さいしょは静かに、そのうちどんどん切羽詰まった口調で、家に帰ってきてほしいと母に言った。「ママのTシャツ着て寝てるの。ベティー・ブープのやつが好きなんだ」

母は何度かうなずき、瞼が、傾けられた赤ちゃん人形の瞼のように下がった。母は突然眠り込んだり目を覚ましたりし、鼾をかいたり、ジュリアン・プラザの通気口のようにひゅうひゅう喉を鳴らしたりした。コラは顔をしかめてベッドへ戻っていった。そのあとは帰るまでずっとそこにいた。

あの夜、わたしたちが帰るまえ、父はレックスおじさんと話をした。おじさんはメインルームで、床屋の黒いケープをかけた太った男の人の上にかがみこんでいた。レックスおじさんは男の人の顔を剃っていたのだ。おじさんは目をあげて、剃刀をひょいと動かしながらわたしたちにこんにちはと声をかけた。父は開けてあるフレンチドアのあいだで立ち止まった。「あのバスルームの明かりを今みてみるよ、レックス」

レックスおじさんはうなずいて、ふわふわしたシェービングクリームを太った男の人の首になすりつけた。

それから父はミス・シンシアに紙幣を幾らか渡し、彼女はそれをでこぼこしたエプロンのなかへしまった。

夕食に、父はグーラッシュを作った。「ふん」と父は言った。「安っぽく見えるかもしれんが、なあお前たち、うまいんだぞ」父は鍋をテーブルに置き、コラとわたしはそれぞれのボウルをそっちへ滑らせた。父はヌードルと牛ひき肉を山盛りすくうと、青いプラスチックのボウルにばしゃっとよそった。それからぶつぶつ言うと席につき、白いペーパーナプキンを広げて汚れたジーンズの膝に掛け、みんなでお祈りを唱えた。

「今日は仕事はどうだったの、パパ？」わたしは訊ねた。

「もうひとつだったな」と父は答えた。「ミスター・ジョージ・ベイカーが昼に、食洗器を修理してくれって電話をかけてきたんだけどね、行ってみたら、脈がないんだ。バスタブにかがみこんでた、この世にやってきたときと同じく真っ裸でね。靴下以外は。靴下は履いてたんだ」

「ぞっとしちゃう」コラが水を飲みながら言った。

「これが現実だよ」と父は返した。「それにしても、あの人は独りぼっちだった。誰ひとりいなかったんだ。つらい死に方だよな——あんなふうにひとりで、だけど、いやまったく、あの人はためこんでたよ。腕時計、コイン、電気製品、あらゆるものを」

コラが食べていたグーラッシュから目をあげた。なにか言いたそうに見えたが、窓の外へちらと目をやっただけで、また自分のヌードルに視線を戻し、フォークの先に三筋引っかけた。

ミスター・ジョージ・ベイカーはジュリアン・プラザでもいちばん貧乏なひとりだとわたしは思っていた。虫食いのあるスーツを着て、くたびれたフェドーラ帽をかぶり、誰も訪ねてきたことがなく、コラに言わせると、まったく別のタイプの貧しさだった。「あの人、家族がいたと思う？」

「誰にだって家族はいるよ、アレハンドラ」と父は答えた。「ただ、それがその人にとって大事なことかどうかによるね。ミスター・ベイカーはたいして気にかけていなかったんじゃないかな。

そういう男もいるんだ。本物の一匹狼タイプだな」

わたしは山奥にいる男たちを思い浮かべた、長髪で荒っぽく、歯の代わりに血まみれの牙が生えた男たち。「パパがそんなじゃなくてよかった」

父はくすくす笑った——目や口のまわりのしわを深くして。夕食を終えると、父はわたしたちの手にキスして、皿洗いをやっておくれと頼んだ。「パパに用があるなら」と父は言った。「裏にいるから」

わたしが洗うと、コラが拭いて重ねた。流しの上の窓越しに、父と背の低い男の輪郭が車庫の明かりに浮き上がっているのをわたしは見つめた。二人はテレビを調べ、まわりを歩いてかがみこみ、コードをぎゅっと引っ張った。父は男にステレオと、小さめの段ボール箱に入ったほかのものを渡した。背の低い男はそういう品々を自分のピックアップトラックに運び、父は車庫を閉めて鍵をかけた。わたしはコラに、鍵穴に出っ張ったお尻がつっかえて動けなくなっているティンカーベルの絵のついたカップを渡した。

「あのね、パパはああいう物をぜんぶ盗むんだよ」とコラは言った。「死んだお年寄りからね」

「嘘だ。パパはそんなことしないよ」

コラは最後の皿をわたしから受け取った。わたしは蛇口を閉めて父が男から金を幾らか受け取るのを見つめた。

「人がなにをするか、それともしないか、あんたにわかるわけないでしょ」とコラが言った。「あんたはまだ赤ちゃんだもん。あれはミスター・ベイカーのテレビだよ。保証する」

二週間もしないうちに、春は初夏に変わった。学校はやっと休みになり、コラとわたしはこれまでよりもジュリアン・プラザで過ごす時間が長くなった。六月初めのある月曜日、父の勤務が一時間早く終わり、父はわたしたちを小さな海老茶色のピックアップトラックに乗せて、ミス・シンシアのところへ向かった。父はスティーリー・ダンのCDをかけ、車はパーク・アベニューを進んだ。窓は開いていて、暖かいそよ風がわたしたちの髪に吹きつけた。その音楽はわたしたちの暮らす地区のサウンドトラックみたいだった——白いパラソルを持った小柄なおばあさんたち、ぶちの犬を連れたホームレスの男の人、黒い自転車に乗った緑のベストのおまわりさん、そしてヘッドライトとフロントグリルがまるできらきらした楽しそうな顔のように見えるいろんな車やトラック。父は「ダーティ・ワーク」を歌いながら大きな黒いヴィクトリア朝風の家の外に車を停めた。トラックのドアを開けると歩道に降り、芝生を横切ってライラックの茂みの横に立った。後ろポケットからナイフを取り出すと、一枝切り取った。「においを嗅いでみろ、お前たち」またトラックに乗り込むと父は言った。「ママの大好きな花だ」

「それって盗みじゃないの?」コラが助手席から冷ややかに訊ねた。

「いや。歩道にはみ出してた。公共サービスだよ」

わたしは真ん中の座席で笑い、父はウィンクすると花をわたしの膝に置いた。

ベッドで、分厚い掛布団を掛けて小さく見える母は、わたしたちが脇へ近づくと笑顔になった。父は母にライラックを差し出した、両腕を伸ばし、エキゾチックな紫の小鳥を抱えるようにして。「きれいね」と母は言い、父は花を部屋の向こうの炉棚に置き、その明るさと甘い香りが病室のよどんだにおいを圧倒した。母は掌を上にして両手をベッドの上に置いた。まるで、わたしたちの訪問を皮膚から吸い込もうとするかのように。わたしたちはひとりずつ順番に挨拶してキスした。母の額を撫でて頬にキスする。母は最近体重がめっきり減って、わたしが存在を知らなかった骨が顔から突き出て、目のまわりに深い影を刻みこんでいた。母の体がどんどん小さくなっているのに、なぜか、母の部屋でのあの午後のひとときは穏やかでのんびりしているように感じられ、なんだかわたしたち四人が、巨大な白いベッドでいっしょに昼寝しているかのようだった。

ずいぶん経ってから、ミス・シンシアが裏のドアから入ってきた。オンドリのエプロンが風にとらえられた溝の落ち葉みたいに左右に揺れる。コラとわたしは窓のほうへ行って、長い木のベンチに腰掛けた。「体位を変えなくちゃならないの」とミス・シンシアは言い、父はうなずいた。コラとわたしは二人が母の体をパズルみたいに扱うのを眺めた。父の手を借りて、ミス・シンシアは母を左を下に横向きにし、首と両腕の下を枕で支えて、人魚が浜へ上がることがあったら、きっとこんなふうに寝転ぶんじゃないかと思えるような体勢にした。「床ずれの恐れはあまりないの」とミス・シンシアは父に言った。「だけど用心するに越したことはないからね」床ずれがなんなのかわたしにはさっぱりわからなかったが、鋭い歯の生えたベッドが母の脚やお尻に歯を突き立てて体から肉をがぶっと食いちぎる様が浮かんだ。

母が新しい姿勢で気持ちよく落ち着くと、コラは木のベンチから立ち上がり、サイドテーブルからカーメックス・リップクリームの小さな容器を取って母に近寄った。小指を容器に突っ込んでから、コラは母の唇にその指を這わせた。「唇がガサガサだよ、ママ」

「頼りになるヘルパーさんね、コラ」母はそう言って、唇をちゅっといわせて宙にキスした。

その夜、わたしは病気になるまえの母の夢を見た。わたしは五歳で、みんなで遠くのサグアリータという、母が育った町に住む祖父を訪問していた。そこは真っ白な峰々を戴く真っ青な山並に囲まれた広い谷だった。コラとわたしはマルセロおじいちゃんの小さな日干しレンガの家の裏の広い野原で鬼ごっこをした。大人たちは明かりの灯った木のポーチから見ていた。穏やかにしゃべりながらビールを飲み、ラジオから流れるスペインの歌を、かき鳴らされる悲しげなギターの音色を聴いていた。コラとわたしは振り向いて大人たちに手を振ると、また追いかけあい、笑いながらあちこち駆けまわった。

わたしたちは敷地の端の、有刺鉄線のフェンスが土地をふたつに分けているところまで行った。コラの腕にタッチしそうになったのに、向こうは長くて黒いお下げ髪を宙に滑らせて、さっと横へ飛びのいた。そのときだった、わたしが走るのをやめ、背の高い草のなかで身じろぎもせず二つの目を明かりのように輝かせている子鹿を目にして息をのんだのは。「あんた、ひとりぼっちなの?」わたしはささやいた。「ママはどこにいるの?」

コラも走るのをやめ、引き返してわたしの横に立った。「捨てられたのかも」と言った。コラはにやっとし、わたしも自分の口角がそれを真似するのを感じた。ブラックバードが飛行中に黙って方向を変えるように、その瞬間、わたしたちは暗黙のうちに互いに心が通じていた。わたしたちはその子鹿をいっしょに家に連れ帰って、わたしたちのベッドの下で寝かせ、うちの庭で草を食べさせ、うちの桶から水を飲ませてやりたかったのだ。わたしたちの新しい姉妹、うちの動物だ。ところがそのとき、母の声が聞こえた。母は長い黄色のサンドレスの裾を手でたくしあげて全速力でわたしたちのほうへ駆け寄りながら、叫んでいた。「だめよ、あんたたち！」ストラップのついた革のサンダルで走る母はいつもより背が高く、力強く見えた。黄昏時ではあったけれど、母の表情は見えた、断固として揺るがない。母は谷を近づいてくる炎のように見えた。

母がコラとわたしのところへ来るころには、子鹿は有刺鉄線のフェンスの向こう側へ逃げてしまっていた。「あの子のママは食べ物を探しに出かけてるだけよ」母はあえぎながら言った。「ほんとよ。きっと帰ってくるから」


翌朝わたしは、コラが車庫の上にいるのを見つけた。夏のさなかのクリスマス飾りみたいだ。髪は黒いもじゃもじゃで、梳かしもせず編んでもいない。膝下まである母のベティー・ブープのTシャツを着て、行きつ戻りつしていた。わたしが裏庭に出ると、コラは立ち止まって、眩しい光を遮ろうとするかのように片腕をあげた。「どうしたの、アリー・キャット？」

「あたしもあがっていい？」

コラはわざとらしくあくびした。「塀からのぼってきなよ。手伝ってあげるから」

あたり一帯がすっかり見渡せた。山並も、わたしの小学校も、なかほどの階まで木立に丸く囲まれたジュリアン・プラザも。雲が街の上に空気の毛布みたいに垂れ下がっている。コラがわたしの横に立った、片手を腰に当て、街を見渡している。コラは車が慌ただしく行き交い、モーテルやバーの並ぶコルファックス大通りのほうを指さした。

「ママはあっちにいるんだよ」と姉は言った。「バーガーキングの裏」

「そんなに遠くには見えないね」とわたしは返事した。

「そうだね」とコラは言った。「ママはあたしたちと家にいるべきだよ」

「ママはあたしたちとはいられないよ」とわたしは答えた。「誰が看病するのよ?」

「あたしはできる。たぶんミス・シンシアよりずっと上手にできるよ。だいたいあの人になにがわかるのよ?」

母がいってしまうまえのことをわたしは考えた。コラと居間の窓から見ていたら、郵便を取りにいった母が前庭で倒れたのだ。わたしたちは二人とも、母が立ち上がって体をはたくんじゃないかと、ちょっと待った。母はそうはしなかったので、靴もはかず、上着もはおらずに二人で外へ飛び出した。母を持ち上げてなかへ運び込もうとしたけれど、うまくいかない、そこで、細い体を家へ引きずっていこうとした。わたしたちが住んでいる区画は白昼に車庫から芝刈り機や自転車が盗まれるようなところだったが、誰も通りかからず手助けは望めなかった。わたしは泣きながら母の隣に寝ころび、コラはなかへ駆け込んでキッチンから父に電話した。父はジュリアン・プラザから記録的な速さで車を走らせてきた。

「ミス・シンシアはいい人だと思うけど」とわたしは言った。「ママの髪をきちんとしてくれて、気持ちのいい毛布もかけてくれてるし」

「あのね、あの人はお金がもらえるからママの世話をしてるだけだよ。ママのことを大事に思ってるわけじゃない。あの人が大事に思ってるのはお金なんだ」コラはそれからほっそりした脚を片方そっと木の塀の上に移動させ、もう片方もそうした。「おいで、アリー・キャット。準備しなくちゃ」

「ここまでずっと歩いてきたの？」ミス・シンシアはキッチンテーブルの上のシュガークッキーの皿をわたしたちのほうへ押しやりながら訊ねた。メガネがほこりまみれだ。針金のような黒い毛が二本上唇の上から突き出していて、それまで見たことのない幼児を膝に抱いていた。小さな女の子で、手を丸ごとしゃぶって前腕をよだれだらけにしている。ミス・シンシアは自分のオンドリのエプロンでその子の口を拭った。

「うん」コラはクッキーを断りながら答えた。「遠くないから」

「で、迷子にならなかったの？　つまりね、あんたはちっちゃな妹と、自分たちだけで道がわかったの？」

「もう何か月もここへ来てるんだもん。道は知ってるよ」

ミス・シンシアはクッキーを一枚テーブルに押しつけて割ると、赤ん坊にひとかけ渡した。「賢いのね。あんたはママに似たのかしら、パパに似たのかしら」

「どっちにも似てるの」わたしはクッキーをかじりながら言った。「あたしたちふたりとも、どっちにも似てるの」

ミス・シンシアはにこっとした。歯は何本か茶色くなっていて、黒い隙間があった。うんと長いあいだ笑顔のままでいて、それからテーブルから立ち上がって幼児をリノリウムの床に下ろした。子どもは一瞬ふらふら立ってから、廊下にあるプラスチックの揺り木馬のほうへ這っていった。ミス・シンシアは電話の横に立つと、十字架にかけられた幼子イエスの磔刑像を直した。イエスの茨（いばら）の冠の周囲にはピンクの血が流れている。「あのね、お嬢ちゃんたち、あんたたちのママは今日は具合がよくないの。朝はとりわけきつかったのよ。今じゃ病気が骨まできていてね。

体じゅうに」

コラはわかったと返事した。

「パパを待っていたいんじゃないの？　だって、ほとんど毎日パパに連れてきてもらってるんだもの。そうすれば両親二人といっしょにいられるし」

「ううん」とコラは答えた。「あたしたち、すぐママに会いたいの。すいません」

ミス・シンシアはシュガークッキーの皿をテーブルから持ち上げて、また調理台に置いた。

「どうしてもって言うんなら。あんたたちのお母さんは奥の部屋よ、ベッドにいるわ」


生まれてからずっと、コラとわたしのまわりには病気の人や死にかけている人がいた。人間というのは永久不変ではないということをわたしたちは学んでいた、そして彼らの病気も。わたしが六歳でコラが八歳のとき、母はジュリアン・プラザにいるビリーという名前の女の人を定期的に訪問していた、長い耳が垂れていて、片脚しかなかった。本人が死ぬまえに手足が死んでしまう病気に罹って片脚を切り落とされたのだとコラは教えてくれた。一度、わたしたちがビリーといっしょに『ザ・プライス・イズ・ライト』（商品の値段を当てるクイズ番組）を観ていたとき、コラが回る回転盤から目をそらして言った。「もしお医者さんたちがあたしの脚を切り取りたがったら、あたしなら電車かバスに脚を轢かせちゃうな」母は金切り声をあげ、コラの言ったことを謝った。ビリーはその年のうちに死んでしまったが、あの人の住まいの臭いはけっして忘れられなかった、畑の表面から五センチほど下の、根っこが絡まっている土のような臭いだった。あの日、ミス・シンシアの家で、空気を嗅いだわたしは、母の部屋はまさにあの臭いだと気がついた。

ブラインドは閉じられ、部屋は薄暗かった。母はレンタルの病院用ベッドに、カラフルなキルトの上掛けを何枚も掛けて寝ていた。額を囲む縮れた髪の房が、黒い小さなミミズみたいだ。母の顔全体が、しぼんで血の気がなくなっているように見えた。コラはブラインドをひねって開けた。白い光が部屋に水平に広がり、母の瞼がぴくぴく動いた。わたしは母の横に腰かけ、額を撫でた。ひんやりして湿っぽくて、殻のなかのカタツムリはこんな感じじゃないだろうかとわたしは思った。「ママ、来たよ」わたしは唇を母の耳に触れそうなくらい近づけてささやいた。

母は目を瞬いて、星のあいだの宇宙空間みたいな真っ黒な目でわたしを見た。「あんたを学校へ迎えにいってあげなきゃいけなかったのに」

「今は夏だよ」コラは車椅子を母のベッドまで押しながら言った。コラは身をかがめて足置きを広げ、ハンドルを調整した。「このまえ言ったでしょ、ママ。学校が休みになってからしばらく経つんだよ」

母はコラの顔に手を伸ばした。爪はミス・シンシアが明るいストロベリーレッドに塗ってくれていた。短いイチゴがちりばめられた手がコラの頭部に沿って動き、動物にするように撫でた。母は顔をしかめた。「気候の移り変わりがどうもわからなくって」母はそう言うと横向きになった。目を閉じて、長いしわがれたうめき声をあげた。

コラが話しかけた。「ここにいちゃだめだよ。どんどん悪くなるばかりじゃない。かえって悪くなるってあたしはわかってたんだ。誰もあたしの言うこと聞いてくれないんだから」

母は枕の端を嚙み、歯をカバーに食い込ませた。母はぶつぶつ言ったりうめいたりした。「なに言ってるのかわかんないよ」とコラが言った。

「あんたたち」母はささやくように言った。「頼むから――」そして大声をあげた。「ミス・シンシア？」

コラは殴られたような顔になった。首を振ると、ベッドのリモコンへ手を伸ばした。わたしはやめてと言いながら、コラの腕を引っ張った。コラはわたしを押しのけると、母の上体がまっすぐになるまでマットレスを上げ、上掛けが母の腰までずり落ちた。母は四肢が消えてなくなってしまったみたいに見えた。わたしは、空気しか入っていないのを覚悟しながら母の袖を押さえた。母は戸惑っている様子で、具合が悪くて学校を休んでいる熱っぽい子どもみたいに小さく見えた。わたしはさっとベッドから離れ、キルトの下の母の両足の部分――震えていて、ほんのちょっとしか盛り上がっていない――をじっと見つめた。手を母の右足の上に置いた。

「ママは具合がよくないんだよ」わたしはコラに言った。

「だから出ていくんだよ」とコラは答えた。「だからあたしたちで連れ出すんだ」

コラは覆いかぶさるようにして、両手を母の脇へ差し込んだ。首をぐいっと動かして、わたしにも同じようにしろと合図した。

「どうなんだろう」とわたしは言った。「ママ、痛がるよ」

「わけないよ。パパがやってたでしょ？　ママのこと、赤ちゃんみたいに抱き上げてたじゃない」

「わかった」わたしは答えると、母の腰に向き合って、コラに言われたとおりにした。

コラはうなずいた。「さあ、アリー・キャット。一。二。三。持ち上げて」

母の体がマットレスから持ち上がった。母の骨盤がわたしの掌を突き、ネグリジェが背中でまっすぐ垂れ下がった。わたしたちは母を抱いていた。わたしたちの手で支えられて、煙みたいに屋根まで昇っていきそうだった。わたしたちは母を運べる。できるのだ。母は車椅子に乗って、日の光を浴びながら、ほっそりと美しく、優雅に滑るようにして家へ帰るのだ。ところが母は目を開き、自分たちが実際にどのくらい進んだのかわたしは悟った。ぜんぜんだ。母は怯えて動揺し、泣き声をあげながら身をよじった。コラがまず支えきれなくなり、母の全体重がずっしりわたしにのしかかり、ふたりいっしょにベッドにどすんと倒れこんだ、金属の手すりの上に、プラスチックのリモコンの上に。わたしは手を放して後ずさりし、母は何度も何度も叫び声をあげた。

ドアが開き、ミス・シンシアが部屋に入ってきた。だらんと垂れたオンドリのエプロンの下の両脚を動かして車椅子の後ろを歩いてきた。わたしたちを見つめたメガネは光で白く見え、口はぽかんとあいた黒い穴だった。「いったいなんてことを」

わたしたちがなにをしたかミス・シンシアが父に話すと、父は車でわたしたちを連れ帰るあいだ押し黙ったままで、体をねじって角を曲がったり、赤信号でアイドリングしたりしながら、ひどくがっくりきている様子だった。通りは馬の長い背中のようで、闇のなかに光が点在していた。その夜わたしは壁の向こう側でコラがひっそりと泣いている声を聴きながらベッドに入った。マーカスという名前の馬の本をもうちょっと読もうとしたのだけれど、マーカスのやることのなにもかもがマンガみたいな、楽しい、嘘くさいことのように思えた。コラが壁を二度ほど叩いて、こっちの部屋へ来てと合図を寄越したので、暗いなかを歩いて、コラのベッドに身を横たえた。コラの長い髪はじっとりと人魚姫の枕カバーの上でもつれあっていた。コラはわたしをぎゅっと抱き寄せて言った。「だいじょうぶ。ママを連れて帰るべつの方法を考えよう。約束する」

でも、コラは母を連れて帰る新しい方法を見つける必要はなかった。なぜなら、それからほどなく、わたしたち三人がジュリアン・プラザにいるあいだに——父は膝をついて排水管から白髪を引っ張り出し、コラとわたしは娯楽室でニコロデオンを観ていた——うちの車庫が盗難にあい、泥棒は父がミス・シンシアに金を払うために売っていたものを洗いざらい奪っていったのだ。

その夜、裏の私道に車を乗り入れた父は、こじ開けられた車庫のドアを座ったまま長いあいだ見つめていた。そのうちやっと車を降りて、壊されたカギを検分した。父はしゃがんで地面の芝生の葉をむしると、風に散らせた、それが盗人のいる方角を教えてくれるとでもいわんばかりに。

夕食のとき、父はキッチンテーブルに身じろぎもせずに座っていた。父は握りこぶしに息を吹きかけた。わたしたちの頭にキスすると、髪を撫でた。父のワークシャツは肘のところが破れていて、顎と両頬は無精ひげで黒ずんでいた。「二、三日うちにママを家に連れて帰るからな。大変になるだろう。パパはほとんど毎日働かなくちゃならない。だけど、パパがいないあいだは娘たちがママの世話をしてくれるよな」

「あたし、毎日ママについてるから」とコラは答えた。

父は両手で顔を覆った。テーブルから立ち上がると、浴室へ行った。洗面台に水が流れる音がして、水音の下から、しわがれたすすり泣きが長々と聞こえてきた。
二、三日後、街に熱波が押し寄せた。破けたショートパンツにコットンのタンクトップという格好の汗まみれの子どもたちが通りにあふれた。コラとわたしはジュリアン・プラザのロビーから、黒いプラスチック椅子に座って彼らを眺めた。彼らの頭上には、昼の月が爪のかけらのように浮かんでいた。コラは床まで届く青いスカートを穿いた黒人の女の人がまえに置いていったクリスチャン・ニュースレターで体を扇いでいた。掛かっている黒板には、アイスクリームパーティーとジョン・マイケルと名付けられた孫の誕生のお知らせが書いてあるだけだった。

「退屈だ」コラが言った。

「外で遊ぶ?」わたしは訊ねた。

コラは時計がカチカチいうリズムに合わせて脚を前後にぶらぶらさせた。「消火栓の水は汚いよ」コラはさらに椅子に身を沈め、こう訊いてわたしを驚かせた。「ほかになにをしたい、アリー・キャット?」

娯楽室はどうだろう、とわたしは思った、ダイヤモンドゲームとか、テレビとか。コーヒーフレッシュを食べてもいいかな、砂糖を幾筋も撒いてアリをおびき寄せるとか、大型ゴミ容器に石を投げこむとか。どれもやる価値があるようには思えなかった。「競争する?」

コラはクリスチャン・ニュースレターを床に落とした。上体を起こすとにやっとした。「いちばん上まで、各階を走っていこう」ちょっと言葉を切ってから、言った。「位置について、用意――」

「どん」とわたしは叫んだ。

わたしたちは廊下を出発し、わたしは、グリーンのカーペットは芝生で、天井の明かりは日光だということにした。つぎの階へ、またつぎの階へとジグザグに上がっていったわたしたちは、ほとんどどの部屋のドアも開け放たれた階へ来た。沼地のような暑さだった。入居者たちは物でいっぱいのワンルームに座りこみ、金属の扇風機が紙の吹き流しといっしょに風を送っていた。オレンジ色のソファが見えた。壁に掛けられたマクラメ編みが見えた。銀色の頭がぽつねんとスープのボウルにかがみこんでいるのが見えた。白黒映画を観ている人もいた、大音量で。白服の乙女たちが線路に縛り付けられている。カウボーイのヒーローたちが撃ち殺される。

各階をジグザグに、ジュリアン・プラザの古色蒼然とした屋内を姉妹で駆け抜けながら、自分がまだうんと小さくて母が病気ではなかったころのことを思い出した。夏で、母は茶色の柄物のワンピースを着て、踵が高くて大きな音のするサンダルを履き、クチナシの香りを漂わせて髪にはオリーブオイルをつけていた。わたしは母のほっそりした腰に抱えられ、コラは横を歩いていた。わたしたちはお年寄りを訪ねてパイを配っていたのだ――アップルにルバーブにストロベリーにピーカン。パイは全員分はなく、家族のいない人にだけだった、もっとも必要としている人たちにだけ。母はノックし、それぞれのドアが開くと、ジュリアン・プラザの住人は嬉しそうににっこりし、これまでの長い人生で、こんなに愛らしい若い女性を見るのは初めてだと言いたげな表情になるのだった。

ガラパゴ

Galapago

男を殺す前日、パーラ・オルティスは自宅で孫娘のアラーナといっしょに昼ご飯を食べた。明るい黄色の狭いキッチンにあるアルミのテーブルにいっしょにすわって、ターキーラップと水気の切れていないケールのサラダを食べたのだ。アラーナは昼休みに立ち寄ってくれた。彼女は中心部にあるガラス張り高層ビルの石油ガスを専門とする市場調査会社で働いており、茶色のシフトドレスという地味な格好で、明るい色にした髪を高いところでまとめてポニーテールにしていた。パーラは冷蔵庫の上に置いてあるテレビで白黒映像のジュディ・ガーランドが歌うのを観ながら、入れ歯では簡単に咀嚼できないケールを丹念に嚙んでいた。いつもの小麦粉のトルティーヤにビーンズ・アンド・ライスのほうが好きだったのだが、孫娘のご機嫌をとることを学んでいた、つんけんしてはいても、彼女なりに心根の優しいところがある娘なのだ。

「今週は幾つか施設を見て、どんなものかっていう感じをつかんでみようよ」アラーナはテーブル越しにパンフレットを差し出した。これはウェルスプリング・エーカーズという老人ホームのパンフレットなのだと彼女は説明したが、高齢者の目には字が小さすぎて薄かった。

アラーナは何年もまえからパーラに、ガラパゴ通りの家を売って高齢者向けアパートの一室を借りたほうがいいと勧めていた。デンバーの住宅市場は活況を呈している、とアラーナはしょっちゅう言っていた。それに、老人用アパートは以前よりもずっとシックになっているし。ウエストサイドの住宅でさえ、五十万ドルで売れるのだ。だがパーラはガラパゴ通りで六十二年間暮らしてきた、エイヴェルと結婚して以来ずっと。どちらの側の家族においても、自分の家を持つのは二人がさいしょだった。

「おばあちゃん、聞いてる?」アラーナは水をごくごく飲むと、親指でコップの汚れを拭った。彼女は声を張り上げた。「もっと人付き合いもできるし、世話してもらいやすいし」

パーラはぐちゃぐちゃになったケールを掌に吐き出した。うなずいてから、またジュディ・ガーランドへ戻る。「かわいそうな子。世間に食い尽くされてしまって」

アラーナはテーブルから立ち上がった。テレビをパチンと消してしまう。「ちゃんと聞いてよ、おばあちゃん」

パーラは笑った。通勤服姿の孫娘はずいぶん偉そうに見えるが、パーラは彼女を見るといつも、いいまともに見るときにはいつも、母親のメルセデスが死んだあと、ガラパゴ通りの祖父母と暮らすことになってやってきた八歳のアラーナの姿がいまだに重なるのだった。アラーナは縫いぐるみと絵本の詰まったスーツケースひとつでやってきた。家族の悲しみに対処することも、家事と同様果てしのない仕事になった。エイヴェルはときどき裏庭の二股になったリンゴの木の下で泣いていて、夫の嘆きをアラーナに気づかせまいと、パーラは窓を閉め、カントリーミュージックが流れるラジオの音量をあげて、ギターをかき鳴らす音でなにもかもかき消してしまったものだった。あれから三十年経った今、夫が泣くのをアラーナに聞かせておけばよかったのだろうかとパーラは考えた。

昼食を終えると、アラーナは律義にパーラに付き添って寝室へいった。キッチンと居間のあいだにある暗い部屋で、窓はずいぶんまえから板でふさいである。その小さな部屋で、照明器具の光のもと、アラーナはクイーンサイズのベッドを整えはじめた。パーラは恥ずかしかった。それまでの人生でベッドを乱れたままにしておいたことなど一日たりともなかった。ところが、手の関節炎がとりわけひどいと、シーツを整えたり上掛けを直したりするのが一苦労なのだ。彼女は入り口近くのへたったピンクのカーペットの上に立って笑顔で見守り、アラーナは枕をふくらませて誇らしげに仕事を終えた。

「もっと小さなベッドにすればいいのにと思ってるだろうね、エイヴェルがいなくなって何年も経つんだから」とパーラは言った。

アラーナは手を伸ばすと祖母の白い巻き毛を軽く撫でた。「おばあちゃんがいいんならそれでいいじゃない」

アラーナが職場に戻るまえに、二人はちょっとの間、コンクリートのポーチでたたずんだ。その日は三月はじめにしては思いのほか快適だった。パーラはアラーナの肩越しにウエストサイドの家並を眺めた、等間隔に建っていて、幅広のポーチと小さな四角い芝生がある。がっしりした家々で、カラフルなのもあればベージュのものもあり、金網のフェンスに囲まれて、窓は格子つきだ。高齢だったり障碍を持っていたりする住民のための駐車場所であることを示す古い道路標識がある。だがそういう人たちの大半はいなくなってしまった。パーラは以前ガラパゴ通りに住むあらゆる人と親しくしていたのだが、今はほとんど誰も知った人はいなかった。この十年で、高価な車を乗りまわすアングロ名前のカップルがこの区画にも引っ越してきて、家を改築し、庭を掘り起こし、一度など、アーチュレッタおばあさんの貴重な桃の木が午後のあいだに切り倒されてしまったこともあった。

「ここを離れる気はないよ、ミハ」パーラはそう言って、アラーナにさよならのキスをした。「ふん、きっと神様がすぐに連れてってくださるよ」

第七地区警察署は朝の六時から慌ただしかった。事務係はコーヒーを飲みながら書類を繰り、犯罪者や被害者が蛍光灯に照らされた廊下をすり足で出入りしていた。パーラは待合室でしばらくのあいだ、何冊もの『グッドハウスキーピング』誌とポプラのミニチュアのように見える作り物の植物の横に座っていた。アラーナが着いた直後に刑事に呼ばれた。アラーナはすっかり化粧していた。パーラよりもずっと震えていて、茫然とした表情で黒い革ジャケットの胸元をぎゅっとわしづかみにしていた。

「犯罪行為は武器を携行しての侵入窃盗だけです」と刑事は言った。頭がとても大きくて賢そうな目つきの中年男だった。ラルフ・ビヒルという名前で、ワイシャツの下にメロンを突っ込んだような愉快な腹だった。彼のオフィスは間仕切りで区切った白い小さな一室で、へたった茶色いカーペットが敷かれ、唯一の飾りはメキシカン・レストランの無料カレンダーで、一か月遅れのままフェルト状の壁にピンで留められていた。彼はチェリー材のデスクの向こう側からパーラとアラーナに話しはじめたが、すぐに立ち上がると椅子をパーラの横へ転がしてきた。彼は両腕を骨ばった膝に置き、体を前へ揺らしながらしゃべった。「裏口の鍵が壊されていました。あの若者のウエストに差し込まれていた9ミリ拳銃には弾がこめられていた。一件落着ですね」

拳銃？　なんだってパーラは銃をナイフと間違えたのだろう？　パーラは刑事の前ポケットにクリップ留めされた銀色のバッジに映る自分の姿を見つめた。顔は長く窪みが目立ち、かつて黒かった髪は今では白い鳥の巣だ。いつもの頬紅や口紅がないと青白く灰色で、白黒映画の世界の住人みたいだった。パーラは咳払いして、しっかりした声を出そうとした。彼女は訊ねた。「あの男は何歳だったんですか？」

「十九です」と刑事は答えた。「ここじゃ、家族全員を撃ち殺したまだ十四歳の子、なんてのもいますよ、たかがXboxみたいなもののために、ってこともあるんです。運が良かったと思うことですね、奥さん」

「ああ、なんてこと」アラーナはパーラに抱きついた。

「この街は流動的です。いろんな所得水準が混ざり合っている。この地域が完全に再開発されたら状況は落ち着くと言われてますが、どんなもんでしょうな」

「ずっとひどいもんでしたよ。どうやってそれが変えられるのか、考えられませんけど」とアラーナが言った。

「あなたはウエストサイドの女の子なんですね、ミズ・オルティス？」

「生まれも育ちも。でも今はハイランズに住んでいます」

「つまりノースサイドですか？　コモ・ケ・ハイランズ（ハイランズってなにさ）？」

若い子たちが着ているのをパーラが見かけたことのある、人気のあるTシャツスローガンをネタに二人は笑った。デンバーに移住してくるようになった新しい住民たちは、自分たちの必要性に合わせて、危険な響きがつきまとわないよう、たぶん地域性を感じさせないように、居住地区の名前を変えてしまった。

パーラは言った。「まだあの子の名前を教えてくださってないですよ、ミスター・ビヒル」

「コディー」と乳成分不使用粉末クリームのパッケージをコーヒーの上で振りながら刑事は答えた。白い粉末が固まったまま底へ沈んだ。「コディー・ムーアです」

犯罪はウエストサイドにはずっと付き物だった。さいしょに泥棒に入られたのは一九五六年の夏だ。新婚のパーラとエイヴェルはベニーズ・ダンスホールから腕を組んで歩いて帰宅した。涼しい夜で、細い月が輝いていた。エイヴェルのまとまりにくい髪はグリースを塗られて輝き、我が家のコンクリート・ポーチでパーラにキスすると、彼女の首がグリースで汚れた。胼胝（たこ）のできた両手を彼女のサーモンピンクのワンピースの下のほうへ滑らせると、彼は彼女のストッキングをガーターベルトから外し、腿からずらした。二人はそのまま居間の床で愛を交わそうかという勢いで家に入ったのだが、なんと部屋は荒らされていた。泥棒は寝室のクローゼットのなかから銀のアクセサリーが入った箱を奪っていった。翌日、エイヴェルはいとこのベニートと窓に鉄柵を取り付けた。パーラは家事を朝のうちにやるようになった、午後になると家に差し込む影が檻みたいなのが嫌で。二十年以上も、彼女は質屋で盗まれた銀のアクセサリーを探した。一度、サウス・ブロードウェイのアンティークショップのガラスケースにあったトルコ石のカフスを買い戻したことがあった。「素敵なお品ですね」とアングロ系の女性販売員は言った。「お客様のお肌にとてもよく映ります」

二度目に入られたのは一九七八年の秋だった。パーラとエイヴェルは一人っ子のメルセデスが良くない道をたどってしまった痛手から回復しかけているところだった。メルセデスはアルコールとバルビツール剤に溺れ、サウスウエストの町から町へとヒッチハイクで移動した。アリゾナ州ビスビーで、床が土間のオールナイトクラブに行ったあとで、片目が青で片目が緑だったという記憶しかない男と寝た。アラーナを身ごもった彼女はデンバーに戻り、小さなアパートを見つけ、十六番通りで事務用品を販売するというまっとうな仕事に就き、自分でベビー・シャワー（出産まえの女性にベビー用品を贈るパーティー、友人や家族が催す）を開き、両親と、親友である心温かなゲイ男性ミゲル・オーランドだけが出席した。十年経たないうちに、ミゲルもメルセデスもどちらも世を去ることとなった——彼女は肝炎で、ミゲルはエイズで——だがシャワーは素晴らしかった。四人はタマレスとトレスレチェ・ケーキをやたら食べ、パーティーは真夜中過ぎにまで及び、皆で家族の話やメルセデスの腹の赤ん坊への期待を語りあったのだ。

「きっと女の子だな」帰宅するとポーチのブランコに座って、エイヴェルはパーラにそう言った。「強い子だ」彼はカウボーイブーツを脱いで、夜気にさらした。夫婦はしばし喜びに浸りながら座っていた。なかに入ったパーラは、寝室に行くまで家に異常は感じなかった。向こうの隅で、オーク材の床の上にガラスの破片が光っている。顔をあげたパーラが目を細めて割れた窓を見ると、小さな子どもが鉄棒のあいだに座って、木の上に腰かけているみたいに脚をぶらぶらさせていた。子どもはパーラをじっと見た、目に明かりが映っていると思う間に、子どもはさっと窓のでっぱりから飛び降りて路地に姿を消した、エイヴェルがセントラルシティで、当時彼がツキを呼ぶと思っていたスロットマシーンで大儲けしたときにパーラに買ってやったダイヤのネックレスを持って。

翌朝、パーラはエイヴェルに、寝室の窓に板を打ち付けて泥棒も陽光も両方とも遮断してしまってくれと頼んだ。慣れるのにしばらくかかったが、パーラは暗いのが気にならなくなった。彼女は板をピンクのサテンで覆い、壁に薄く透きとおるカラフルなスカーフを掛けた。板を打ち付けてから二年近く経ったある夜、パーラは、あの光の目の子どもの脚がサテンの下に潜り込んでいて、目に入るあらゆるものの上で触手のように動いている夢を見た。パーラはそのあと銀メッキのピストルを買い、靴下の引き出しに入れておいたが、実際に発砲することになろうとは夢にも思っていなかった。

発砲事件の一週間後、アラーナが金を払ってプロの清掃サービスを頼んでくれたのに、パーラはいまだにキッチンの壁の隙間にこびりついた血を見つけていた。酢と塩の溶液を作り、孫娘を待ちながら彼女は茶色の汚れをスポンジでごしごしこすった。いっしょに老人ホームを、聖(セント)ロレーナという施設を見にいくことになっていた、パーラが聞いたこともない聖人だったが、あの若い男が死んだあと、パーラはガラパゴ通りを去ることに決めた、とまあそういうわけなのだった。

前かがみになって壁をこすりながら、パーラはともすると心が彷徨(さまよ)いだすのを抑えようとした。明るい黄色のキッチンでは、真鍮の通気口から噴き出す熱気でレースのカーテンがはためき、彼女がナイフだと思ったものに手を伸ばしたコディー・ムーアの腹の筋肉がくっきりV字形になる様が眼前に浮かんだ。男の指の爪は幅広で、噛んで短くなっていて、皿のような緑の目は素っ気なく無表情だった。どうしてあれが銃だと気がつかなかったのだろう？　パーラは年を取ってそこまで目が見えなくなっているのだろうか？　それに、自分と同じくあの男の子も武器を持っていたということが、事態を変えたのだろうか？　ナイフはしじゅう人を殺している、だが銃はもっと殺している。パーラにとってひとつだけ確かなことがあった。こんな年になってさえ、死ぬよりは生きたいと自分が思ったことを、彼女は恥じていた。

キッチンで仕事を終えると、パーラはスポンジをゴミ箱に捨てて、その日の郵便物を取りに外へ出た。クーポンの束にうっかり赤茶色の指紋をつけたまま、彼女はポーチで孫娘が来るのを待った。

「うちの入居者の方々でまず気がつくのは、みなさん笑顔でいらっしゃることです」

アラーナとパーラは案内係の話に耳を傾けていた、おバカっぽい子猫のセーターを着た赤毛の若い娘だ。一行は、氷の張ったスローンズ湖を見渡すセント・ロレーナのロビーで足を止めた。なにもかもがバニラ色で、マホガニーで縁取りされている。天窓からの光が廊下を照らし、そこでは入居者たちが腰をかがめてアルミの歩行器を押していた。案内係は山並に向き合った木のロッキングチェアや、改装されたばかりのダイニングホールの小型グランドピアノ、レンガの暖炉の地元製のアイアンスクリーンを指さした。

パーラは、近くにカトリック教会はあるか訊ねた。

「はいもちろん、それに一日に二回スペイン語でミサがあります。正午と五時に」

「わたしたち、英語を話します」アラーナが素っ気なく言った。

案内係は謝りたそうな顔をした。

パーラは「ありがとう、お嬢さん。教会はあたしには大事なの」と言った。

見学のつぎの場所は七十八歳の女性の住まいで、当人はタホ湖の孫たちを訪問中だった。化粧漆喰壁のワンルームで、カーペットは暗灰色。向こうの隅に子どもっぽい紫色の上掛けがかかったベッドが置かれ、その上には金髪のイエスの絵がかかっている。案内係は、未亡人という言葉は使わずに、この部屋は独立した年配の女性に人気があるタイプなんです、と説明した。

「いろんな私物はどこにしまっているのかしら?」とパーラは訊ねた。「家具とか、服とか?」

案内係はくつろいだ表情になった。緑色の優しい目だ。「必要のないあれこれを手放すことを学ぶ、というのは、自立した暮らしから施設へ移る際にいちばん大変なことのひとつなんです」

これ以上訊きたいことはありません、とパーラは言い、一行はカフェテリアへ行った。そこではねずみ色のローストビーフのトレイが、ヒートランプウォーマーの下で温められていた。


アラーナが来たのは遅かった。

「今朝はミサに行く気あるの?」

彼女は祖母に、教会の話は一切ごめんだと言った。

二人は話をせずに幹線道路を車で墓地に向かい、ラジオからはニュースが流れていた。マウント・オリベット墓地の鉄の門をくぐると、雲が晴れたらしく、墓石や霊廟が陽光に輝いた。車はまず、大理石の天使や石塔のある金持ちの墓が並ぶ横を通った。それまでずっと、パーラは立派な墓を建てるための金を貯めてきて、その金をあまりにも早くメルセデスのために使って、娘にちゃんとした墓石を用意することとなった。彼女自身の両親は砂漠に葬られ、遺骨の目印は木の十字架だけだった。十字架は時が経つにつれ朽ちていき、地面にひしゃげ、ある夏、エイヴェルとメルセデスとともにサン・ルイス・バレーへ車で行く途中に寄ったときには、パーラには自分のママとパパの墓がどこにあるのかもうわからなかった。ここならじゅうぶん近いんじゃないかと思えるマイル標のそばに、野草とセージを置いてきたのだった。

「定期的に芝刈りしてないのかな?」アラーナはそう訊ねながら、祖父の墓のメヒシバをほじりだした。その隣のパーラ自身の墓石には、ダッシュの片側に死亡年月日はまだ刻まれていない。

「あたしたちの側はやってないね」とパーラは答えた。以前スペイン系セクションと呼ばれていた区画では、という意味だ。かつて東洋系(オリエンタル)セクション、黒人(ニグロ)セクションと呼ばれていた部分の近くで、自殺者および洗礼を受けていない赤ん坊たちと小道を隔てて向かい側だった。もうこんな規則はなくなっていたが、家族は互いに近いところに葬られるので、状況は変わらなかった。

パーラは傍らの食料品店のビニール袋をかきまわした。雑巾とスプレーボトルを幾つか取り出す。アラーナにも渡した。「名前と日付から始めて。あたしは裏をやるから」

酢の溶液を墓石に吹きかけると、錆のようなにおいが漂った。思いやりがあってきちんとしているアラーナは、背中を丸め、上着の袖をまくりあげてこすりだした。パーラはその点については孫娘を認めなければならなかった。彼女は怠け者だったことはなかった。いつも働き者だった。

エイヴェルの墓石はたちまちまえよりもぴかぴかになった。風は穏やかで、パーラがプラスチックのマリゴールドを夫の名前の下に置くと、黄色い芝生のなかでオレンジの花弁がほんのわずかに揺れた。それから二人の女は硬い玉を手のなかで滑らせながらロザリオの祈りを唱えた。

離れたところからだと、墓地のメルセデスが葬られている区画は空地のように見えた。パーラは、墓の上に直立してはじめて名前を読むことができた。デスティニー・ディクソン、サブリナ・コルドバ、スサナ・マリンズ、そして線路わきの金網のフェンスのほうに、メルセデス・アンジェリカ・オルティスが。墓の上に立つのがパーラは嫌でたまらなかった、顔とか胸を踏んでいるんじゃないかと心配になるのだ。もしかするとこれは、小さなころ司祭から、地獄というのはじつは墓にすぎないんだと聞かされたことがあったせいかもしれない。

「来たよ、ママ」アラーナはささやきかけた。彼女は膝をついて、平らな墓石の四隅から草をごっそり引き抜いた、土が凍っていて根っこがなかなか抜けない。何年もまえに、彼女は母のためにもっといい墓所を買うと言い出したのだが、そのうち考えを変えた、というか、ひどいことだが、もしかしたら忘れてしまったのかもしれない。「わたしたち、ママがいなくて寂しいよ。ママがいなくてとっても寂しい」

パーラは両手で口を覆ってむせび泣きを抑えながら娘の足元の枯草の上に立っていた。いつも、逝くのはエイヴェルがさいしょだろうと考えていた、それが世の常だと思えた、ところがメルセデスが逝ってしまうと、彼女の内側で何かが奪われてしまった、彼女がこれと名指しすることのできない骨が。「あんたのために祈ってるよ、可愛い子。毎日ね」

家へ帰る車のなかでアラーナが言った。「引っ越しの日を決めたからね、四月一日だよ」

「あんたのおじいちゃんが生きてたらね、ミハ、自分たちの家以外の場所で暮らすのを恥ずかしいと思ったでしょうよ」パーラは窓の外の丘陵地帯に広がる住宅団地のそっくり同じ家並に目をやった。それはイナゴが大地を貪る様を思い起こさせた。「こんなこと、おじいちゃんがなんとか見ないでいてくれるといいんだけど」

アラーナは啞然とした様子で、前方を見ていた目をほぼまっすぐ祖母の顔に向けた。「どっかのヤク中が銃を持って家に押し入ってきておばあちゃんを殺そうとしたんだよ。おばあちゃんはあそこでは暮らさないの、もうこれまで」

パーラはそのあと口をつぐんでいた。彼女はコディーのことを考えた。遺体は墓地に葬られたのだろうか？　幹線道路の近くだろうか、それとも線路脇？　せめて花の数本も供えてもらっているのだろうか？　プラスチックのでもいい。


事件の起こった夜、パーラは思い出を夢で見ていた、ただし現実とは違っていたが。彼女は七歳でまだサグアリータで暮らしていて、パパは鉱山で採掘をしていた。社宅に住んでいて、電気も熱源もないワンルームの小屋だった。床は土間で天井は草と継ぎはぎ、ときどき青空がのぞき、ベッドの上掛けに雪が舞い降りた。パーラは山間を走り、足下の地面は石英とヤマヨモギでざらざらして、彼女の小さな体は白いレースと黒いお下げ髪のぼやけた塊だった。教会の日曜日で、彼女は遅れていた。パーラの脚がもうこれ以上速く体を運べなくなると、風が持ち上げてくれて松の木立や鏡のような池を見下ろし、そこには地面にむかって両腕を広げ、日干しレンガの尖塔めがけて滑空する彼女自身の姿が映っていた。

腹の圧迫感が喉元までせりあがってきて、パーラは二時半に目を覚ました。ちょっとの間、彼女はナイトテーブルに置かれたロザリオや火を点けていない蠟燭に囲まれてベッドにじっと座っていた。パーラはフランネルのバスローブに手を伸ばした。横のマットレスの上に置いてあったのだ。だが何かを感じて動きを止めた。彼女は息をひそめて耳をすませた。キッチンでなにか聞こえる、金属ががちゃがちゃいうような小さな音、体重を移動するきしみ。音はパーラの体に、耳からというよりは骨が振動するような感じで入ってきた。パーラは祈った。あらゆる人に助けを求めた、メルセデス、エイヴェル、自分のママとパパ。人の姿が浮かんだ、心臓が疲れ果て、ほとんど死にかけている若いアングロ男が、窓のない、光のない部屋で震えている。

銃を向けてはならない、エイヴェルが以前教えてくれた、**前に立っているものを殺す覚悟ができないうちは。**

バスローブのボタンを喉元までとめて、パーラは靴下の引き出しに入れてある銀メッキのピストルに手を伸ばした、心臓の鼓動があまりに大きいので、胸郭越しに聞こえてしまうんじゃないかと心配になった。パーラがキッチンに入っていくと、若い男がかがみこんで地下室のドアの鍵をいじくっていた、レンジの明かりが剃り上げた頭を照らしている。男はパーラのほうを振り向き、しばし二人の目があった。なんとどんよりと虚ろなんだろう。なんと無駄なことを長々と。この家にはたいしたものはないし、地下室はなおさらだ。古いペンキ缶と、金属の柄が錆びた魚とり網くらいで。なんと不幸な誤解だろう。時間の動きが奇妙になりはじめた、ゆっくりと、そして平板に。エイヴェルが今にも玄関から入ってくるはず、という気がパーラはした。若い男は逃げ出して、路地に消えてしまうだろう。自分たち老夫婦は貯金しようと話しあうだろう、よその洗濯物を引き受けるとか下宿人を置くとか、もっといい地区に家を買えるようなことをなんでもして。北のローウェル通りのイタリア人地区のほうか、東の大学のそばのユダヤ人地区か。ガラパゴ以外ならどこでも。

でもそんな人生は終わってしまった。

若い男はぱっと体を動かし、ウエストに挟んだものに手を伸ばした、黒っぽい刃のナイフだ。ピンクのスリッパソックスを履いたパーラは震え、ピストルを構えた。彼女は、お願い、お願い、と言った。若い男は目の焦点が定まらなかった――目が体を借りているみたいに見えた。彼は一度前へ出た。右の前腕にブルースパローのタトゥーがあり、翼の下に名前が彫られていた。パーラが引き金を引くと、若い男の体は弛緩し、リノリウムの床に倒れ、右側から赤いしぶきが噴き出し、淡黄色のキッチンの壁に飛び散った。

「脚に向けて低く狙いをつけたんです」パーラは警察の通信指令係に説明した。泣きじゃくりながら繰り返した。「低く狙いをつけたんです」

アラーナはパーラの化粧台を片付け、メルセデスとエイヴェルの写真を鏡からはがして靴の箱に入れた。彼女はキッチンのものはもうほとんど荷造りしてしまっていて、一方パーラは横に立って、孫娘が賞味期限の切れたパンケーキミックスやミセス・アーチュレッタお手製の古い瓶詰の桃をぽんぽん捨てるのを驚嘆して眺めていた。三日後には引っ越しなのだ。

パーラは照明器具で照らされた寝室を足をひきずって歩きまわりながら、必需品をチェックした。干からびたレブロンのマニキュアやすり減ったサンゴ色の口紅やシャネルの五番の空き瓶やらが幾つもの引き出しにいっぱいある、でも、いつだってあともう一滴は絞り出せるのに、空だと言えるだろうか？　クローゼットには手縫いのドレスがぎっしり、何十年もまえにどこかのダンスや洗礼式で着たものだ。ベッドの下には帽子の箱が幾つもあった、はるか昔に流行遅れになり、また流行りだし、そしてまた流行遅れになってしまった。エイヴェルのカウボーイブーツがクローゼットの床に並んでいる、古色蒼然たる革の尖ったつま先がずらっと。どれもガラクタだ、そしてどれもが貴重なのだ。

　アラーナが言った。「難しいよね、おばあちゃん、要るものだけ持ってくって」

「死ぬときはなにひとつ持っていけないんだもの」パーラはちょっと躊躇(ためら)いながらそう言った。

「今から始めなくちゃね」

　アラーナは祖母に、どうしてそんな縁起でもないことを言うんだと質(ただ)した。

　パーラは、**なによ、どういう意味？**　とでも言うように、両手を宙でひらひらさせた。それから、化粧台からアメジストのネックレスを持ち上げた。エイヴェルが亡くなる前年にプレゼントしてくれたもので、小さなハート形の石の両脇を金のバラが囲んでいた。石の色をじっくりと見つめたパーラは、それが以前よりもどこか温かみのある明るい色に変化していることに気がついたが、すぐに、太陽の光のせいにすぎないと悟った。温かい光線の先をたどった彼女は、寝室の窓をふさいでいる板に小さな丸っこい穴があいているのを見つけた。パーラはピンクのサテンを脇へ押しやって木材を調べ、もろい表面を掌で撫でた。

「ミハ」彼女は急に突き上げるような思いに駆られて言った。「これを外しちゃおう」

　クローゼットの奥深くから、アラーナはエイヴェルのオレンジ色の道具箱に入っていた金槌を取り出した。錆びた釘を下から上へ鉄梃(かなてこ)部分で抜いていくと、埃っぽい板は音を立てて落ち、寝室に四十年ぶりの陽光があふれた。

チーズマン・パーク

Cheesman Park

わたしは銀行の支店長に、ロサンゼルスを去ってデンバーへ帰ると告げた、母や山が恋しいし、カリフォルニアは美しいけれど、人が多すぎるし物価が高いから、と。骨ばった体でハグしてくれた彼女は、水っぽいコーヒーとミントのにおいがした。「マイル・ハイ（デンバーの愛称）へ帰るのね」と彼女は言った。「あなたはいつもチームプレー型だったわ、リズ」その夕方、私物を箱に詰めて車に運ぶと、駐車場は錆色の霧に覆われていた。運転席側の窓に映るわたしの顔はぼやけていた。車に乗り込んで去っていく本当の理由のことを考えると、泣けてきて手が震えた。

わたしはノース・デンバーで、父母のもとで育った。二人は二十代半ばのころに出会った、酒を飲んでビリヤードをし、買う余裕のあるときにはたまにコカインを鼻から吸引する、そんな生活を送る若者だった。わたしは両親をほれぼれと眺めていた――黒髪を一九六〇年代ハリウッド風にした社交的な母と穏やかな緑色の目でワークブーツを履いて自信に満ちて歩く父を。でも、両親が大好きではあったものの、怖い思いもさせられていた、父には特に。父は一度、イチゴジャムやマラスキーノチェリーの瓶がぎっしり入った袋を母の顎めがけて投げつけたことがあった。ほかのときには、ただ拳固を使った。父さんが悪いんじゃないの、と母はわたしに言い、父のデトロイトでの子供時代のことを話してくれた。ある夜、統合失調症だった父の父親が母親を撃ち、それから銃口を自分に向けたのだ。

わたしが十三になった冬、父はわたしたちを捨ててべつの女のところへ行ってしまった。わたしは半年のあいだ、毎晩泣きながら眠った。母も同じだったが、やがてチーズマン・パークを見渡す寝室二つのアパートへ引っ越した。「いいわね」荷解きをした日、母から言われた。「ここがあたしたちの家なのよ」でもわたしには我が家だという気はせず、十九になると、モデルになるかコマーシャルに出るという望みを抱いてカリフォルニアへ行った——わたしはよくひとから、とても魅力的で「エキゾチック」な顔だと言われていたのだ。うまくはいかなかった。わたしは銀行の出納係の職に就いた。毎晩外出して、バーの赤い照明の下に見覚えのある顔ができた。麻薬常用者や中西部の家出人たちのグループといっしょにいることが多かった。たいてい、二人かそれ以上の男と同時に不安定な関係を持っていた。いつも孤独だった。ある夜、サンタモニカ埠頭の木の手すりから身を乗り出して、海と潮の豊かな香りを嗅ぎながらうねる黒い海を眺めていたわたしは、どんなことがあったなら故郷へ戻る踏ん切りがつくのだろう、と思った。

「こっちへおいで、ミハ」と母は言った。「あんたの顔をよく見せて」

わたしは母の家の居間に立っていた。肌には脂が浮き、十六時間の運転で口のなかが酸っぱかった。母は木のロッキングチェアからゆっくりと立ち上がった。すべすべした両手でわたしの顔を挟み、顎を左右に動かした。顔をしかめ、眉墨で描いた眉のあいだのしわが深まった。「一週間まえのわたしを見せたかったな」とわたしは言った。「顔がね、腐りかけの果物みたいだったんだから」

　母は首を振った。黒い髪をおだんごにまとめていて、左耳の後ろに銀色の筋がある。「あんたは相変わらずきれいよ、リズ」

　わたしの寝室はティーンエイジャーのときのままだった——サンゴ色の壁、鏡のついたクローゼットのドア、石のパビリオンがあって緑の広がる公園を見渡す窓の下に置かれたベッド。公園の明かりが点いていた。湿ったアスファルトから蒸気がたちのぼり、公園全体がゆらゆらと空へのぼっていくかのようだ。

「なかなか模様替えができなくてね」と母が言った。「計画はいろいろあったのよ。ランニングマシンをここへ置こうかとか、いっそオフィスにしちゃおうかとか。だけどわかんないじゃない、と思ったの、もしかしたらそのうち娘が帰ってくるかもしれないってね。そうなったら、プリンターの上で寝たくはないでしょうから」

　わたしたちは笑い、母は、枕をふくらませたりシーツを整えたりしはじめた。いまだに美人の母は、潤んだ瞳で、長い首にしわはない、でもここ数年、体の動きは遅くなっていた。母は秩序をきちんと守る女だった。生活には時間割がある。なんでも清潔でなくてはならない。ルールは守らなくてはいけない。

「クローゼットにあんたの物を入れる場所があるし、地下の収納スペースも空いてるから」母はわたしのベッド脇にある真鍮の照明を点け、その目がわたしの顔に向けられた。「あたしの言ったこと、仕事を見つけるってことを考えてみた？」

「二、三週間休もうと思うの。気持ちの整理をしなくちゃ」

母はベッドから離れた。爪先立ちになってわたしの額にキスした。「ちゃんと、なにかやることを見つけるのよ、なにか誇りを持てることを。あのことを考えるのは、やめなさい」


ロサンゼルスでわたしが関係を持っていた男は、その週末ひとりだった。婚約者がサンフランシスコの家族のもとへ行っていたのだ。ふたりでベッドにいたときに、わたしは彼に、こんなのひどい、と言った。わたしはあなたを愛している、しょっちゅう泣いているんだ、と。彼女と別れて、セックスのときに彼がいつもやるようにわたしの首を絞めているとき、わたしは言った。彼は何も答えず、わたしは跳ね起き、彼の顔に爪を立てて血が流れた。スタンドが壊れた。部屋が暗くなった。尋常ならざるという事態ではなかったのだけれど、やがてそうなった。彼はわたしの顔面を壁に叩きつけ、歯が一本欠けて鼻が折れた。よろよろと外へ出ながら、甲高い衝撃音が何度も何度も再生されて響いた。

服を裏返しに着て、片手で血だらけの口を押さえながら自分のアパートへ車を走らせた。911へ電話すると、二人の警官が駆けつけてくれた。ひとりは女性で、リップグロスを塗り、爪にはフレンチネイルを施していた。うちのピンクの浴室で、彼女に怪我の状態を写真に撮られたとき、わたしはレースのブラに黒のパンティという格好だった。そのあとで、被害者の権利を記した冊子をもらった。911へ電話するのは初めてで、半分裸で震えながらその場に立って、やめておけばよかったとわたしは思った。翌朝刑事が電話してきた。よく響く快活な声で、さぞ怖い思いをしたことでしょう、と彼は言った。ですが、告発するということは裁判を意味します。この男に有罪判決が下るまで、何週間も、何か月もかかる可能性がある。なかなか微妙でしょうな、と彼は説明した。まあなんといっても、べつに相手とまっとうな交際をしていたわけじゃないし。しまいにわたしは同意した。いちばんの望みは、とわたしは彼に言った、故郷へ帰ることです。「いい選択ですな」と彼は答えた。「ところで。今あなたの写真を見てるんだが。あなたはスペイン系かな、でしょ？　モデルになれるな。目が素晴らしい」

その夏、たいていの日は母のたてる物音で目を覚ました。母はコミュニティ・カレッジのアカデミック・カウンセラーで、家を出るのが早く、夜明けに出勤することもあった。母がバスルームでトイレを流したり、シンクでうがいしたり、シャワーを浴びながらスペイン語の歌を歌っているのが聞こえた。ひとりになると建物のなかを歩いて、ボイラールームや地下室の窓になっている石面のスリット、特大オーブンみたいな鍵付きの収納庫と旧交を温めた。唯一素晴らしい場所は屋上だった。壊れた非常口から出れば四方八方が見渡せる。西にはギザギザになった山々の稜線、東には公園、南にはほかのアパート群、そのたくさんの明かりはこの街の銀河だ。

ある涼しい夕方、屋上でタバコを吸っていると、北側の張り出しの近くに女がひとりいるのが目に留まった。こちらに背を向けて立っていて、まとめた茶色の髪が蛇みたいに腰まで垂れている。コイルのような銀のブレスレットが両手首を締め付け、風にはためく透ける素材のブラウスが肌に張り付いていた。わたしが咳をすると彼女は振り向いた。

「やだ」と彼女は言った。「ほかにこんなとこへ上がってくる人はいないと思ってた」

「わたしも」とわたしは答えてにやっとした。

わたしたちは屋上に座って自己紹介した。彼女の名前はモニカ、一階にひとりで住んでいるという。彼女の前歯にはエレガントな隙間があり、目立つ黒い眉毛が高いカーヴを描いていた。わたしは、目下母のところにいて、カリフォルニアから来たのだと話した。

「だけど、ビーチとかさんさんと降り注ぐ太陽とかがあったでしょうに」

「わたしには向いてなかったみたい」わたしはバッグからタバコを取り出して一本彼女に差し出した。

「フィルターなしのキャメル」と彼女は言った。「夫が生きていたときは、これが彼の銘柄だった」

彼女は寡婦になるには若すぎるように見えた、せいぜいで二十五というところか。

「ブルースは死ぬまで酒飲みだった」と彼女は話した。「あの人がわたしより愛してたのは酒だけ。肝硬変だったの。二年くらい具合が悪くてね。あんなふうに消えていく人を見てるのは、つらかった」

わたしはお悔みを述べた。「結婚してどのくらいだったの?」

「六年。そのあいだずっとここよ」モニカは立ち上がるとタバコを屋上の端から投げた。「今夜あなたがここへ上がってきてくれてよかった」

「どうして?」

「じつはね、自殺しようと思ってたの。だけど、屋根の高さが十分じゃなさそうな気がして」モニカは歩み去りながら笑った、あんたを揶揄(からか)ってんのよ、とでも言いたげに。

「今日はなにをするつもり？」わたしの部屋の入り口に立った母は、シャワーから出たてでタオルを巻き、銀の十字架のネックレスの留め金に苦労していた。髪はまだ濡れていて、鎖骨にしずくが滴っている。

「さあ」わたしはベッドで起き上がって言った。「仕事探しでもしようかな」しばらくやっていけるだけの貯金はあった、だが母は、働くのは金のためだけじゃないと主張した——暮らしの枠組み、目的、日々の流れの把握、そういうことのためなのだと。

母はわたしの掛布団の上に紙切れを置いた。「食料品よ。あたしたちそれぞれが一週間食べていくのにどのくらいかかるか、見てごらん」トルティーヤ、スキムミルク、ダイエットコーク、卵、コーヒー、いろんな肉、それに果物がたくさん。わたしはリストを二本の指でつまむと、ナイトテーブルに置いた。

「時間のあるときに行く」

「あんたにあるのは時間だけでしょ。それが問題なのよ、ミハ」母は向きを変えると廊下のなかに手を伸ばした。母は小さな紙袋をわたしに差し出した。「店員さんが言うには、なんでも隠せるんだって。やけどから発疹まで。これで外へ出るのを恥ずかしがらなくてすむでしょ」

「恥ずかしがってなんかいないよ」袋のなかにはファンデーションの瓶が入っていた。手首につけて色合いを見てみた、完璧にマッチしている。「どっちみち、誰もわたしのことなんか見ないよ。顔に青あざのある女の子のことはね、みんな目に入らないふりするんだから」

わたしは昼ごろに家を出て、公園のなかを歩いた。どんより曇っていて、そよ風がちょっと肌寒い。パビリオンの近くのトウヒの下を寝床にしているホームレス男の横を通った。手が根っこのようで老いさらばえた顔のこの男がほぼ毎日木の下にいるのを、わたしは見ていた。今日は表紙のない本にかがみこんで、両脚のまわりにはいろんなものを入れた幾つかのゴミ袋がきちんと重ねてあった。目はページに向けたまま、彼は言った。「雨になるよ、お嬢さん。ちゃんと傘持っときな」わたしは礼を言って公園を歩き続けた。

数メートル先に、ビキニ姿の女がビーチタオルに寝そべっていた。半ば曲げた脚は、生まれながらのブロンズ色だ。肌はサンオイルでピカピカしていて、大きなオードリーヘップバーン・サングラスをかけていた。近寄ると、それはモニカだった。

「なに考えてるか当ててみようか」上から見下ろすわたしに、彼女はそう言った。「日が出てないのになんで肌を焼いてるんだろう？　公園で過ごすにはもってこいの時間帯なのよ。みんな仕事してる。誰もいない。ま、誰もいないってほどじゃないけど」彼女はサングラスを下げてちょっとあたりを見まわした。「チーズマンは昔は墓地だったの。知ってた？」

「いいえ」わたしは首を振りながら答えた。

「見てみて。地面がでこぼこしてるでしょ。墓石は取り除かれたけど、何百、もしかしたら何千もの遺体がそのままなのよ。ほとんどは貧しい、家族のいない人たち、そんな感じ。幽霊が出るって言われてる」

「そういうこと、どこで聞いたの？」

モニカはサングラスを外し、ハシバミ色の目と点々と散った雀斑（そばかす）が現れた。「ただ知ってるだけ。うちの家族はコロラドの出なの。数えきれないほど何世代にもわたってね」

「わたしもそう、母方はね。父さんはデトロイトだけど」

「ならあなたも、死んだとか滅びたといったことについてはいろいろ知ってるってわけね」彼女は笑い、ほっそりした両腕をこすって温かくしようとした。肘をついた体をちょっと後ろへずらせると、右手で芝生を叩き、横にどうぞと促した。わたしは首を振って、食料品を買いにいくところなのだと説明した。それから、職探しもしなくてはならないし。

「どんな仕事?」

「なんでもいいかな。カリフォルニアでは銀行に勤めていたんだけど、好きじゃなかったの」

「あなたにはあんまり魅力ないかな?」モニカはベージュのセーターに両腕をつっこんだ。「アパートを片付けるのに手伝いが要るの。夫の持ち物を見ると我慢できなくて泣いちゃうの。お金は払うわよ」

空がごろごろ唸り、雨雲が街に垂れこめてきた。湿気は芝生にも、骨やなんかにもいいんじゃないかとわたしは思った。「いつ行ったらいいかしら?」

モニカはサングラスに息を吹きかけると着ているセーターで拭いた。レンズに映る自分をチェックし、髪をもう一方の肩へと移した。自分に向かってにこっとしながら、またサングラスをかけた。「今夜はどう?」

モニカの住まいは広々としていて、寝室が三つに、蔓で厚く覆われて籐椅子が置かれたパティオがあった。貝殻の灰皿が幾つかのエンドテーブルの上にも調理台にも乱雑に置かれている。絶え間ないそよ風がライム色のカーテンを硬材の床の上ではためかせていた。レンガの壁には、五十代半ばの体格のいい白髪の男とその美しい若妻モニカの写真が額に入れられて幾つも掛かっていた。

「それがブルース」モニカは写真の一枚を指さした。「いつも笑ってる。いつもそのバカみたいな革ジャケット着てて。わたし、彼に夢中だったの。彼の金目当てだろうって世間は思ってたけど、そうじゃなかった。彼、とっても優しくてね、リズ。これまで会ったうちでいちばん優しい人だった」

彼女はため息をついて、キッチンへ向かった。彼女が冷蔵庫を引っ掻きまわしている音が聞こえた。氷が床に落ち、引き出しが開けられ、グラスがちりんと鳴った。それから泣き声が聞こえた。飲み物を二杯持ってまた姿を現したモニカは、睫毛のマスカラが流れて目のまわりの骨が盛り上がっているところが黒ずんでいた。彼女はわたしにグラスを渡して話を続けた。

「彼はね、街なかでマーメイド・ルームっていうジャズクラブをやってたの。出会ったときわたしはたったの十九だった、偽の身分証明書で潜り込んだの。一目惚れっていうんじゃなかったけど、だんだん彼が好きになって」

「あれって本当だと思う?」わたしは訊ねた。「一目惚れって」

「もちろん」

「一度、ある男に出会って」わたしはためらいながら話し出した。「バカ高い酒を置いてる小さなバーで。わたしがノーブラなのを彼が揶揄(からか)うもんで、彼のビーズの祈りのブレスレットを茶化したの。彼のこと、よく知ってる人みたいな気がずっとしてて、でも同時に初めての人だって気も。誰かをあんなにすぐに欲しくなったのは初めてだった。結局なん区画か先で彼の車のなかでセックスしちゃった。まず間違いなく、家には奥さんか彼女がいたんだと思う。終わったあと、泣きたい気分だった」

　モニカは目を落とし、自分のグラスをじっと見た。細い顎がにやにや笑いで広がっている。

「やだ、それは愛じゃないよ。それは誰かさんが車を洗わなくちゃならないってだけで」

　その日は箱詰めはやらなかった。わたしたちは夜になるまで飲みながらおしゃべりした。部屋が暗くなってきた。わたしたちのどちらも明かりを点けようとはしなかった。モニカはさらにブルースのことを話した。彼は、あちこちでバーテンダーを務めるというむなしい仕事からモニカを救ってくれた。彼女はもう働く必要はなくなった。サルサを踊ったり、カラフルな木箱に頭蓋骨や黄色い花を組み合わせて死者のための祭壇を作ったりして過ごした。「だけど、ブルースが亡くなってからは、なんだかなにもする気がしないの」

　モニカは黙った。目のまわりの皮膚が、見えない蚊に瞼から血を吸われているみたいにぴくぴくした。「わたし、彼のことすごく愛してたの、リズ。なんだか自分の体から大きな塊が引きちぎられたみたい。そしてね、彼がいなくなったのをもし忘れるようなことがあれば、わたしは自分を憎む」

　わたしは彼女を抱き寄せ、彼女はわたしの右肩を涙で濡らした。彼女の肌は温かかったけれど、わたしの頬に押しあてられた髪は冷たかった。考えてみると、最後に女友だちと午後を過ごしたのはいつだったか思い出せないことに気づいた。女同士でいると、時間は長いようにも無駄なようにも感じられなかった。

　どこかの時点で、わたしは彼女にカリフォルニアのことを話した、思い出せるかぎりのことを洗いざらい——彼のウィンターグリーンの石鹸、彼のフィアンセの金色のヘアピンがバーガンディー色のバスマットに散らばっていた光景、彼に顔面を殴られたあと、折れた歯を舌で探ったときのなんとも言えない感じ。

モニカは指でわたしの鼻筋を軽くなぞった。「メイクの下から見えてる……痛む？」

「うん。顔が洗いにくくって」

彼女は後ろに下がった。顔から毛穴が消え、霧で覆われたように思えた。「あなたには期待できることがふたつある。そのうちもう痛まなくなる。そしてそのうち彼は死んじゃう」

つぎの日曜日、わたしはミサのあとで母と会った。わたしが座っていた大聖堂の外にある大理石のベンチから見ていると、真鍮の紋章のあるドアが開いた。人々が二筋の流れになって教会から出てきて駐車場へ向かった。母はその集団から離れて、クリーム色のワンピースにテニスシューズという姿で白い石段を下りてきた。目を細めてわたしの顔を見てからハグした。

「よく来てくれたわね」と母は言った。「一時間遅刻だけど」

「やあね、ママ。わたしはいっしょに散歩しに来たんだよ」

運動は、わたしの心をカリフォルニアからそらしてくれる、と母は信じていた。母には効き目があった。母は厳しいウォーキングスケジュールを続けていた、一日なんと一時間。そうやってわたしの父親のこと、味わわされた暴力のことをほとんど考えないようにしてきたのだ。

わたしたちはコルファックス大通りを横切り、酒屋や質屋の並ぶ区画を幾つか通り過ぎた。行き止まりの道からチーズマンに入った。細い小道が草の生えた空き地に繋がっているのだ。十数人の女子どもがそこでヨガをやっていた。小さな女の子が見事に体を二つ折りにし、ブロンドの巻き毛が地面に跳ね返った。母はそわそわした目つきで眺めていた。しばらくすると、母はわたしのほうを向いて、モニカのことを訊ねた、一階のあの痩せっぽちの女の子、という言い方で。

「アパートの片づけを手伝ってるの。彼女、未亡人なのよ。かわいそうじゃない、ママ？　なんといっても、まだあんなに若いのに」

「代わりに五十年連れ添った夫を亡くしたと思ってごらん。年と悲しさは関係ないわよ」

わたしたちはパビリオンのところへ来た、高く伸びるギリシャ風の柱に広々としたベランダ、そこでは緑のシートにすわった女が赤ちゃん用毛布を左肩に掛けて幼な子に授乳していた。母とわたしはちょっとの間眺めた。美しい光景だった、白い大理石に爽やかな陽光。すると、木立から、荒々しい目つきの黒い犬がすっと出てきた。

授乳していた女は首をぐいと大きく振り、髪が顔に降りかかった。「あっちいきなさい」と彼女は叫んだ。「ここから出てって」ところが犬は唸ると、彼女のほうへ進んだ。女は体をひねり、肩から毛布が落ちて、小さな白い乳房の先に吸い付く赤ん坊の無毛の頭が現れた。母は素早く反応し、女のほうへ駆けつけると彼女の胸を覆いながら、犬をなんとかしてくれる人を呼んできて、とわたしに叫んだ。

トウヒの木の下にいたホームレスの男が、枝のあいだから姿を現した。彼はわたしの横を前かがみになってよろめきながら歩いていった、白髪混じりの髪がほつれた鳥の巣みたいだ。芝生の上を、男はぱっと駆け出した。石の階段を上り、パビリオンの氷のような床の上へ。両の拳を打ち振り、宙を蹴りながら、彼は大声でわめいた。犬は筋骨たくましい体をサメのヒレのような形に丸めながら、歯をむき出して唸り、嚙みつこうとした。ホームレスの男は一歩も引かず、犬はすぐに退却し、ベランダはまた静かになった。幼児を連れた女はわたしの母に礼を言ったが、ホームレスの男のことは無視し、男は体を小さく前かがみにしながら、元居たほうへ戻っていった。「あの男の人、いい人よ」そのあとうちのアパートのロビーに入っていきながら、わたしは母に言った。

「他人のことを気遣ってくれるの」母はエレベーターのドアのところで立ち止まった。「たいていの男はそういう楽しみを知らないよね」

エレベーターに乗りながら、わたしは母の顔をしげしげと見た、コルク抜きのような形の傷が顎にうねうねついている。そんなこと考えもしなかったけれど、あの傷のまえの時代があったのだ、母が父と知り合うまえ、母の顔がまだ無傷で、母がまだ若かった時代が。

モニカとわたしは正面の居間から始めた。ブルースはアンティークを集めていた——タカの羽根が入ったシガーボックス、手で持つアパッチの太鼓、象牙とブタの剛毛でできた靴ブラシ。エンドテーブルにはグリップパネルに渦巻模様のついた銀のピストルが一対。モニカは一丁をわたしの額に向け、引き金を引いた。青みがかった炎が銃身からたちのぼった。

「命中！」と彼女は言った。「こういう昔のライターって大好き」

箱を積み重ねながら、モニカはブルースの子供時代のことを話した。彼の父親は旅回りのセールスマンで、母親は抗不安薬の中毒だった。モニカはといえば、父親は知らないし、成長期に、母親は酒を買うためにたびたび家具を売っていた。子供時代のいっとき、段ボール箱をキッチンテーブルにしていたことがあった。オレンジ色の毛足の長いカーペットの上で、モニカは何時間もひとりでアニメを観ていた。ブルースも同じだった――マカロニウエスタンやローン・レンジャーとトント、そういったのが親代わりみたいなものだった。

「いつも彼に、トントは間抜けって意味なのよって言ってたの」と彼女は話した。「彼ったら、文字どおりに取りすぎだって言うのよ」

わたしたちはすぐにバスルームに移った。わたしはシンクの上の鏡で、自分の顔は見ないようにしながら、そこに映る湯船にかがみこむモニカの後ろ姿を見つめた、Tシャツ越しに背骨が、翼状の骨の集まりが見える。薬棚を開けると、彼女の姿は見えなくなった――イタリア製のオーデコロンの瓶、使いかけのシェービングジェルの缶、白い毛がくっついた剃刀(かみそり)。

わたしたちはいっしょに、シンクの近くの引き出しを片付けた。コットンやヘアブラシに混じって、黄色いゴムのアヒルがあった、水兵帽が笑顔を引き立てている。モニカはくすくす笑って、ブルースは子どもみたいだったというようなことを言った。わたしの顔のすぐそばにいたので、彼女の頭の白い地肌が見えた。彼女とブルースは子どもが欲しいと思ったことはなかったのかと訊ねてみた。

「ううん、わたし、まえに妊娠したことがあったの。十七のとき。お金がなくてね。男は逃げちゃった。だけど、その子を養女にしてくれたカップルは山のほうに土地をたくさん持っててね。それは覚えてる。小さな女の子が走りまわるにはいいところみたいだった」

「もしかしたらそのうち、その子があなたを探しにくるかも」

「だめよ、わたしは母業には向いてないから」モニカは笑った。

「これぜんぶ、どこへ持ってけばいいの？」二人で詰めた幾つもの箱をわたしは指さした。

「大型ゴミ容器へ。どれも二度と見たくないから」

公園沿いにある幾つかの大型ゴミ容器を思い浮かべながらわたしはうなずいた。わたしたちは階段を下りて駐車場まで、箱を運んだ。

「いいこと思いついた」箱をわたしの車に積み込んでいると、モニカが突然言った。「今夜は出かけようよ。ブルースの元のクラブを見せてあげる。踊ったり飲んだりできるよ。なんならちょっと男をからかったりもね」

「無理。母と晩ご飯食べることになってるの」

「ちょうどいいじゃない。いっしょに連れてらっしゃいよ」わたしは顔をしかめながら、母の反応はどうだろうと考えた。

「やってみる」とわたしは言った。

その夜、わたしはすっかり暗くなるまで待った。それからブルースの持ち物を公園の西端のゴミ箱に捨てた、汗をかき、息を弾ませながら、ひと箱ひと箱両腕で放り込んだ。街灯に照らされて、箱に貼った透明テープが水の帯のようにちらちら光った。車に戻ると、バックミラーに映る自分の顔が目に入った。顔のメイクが汗で落ちている。口と鼻は融合して緑色がかった円柱になっているように見え、右目の端のアーモンド形の部分は赤紫色だった。わたしの顔は陰惨な仮面みたいだ、と思った。

「あたしがそんなところへ行ってなにすればいいの？」母は訊ねた。「みんなからどっかのお婆さんだと思われる」母はテリー織のバスローブとモカシン風室内履きという姿でレンジ台の前に立って、音をたてている薬缶を火口から降ろした。髪を耳の後ろにピンで留めて、顔にはスキンクリームをてかてか塗っている。

「きっと楽しいよ。一、二杯飲めばいいじゃない。そうしたからって死にゃあしないから」

母は、死んじゃう恐れはじゅうぶんある、と言いたげな顔をした。湯気の立つ湯をマグカップに注いだ母は、それをテーブルに運んだ。

「お願い、ママ」わたしは椅子を母の横へ寄せた。「ぜんぜん外出してないじゃない」

「そんなことないよ。週に五日はカレッジへ行ってるし。散歩もするし。教会へも行くし。いつも外に出てる——ただ、あんたやあんたの一階のお友だちといっしょにじゃないってだけで」母はマグカップの縁に指を滑らせた。母の淡いピンクのマニキュアが湯気で曇った。「いいかげんにしてよ、リズ。馬鹿げてる」

「わたしはぜんぜん外出してないんだよ。ここに一日座ってんの。なんにもしてないんだよ」

「まるで、ぜんぶあたしのせいみたいじゃない」

わたしは口を開かず、波打っている鼻梁を指で撫でた。

「わかったわよ」と母は言った。「だけど、すぐ帰るからね」

マーメイド・ルームは、化粧漆喰の低い天井に、一段高くなった正方形のステージがあり、床は黒と白の市松模様だった。ステージでは、サテン風の生地のドレスを着た悲しげな娘が、髪に紫のアイリスの花をつけてマイクに向かって歌っていた。**天気は荒れ模様**（ストーミー・ウェザー）、と彼女はべたべた甘ったるく歌った。あの人がわたしといっしょじゃなくなってからは（シンス・マイ・マン・アンド・アイ・エイント・トゥギャザー）。

モニカは奥のボックス席で、ライムの入った透明な飲み物を前に俯いていた。スパンコールのついたぴったりしたトップスを着ていて、乳房のあいだの胸郭の窪みが見えている。彼女は目を閉じ、首を縦に振りながら、音楽にあわせてハミングし、体を揺すっていた。母とわたしが向かいに腰を下ろしバッグを席の隅に投げ出しても、目を上げなかった。

「ああやだ」とモニカは言った。「あんな若い子がさ、どうやったらひどい苦しみのことがわかるっていうんだろう?」

「生きることにしっかり目を向ける必要があるわね」と母が言った。

モニカは目を開けてにやっとした。「うまい、ママ・リズ」

全員が酒を注文し、母は断固赤ワイン、モニカとわたしはテキーラを飲んだ。モニカはいつものおしゃべり好きが影をひそめていたので、この建物はいつ建ったのか、ブルースはどのくらいの期間オーナーだったのか、バンドはどこ出身なのか、モニカは歌えるのか、と質問してみた。

「あらやだ、だめよ。誰かの鼓膜を破っちゃう」

「この人は歌えるの」わたしはグラスを母のほうへ持ち上げた。「そうだよね、ママ?」

「あの子みたいにってわけにはいかないけどね。とてもじゃないけど」

母はシフォンのブラウスの襟元を直し、十字架のネックレスを胸骨の上に、黒いほくろが隠れるように持ってきた。母は歌手に目を向けていた、ドレスは液体のようにきらめき、右のライトのほうへ体をねじると眩（まばゆ）いほどだった。彼女がステージを降りると、どっと拍手が湧きおこった。彼女は左に向かってお辞儀し、乳白色に霞んだなかをカウンターへ向かった。カルテットが準備を始めた。

モニカはバッグをかきまわしてタバコの箱を取り出した。「いっしょにどう?」彼女は訊ね、わたしはうなずいた。


わたしはモニカと歩道に立って、タバコを吸いながら、彼女が以前付き合っていたバーテンダーの話を聴いていた。「まったくね」と彼女は言った。「で、彼ったらいつもわたしを上にのっけたがるの。オリンピックかよ、みたいな勢いでさ」わたしは笑って煙を店内に向けて吹いた。窓越しに母が見えた。母はボックス席に残って、頭を冷たい壁にもたせかけ、黒髪が影のなかに広がっていた。ワインをちびちび飲みながら顔をテーブルに向けている母に、フェドーラ帽をかぶった男が近づいてきた。母はナプキンを引き裂きながら首を振った。

「あの歌手、信じられる?」とモニカが訊ねた。「彼女の二回目、聴いていく?」

それはできないとわたしは答えた、母を連れて帰らなくてはならないと。わたしたちはタバコを吸い終わり、モニカがドアを開けると、音楽が通りにこぼれた。遠くの街のむこうで暗雲がたれこめてきて、稲光の細い筋が空に浮かび上がった。


その夜、叩きつけるような雨の音が母の鼾をかき消した。隣の部屋の母の姿を思い浮かべた、白い掛布団の下で丸まって呼吸する母の体を。家に帰ってきて初めて、母が感じているに違いない孤独をわたしは思った。毎日母は自分のことではなく職務に集中している。カレッジの男の人と付き合ってみようとしたことはあるのだろうかと考えた、たとえば離婚した教授とか。

わたしは横向きになると眠りに落ち、父の夢を見た。穴釣りに行ってくる、と父が言う。氷の家（穴釣り用の小屋）は大好きだとわたしは父に言う。父はわたしの額にキスし、がっしりして重苦しい父の体を感じる。父はわたしを湖へ連れていく。わたしたちは氷に穴をあけ、父は黒い水のなかに手を入れ、そのうち釣り針にひっかかった魚みたいに搦めとられて動けなくなる。穴はどんどん広がって、父は悲鳴をあげ、いつ父がのみこまれてしまうのか怖くてたまらない、闇がわたしのほうへもやってくるのが。そのときわたしは目を覚まし、携帯を見た。3：17AM。五回着信がある、どれもモニカからだ。

彼女はロビーの外の、着色ガラスウィンドウでレザーシートの白のSUVのなかにいた。モニカがエンジンをかけっぱなしにしていた車にわたしは乗り込んだ。「ドライブに行こう」

わたしは髪から雨の雫を振り払った。「母が目を覚ましてわたしがいなかったらびっくりしちゃう」

「お母さんのベッドでいっしょに寝てるわけじゃないでしょ。あなたがいないことが、なんでわかるのよ？」

「わたしはあの人の子どもだもん」とわたしは答えた。

モニカは狭い一方通行の道を抜け、路地を出たり入ったりした。雨が斜めの白い線になって降っている。小さな音で流れるラジオはAM局だった――誰かが誰かに蜂と蜂蜜の話をしていた。道路にはほかのヘッドライトはほとんど見当たらなかった。

「今夜は楽しかった？」モニカが訊ねた。

「ブルースのバーはクールね。雰囲気が好き」

「ぜんぜん変わらないの。いろんなバンドが演奏して、いろんな女の子が歌うんだけど、いつも我が家みたいにくつろげる」

モニカは本道をはずれてSUVを停めた。外を照らすヘッドライトが、並んだ石の柱を浮かび上がらせた。わたしたちは公園のパビリオン脇の敷地にいたのだ。

「あのね、彼、何年もわたしを追いかけてたの」モニカはタバコに火を点けた。炎が上向きの影を彼女の顔に投げかけた。「よく彼を笑いものにしてた。彼のこと、ただの変態ジジイだって人に言ったりして」

彼女は窓を下げ、煙をせわしなく吐き出した。横なぐりの雨が彼女の腕や脚に降りかかると、体にぴったりしたトップスが黒ずみ、わたしの顔にまですこし雨がかかった——夏場の、紛れもないコロラドの雨の温かさだった。

「いっしょになっちゃうとね、愛のためなんだってみんなにわかってほしかった。ほかのこと、お金とか快適さのためじゃないって」

みんなというのはどういう人たちなのかとわたしは訊いた。彼女は答えずに話を続けた。

「彼、赤ちゃんを欲しがったの。**ちっちゃな娘を産んでおくれ**って言ってた。彼がシャワーを浴びながらそのことで泣いているのが聞こえた。あんな大男が、水が流れる下で泣いてるの。そして彼がいなくなってしまうと——」モニカはわたしの顔を見た。彼女は声を張り上げ、その声は割れた。「わたしはただ、彼に戻ってきてほしいの」

ラジオから流れる低い話し声と絶え間ない雨音のなかでは黙ったままでいるのは簡単で、そしてモニカは泣きはじめた。車内の小さな明かりに彼女の横顔がくっきり照らし出されていた。涙が顎から胸へと伝っているわりには、彼女は落ち着いているように思えた。こんな混沌状態のなかで、呼気が白くたちこめ、嵐の音が響くなかで、モニカがバックミラーで自分の顔を確かめるのをわたしは目にした。それからモニカは運転席の下からスキットルを取り出してわたしに手渡し、飲むようにと言った。わたしじゃなくてもよかったんだ、とわたしは思った。それでも彼女は同じことを話しただろう。モニカは助けも慰めも求めていなかった。彼女は見られていたかったのだ。

「家に連れて帰って」とわたしは声を張り上げて言った。「母さんが心配するから」

モニカはすすり泣きを続け、腕を振りまわし、誰もいないところへむかって手を振った。曇った窓越しに、わたしは石柱のあいだの黒々した空間を見つめた。家に帰ってベッドにもぐりこみたかった。母が仕事に出かけるまえに目を覚まして見送りたかった。二人でブラックコーヒーを飲んで卵料理を食べるのだ。母はわたしに、外に出てみなさいと言うだろう、わたしが散歩に出ようという気になったときのために傘を置いていってくれるだろう。

そのときだった、あの男が目に入ったのは。石のパビリオンの前の歩道の縁石に座り、頭をがっくり前に垂れて、艶のある革ジャケットを着て上体を起こしたまま寝ているようだった。

「あの人」わたしはそう言いながらフロントガラスを指さした。「こんな雨のなかで寝てちゃ駄目だ」

「どの人?」彼女は訊ね、わたしがまた指さすと、モニカはドアを開けて雨のなかへ駆け出し、わたしもついていった。

男から数歩のところまで来て、それがあのホームレス男であることに気がついた。彼はウィスキーの七五〇ミリリットル瓶を持って歩道に座りこんでいて、深く刻まれたしわに雨が伝っていた。わたしたちが近づいてくるのを見て、彼は酩酊気味の笑顔になり、半分空になった瓶を持ち上げた。「ラッパ飲みで乾杯」と彼は言った。「あんたがた、美しいご婦人たちのために」

モニカはぎょっとした、まるで幽霊でも見ているような表情だったが、それはだれかほかの人間が彼女の死んだ夫のジャケットを着ていただけだった。彼女はホームレス男の手からウィスキーを叩き落とし、瓶はわたしの足元で割れ、琥珀色の液体はすぐさま歩道と早朝の雨にのみこまれた。

「大騒ぎすることないだろう」とホームレス男は言った。「もったいないことをする子だ」

モニカは彼の左腕を引っ張った。「これはうちの夫のジャケットだ」

ホームレス男は何も言わなかった。彼は拳を開いてまた閉じた、まるで筋肉の記憶が彼に、瓶を摑もうとさせているかのように。

「ゴミのなかから掘り出したんだ」モニカは怒鳴った。「そうでしょ？　犬みたいに」

ホームレス男は顔をしかめ、喉が渇いたみたいなことをぶつぶつ言い、モニカは彼の髪を一握り摑んだ。彼は唸り声をあげた。「やめてくれよ、お嬢さん、頼むから。俺はあんたになにもしてないぞ」

モニカの表情が緩み、その瞳がどこか虚ろになった。わたしが父の顔に数えきれないほど見てきた目つきだった。モニカは両手で男の首をぐいと引っ張った。男を横倒しにし、体が鈍い音をたててコンクリートにぶつかった。尖ったヒールの先で、彼女は男の腹を、顔を、蹴飛ばせるところはどこでも蹴飛ばした。ホームレス男は激しい苦痛にうめいた。

モニカはまたも男を蹴ろうと片足を上げたが、わたしはその一撃を阻もうと男の横に跪いた。彼女の足が背中のくぼみに食い込み、わたしは前のめりになって、顔がホームレス男の顔から数センチのところまで近づいた。彼は泣いていて、顔のしわに雨がたまっていた。わたしはモニカにやめてくれと哀願した。

「わたしがあげたの」とわたしは言った。「夜、上着もなしでいるのを見かけたから。車に箱を積んでたでしょ。暖かく過ごさせてあげたかったの」

モニカは蹴るのを中断した。ホームレス男はジャケットの片袖から腕を抜き、もう片方からも抜いて縁石へ放り投げ、ジャケットは犬の舌みたいにぶら下がった。男はぐっしょり濡れたフランネル姿で震えていた、肌までずぶ濡れだった。わたしは彼のほうへかがみこむと、なにも問題ないからね、といい加減な慰めをささやいた。ホームレス男はわたしの顔を見た、男の目は充血していた。

「誰かに怪我させられたんだな」と彼は言った。「ひどい怪我をさせられたんだな」

わたしは雨のなかを歩いて帰り、長いあいだシャワーを浴びた。タオルにくるまって、母の寝室の戸口にもたれた。声を出さずに泣きながら、眠っている母を見つめた。

カリフォルニアを離れるすこしまえ、母がちょっとおしゃべりしようと電話してきた。

「自分の写真を眺めてたんだけどね」と母は言った。「ほとんどが、あんたの父親といっしょに暮らしてたころのなの。なんかちょっと恥ずかしくなっちゃって」

「どうして?」

「すごく悲しそうなのがありありとわかるの。目の表情のせいね。目のなかにさえない光があるの。いつもそんなふうだったのかなって気になってきて。あんたの父親に会うまえからそんなふうに見えたのかなってさ、十代のころから、というかもっと小さかったころでさえ」

「ママは目が黒いってだけだよ」とわたしは言った。「目が黒い人はたくさんいる。わたしだって」

「ちがう、そういうことじゃないの。あたしにどんなことがあったんだろうね、あんな悲しそうな表情になるなんて?」母は笑って、グラスから一口飲むのが聞こえた。「恥ずかしくなっちゃった。あたしのあの悲しそうな様子にどのくらいの人が気づいていたんだろうって、ずっと気になっちゃって。たぶんあたしが知りたくないほどたくさんよね。でも、それは変わったの」

電話をちょっと耳から離し、指を一本たてて、わたしのベッドにいる男にすぐ済むからねと知らせながら、どんなふうに変わったのかとわたしは訊ねた。

「世界が変わったのよ。あんまり差し迫った感じがしなくなって、なんとなく広がって、そしてあたしは、愛されてるだろうかってことをあんまり気にしなくなったの」

トミ

Tomi

甥のトミが赤ん坊だったころ、わたしは彼の母親のナタリーから、彼女がクローゼットにしまっておいた千ドルを盗んだ。息子の大学資金だった。彼女はきれいにゆすいだメイソンジャーに金を入れてイミテーションのフェンディのスカーフでくるみ、丸めたソックスの山の下に隠していた。二日酔いでぼうっとしながらあの家のカーペットを敷いた床をそっと横切ってジャーを取りだし、一週間のうちにぜんぶ酒と服に使ってしまった。ナタリーはずっとわたしではないかと疑っていたが、あいつはそんなことはぜったいしないとマニーは言った。「誰が」と彼は強く言うのだった。「血をわけた家族から盗んだりするものか」

六年後、わたしは一九九四年モデルのホンダシビックを盗んで午前四時に年配夫婦の家の大きなはめ殺し窓に頭から突っ込んだ。北部の郊外での出来事だった。どの家もどの私道も白い砂利道のように見えた。縞模様のパジャマを着た年取った男が、わたしの顔からフロントガラスの粉々になったかけらを払ってくれた。口のなかが血でいっぱいだった。歯が一本喉へ落ちてきた。老人はタオルをわたしの口に当て、救急車を呼ぶよう妻に命じた。再び車のドアから身を差し入れ、パジャマを着た片腕をハンドルに置いて、彼は言った。「自分をみてごらん、ヒタ。あんたはまだ赤ん坊だ」

わたしはコロラド州プエブロ郡のラ・ヴィスタ刑務所で服役した。家族はあまり電話してこなかったし、面会には一度も来なかった。わたしは二つのカレンダーで毎日印をつけていった――さいしょのは野草の絵が一面に描いてあって、二番目のはなにもない田舎の野原に馬がいる写真だった。馬のが終わりかけたころ、わたしの弁護士から、住むところと仕事があれば早期釈放してもらえる、と手紙がきた。コルファックス大通りの更生訓練施設に入ろうかと考えていたときに、マニーが電話してきて、自分とトミのところに来ればいいと言ってくれた。

「ナタリーがかっかするんじゃないの?」わたしは電話の向こうのマニーに訊いた。

「あいつは出てった。俺を捨てたんだ」

それは残念だったね、とわたしは言った。そうなるだろうと思ってはいたのだけれど。ナタリーは十七のときにフレームタイプのスーツケースとナバホブランケット二枚、それに大きな腹に入ってるトミとともにうちへ転がり込んできたのだった。

「なんでこんなことしてくれるの?」電話を切るまえにマニーに訊いた。

「お前は俺の妹だからだ、コール、俺の身内だ。だけど、頼むからこんどはろくでもないことをしでかさないでくれよ」

マニーが二十一でわたしが十五のとき、わたしたちの父親が髪をシャンプーしてるときに心臓発作で死んだあと、兄はうちの家を相続した。母親はとっくに死んでいた。わたしがまだうんと小さかったときに、鎮痛剤をひと瓶ぜんぶ飲んでしまったのだ。ラ・ヴィスタで読んだ解剖学の本に、心臓には神経終末がないと書いてあり、ちょっとのあいだ、両親は苦痛を感じることなく死んだのだとわたしは信じていた。わたしたちはデンバーのノースサイドに住んでいた。マイル・ハイ・スタジアムのすぐそばの、今ではハイランズと呼ばれている地区だ、といってもそう呼ぶのは白人だけだけれど。うちの家は四角いレンガ造りの縦長な家で、小高いところにあり、天を突きさすような分譲アパートや黒いＢＭＷのあいだで、一見なかなか素敵に見えた。再開発による高級化（ジェントリフィケーション）は、わたしには竜巻を思い起こさせた。ある区画は破壊し、べつの区画は何気なく手つかずにしておく。わたしたちの区画、バイェホ通りは、以前の面影がなかった。

わたしは秋の終わりのある火曜の早朝、ラ・ヴィスタから釈放された。マニーが外で、コーンチップスとコーヒーのにおいがむんむんする白のタコマに乗って待ってくれていた。兄はキャンバス地のカーハート（作業着のメーカー）を着て、黒髪には新たに白いものが混じっていた。

「おいおい」兄はそう言って、わたしの頬をつねった。「誰かさんがジェニー・クレイグ（減量プログラムの会社）に電話したたな」

「うん、刑務所にはバドライトないからね」

「そりゃあ残念だったな。道中食べるのにチチャロン買ってやるよ」

ニール・ヤングの歌が流れてきたので兄はラジオの音量を上げ、サビの部分に合わせてハンドルを叩いた。赤いロザリオがバックミラーから蛇のようにぶら下がっている。ダッシュボードには、グアダルーペの聖母のお祈りカードが何枚か、それにシアーズで撮ったトミの赤ちゃんのころの写真がテープで留められていた。

「あの子はどう?」わたしは写真を手で軽く撫でながら訊いた。「ナタリーがいなくなっちゃって」

「さあ。沈んでる」マニーはタバコを摘まんで左頬に入れた。「あいつ、『ゆったり本を読みましょう』って授業を落としたんだ。どうすればゆったり本を読むのを失敗できるのか、教えてもらいたいよ」

わたしたちは黄色い道路標識の横を通った、弾痕があって曲がっていて、刑務所の近くなのでヒッチハイカーを乗せないようにと警告していた。前方の空は見たことがないほど広大で、油っぽい灰色のなかに鏃みたいな鳥の姿があった。

「やるじゃん」とわたしは言った。


マニーはタコマを家の外に停めた。以前は空っぽの倉庫があったところに建っているガラス張りの高層ビルをわたしは指さした。雲が、山々の翼の生えた頂が映っている。「すごく豪華だね」とわたしは言った。

「ああ、確かに豪華だ。それに、おかげでスタジアムの眺めが台無しだ。固定資産税にヤられてるよ」とマニーは答えた。「だけど、ここにさいしょにいたのは俺たちだ。郊外に引っ越してたまるか」

なかに入ると、トミが居間の床にいた、黒い髪がモップみたいだ。ビデオゲームのコントローラーを握って、前後左右に体を揺すっている。指紋がべたべたついて汚れたメガネに、テレビの画面のちらちらする青い光が映っていた。

マニーはデンバー・ブロンコスの帽子をラックに掛け、カーハートのジッパーを下ろした。胴まわりのしまりがなくなっていて、わたしも老けて見えるのかな、と思った。「立て」と兄は言った。「おばちゃんに挨拶しろ」

トミはぱっと体を前に突き出した。ビデオゲームの血が画面に飛び散った。「おばちゃんにこんにちはしろ」

「あーあ」マニーは歩いていくと、トミの頭を右の掌でぴしゃっと叩いた。「バカみたいな態度はやめろ。おばちゃんは長旅をしてきたんだぞ、こら」

トミはわたしを見た、皮肉っぽく目を細めている。「どうも、こんちわ、ニコールおばさん」

「わたしのことはコールって呼んで、トミ。いいからさ」

マニーはわたしを窓のない地下室へ案内してくれた、ラ・ヴィスタに入るまえにわたしが暮らしていた部屋だ。なにもかも出たときのままだった。防虫剤のいやな臭い、ぶら下がった電球、段ボール箱に詰め込まれたわたしの色あせた十六サイズのジーンズ。わたしは縫い目のはじけたKマートのフトン（ソファベッドのような寝具）を見つけ、マニーは白いアルミの枠をさんざんガタガタ揺すった。「あんまり寝心地よくはないだろうけど。枕はないんだ」

「なんで？」

「ナタリーが持ってったんだと思う。どこもかしこも探したんだけど。トミと俺は昨日の夜はタオルを畳んで頭の下に敷いたんだ。ほんとだぞ、タオルだ」

「そんなの児童虐待じゃない。刑務所でさえ枕はあったよ。新しいの買えば」

「ものの道理ってことがある。ナタリーはそんなふうに出てってていいと思ってるんだ、シーツとか枕とか盗んでさ、ここになくなってるほかのものも」

わたしは頷いて、兄の後ろのコンクリート壁のさざ波のような割れ目を眺めた。この部屋はラ・ヴィスタの居室四つ分、たぶん五つ分くらいあった。「ちょっと昼寝する」

「俺はどのみち事務所に戻らなきゃならん」マニーはホテルから盗んできたタオルを二枚枕代わりに寄越して、ゆっくりしてくれと言った。


二時間ほどして、銃声で目が覚めた。トミはさっきと同じところにいて、革のソファクッションに小さなブッダみたいに座っていた。テレビの画面では、いろんなものが吹っ飛ばされていた。わたしが、ねえ、と言っても目をテレビに向けたままだ。「あんたのせいで目が覚めたんだからね。昼寝しようとしてたのに」

トミはゲームのコントローラーを持って前へ身を乗り出した、唇が唾で光っている。

「それにしても、あんた、ずいぶん大きくなったね」とわたしは言った。これは控えめな言い方だった。彼は見たことがないほど太った子だった。「なんのゲームやってるの？」

「コール・オブ・デューティ（戦争をテーマとしたシューティングゲーム）」

「なにそれ？」

彼はわたしを睨んだ。「まえと変わっちゃったね。太ってたのに」

「わたしが太ってたって？　太ってるってのがどういうもんか、あんたにはさぞよくわかってるんでしょうよ？」

彼はゲームを中断し、体をねじってわたしのほうを向いた。「太ったゴス娘って感じだったよ」

「人間は変わるんだよ。ともかく、わたしは寝てたんだからね。音量を下げるとか、本を読むとかすれば。子どもが静かにやれることをさ」

トミはクッションから立ち上がった。左右ばらばらのソックスにぶかぶかのショートパンツという格好の彼がキッチンへ行くのを見守った。彼は冷蔵庫からサニーディライトのカートンを出した。一杯注ぎ、食品庫からガッシャーズ（フルーツ味の菓子）を出してきて、自分の席に戻った。ゲームを再開し、ヘリコプターを吹き飛ばす。

「午後三時に寝たりするもんじゃないよ」と彼は言った。「そんなことするのは怠け者だけだ」


翌朝、わたしはマニーの家の電話で仮釈放管理官に電話した。チャーリー・メイという名前のネブラスカ出身の年配女性で、ちょっと舌足らずな話し方だった。

「さて、ニコール、そろそろ仕事探しを始めなくちゃね」

「家に帰ってまだ一日ですよ」

「そんなの言い訳になりません。もうお昼よ」

「できることがあんまりないんです」

「あら、ありますよ」と彼女は言った。「自分を生かせるところを見つけなさい。そういうの、好きでしょ」

ラ・ヴィスタで、わたしはさまざまな習い事のクラスをとっていた。コミュニティ・カレッジの女の人がプエブロ・インディアンの伝統的なピンチポットの作り方を教えてくれた。べつの女の人は自然のスケッチや死んだ鳥のトレース図でいっぱいのノートを持ってやってきた。でもわたしがいちばん好きだったのは、言語技術のクラスだった。わたしたちは『野のユリ』を読み、小さな砂漠の町のイメージがわたしの脳裏にくっきり焼き付いた。このクラスに出るのが楽しかったので、わたしは本を一度ならず読み返した。伝記も好きだった。とりわけ、女性発明家のものが。たとえばベット・グラハム、修正液を発明した人だ。ひょっとしたらわたしだってそういうことができるかもしれない、と考えた——自分でなにか発明するのだ。でも、出所しても、わたしをちゃんと信頼してくれる人なんて誰もいないのはわかっていた。

その午後、わたしは三区画歩いて三十二番街へ行った。ブロンドの髪を上のほうでポニーテールにした女たちが赤ん坊を乗せた高そうなベビーカーを押し、カーキ色のズボンを穿いた白人男たちが落ち葉を避けながら携帯の画面を見つめている。以前は酒屋だったお茶の店に入って、縮れた赤毛の女の人に履歴書を手渡した。彼女はビーズのイヤリングと、首にはカラフルなニューエイジ風クリスタルを掛けていた。

「お茶を扱った経験は?」彼女はきゃしゃなワイヤーフレームのメガネ越しにこちらを見ながら訊ねた。

「はいもちろん」とわたしは答えた。「ティーバッグでちゃちゃっと淹れられるわ」

彼女はわたしをじろじろ見て咳払いした。「今は募集してないんです」

マニーの家に帰り、からっぽの暖炉の前にすわってビールのかわりにカモミールティーを飲んでいると、トミが帰ってきた。わたしには気づかないままキッチンへ入っていった、イヤホンをつけている。冷蔵庫を開けると、サニーディライトをひっつかんで頭を後ろにそらし、がぶ飲みした。

わたしはそっとイヤホンを抜き取った。「学校にいるはずじゃないの？」

彼はジュースの口ひげを手の甲で拭った。「外で職探ししてるはずじゃないの？」

「言っときますけどね、さっきまで職探しに出かけてたんだよ」わたしはサニーディライトのボトルをひったくった。「こんなのぞっとしちゃう。なんカロリーか知ってる？　あんたの父さんはこんなもの買うべきじゃないよ。これは砂糖水だよ」

「知るか。よく言うよ。太っちょゴスのコカイン中毒だったくせに」

　わたしは口を開け、それから目を伏せて傷ついたふりをしてみせた。トミはたじろがなかった。彼の雀斑（そばかす）だらけの小さな満月みたいな顔は、怒りに満ちたしかめっ面のままだった。

　わたしは彼のバックパックのストラップを軽く弾き、人差し指を宙へあげた。

「はっきりさせとこうじゃないの、トマス・マニュエル・モラレス。ひとつ、わたしはゴスじゃなかった。パープルの口紅が好きだっただけ。ふたつ、わたしはそこまで太ってなかった。そしてみっつ、わたしはコカイン中毒じゃなかった。もしそうだったら、がりがりだったはずでしょ。そんなの誰でも知ってるよ」

　トミは顔をくしゃくしゃにした。眉のあいだに深いしわができる。

「僕を学校へ戻らせるつもり？」

「あの子、ビデオゲームのやりすぎだと思わない？」わたしは廊下の収納をかきまわしてシーツを一組探しているマニーに訊いた。わたしたちの母親がかぎ針で編んだ枕カバーを幾つか隅へ放り投げたあと、兄は棚から離れた。母の髪に似た埃っぽいシナモンのにおいがしたけれど、それは思い出だったにちがいない、なにかがわたしの心をたぶらかしたのだ。

「まったく」とマニーは言った。その顔はロッキーズの帽子のひさしに隠れていて、フランネルのシャツの上によだれかけみたいな小さな影が広がっている。

その日は土曜日だった。兄は帽子を脱いだ。それはつまり、マニーはほかのことはせずに家まわりの仕事だけをするということだ。シャツの袖で額の汗を拭いた。ナタリーは枕をとっていき、ほかになにを持っていったかわかったもんじゃない、みたいなことをぶつぶつ言った。それから両手を腰に当て、唸った。

「トミは今、いろんなことと折り合いをつけているんだ。ビデオゲームすることであいつが楽しくなれるなら、俺はその楽しみを取り上げるつもりはない。あの子にやらせといてやってくれ」

「彼女、あの子に会いもしないの？」わたしは訊ねた。

マニーは首の無精ひげを撫でた。廊下を屋根裏のドアの下まで歩き、ロープで結わえてあった掛け金を外した。「会ってない」

「正直なところ、ナタリーはどうも虫が好かなかった。あの人、自分のことしか考えない糞女(ビッチ)だよ」本当は、さいしょわたしは彼女を好きになりたいと思った、持ったことのないお姉さんになってほしかった。でもナタリーはわたしを怖がらせた。わたしたちが若かったころ、彼女が喧嘩するのはまれなことではなかった。一度、マニーの顔に皿を投げつけて粉々にしたことがあった、いとこの誕生パーティーで彼女に恥をかかせたのだ。

マニーは屋根裏のドアをこじあけた。冷たい、不安定な隙間風が吹き抜けた。「俺の息子の母親をビッチなんて言うな」

「たいした母親だよね」とわたしは返し、床から枕カバーを拾い集めて収納に戻した。そのとき、廊下の向こうのマニーの寝室が目に入った、ドアが半分開いて、寝起きのままの枕のないベッドが見えていた。ナタリーが家にいないのは妙な感じだった。一度、彼女があのベッドの端にいるのを見かけたことがあった、ポニーテールにした黒い髪の房を口にくわえて泣いていた。「これがわたしの望んでるものだと思う、コール?」目が合ったわたしに、彼女は問いかけた。彼女はトミを妊娠して八か月で、わたしの視界から歩み去るときの彼女は、ごっこ遊びで風船をシャツの下にたくしこんだ小さな女の子みたいだった。

「トミのこと、真面目な話だよ」ちょっと経ってからわたしは言った。「子どもが家のなかで一日じゅう座ってるなんて、よくないよ。あの子は外で砦を作ったり森で死体を探したりしてなくちゃ。ほら、『スタンド・バイ・ミー』みたいに」

マニーは木の梯子を上りはじめ、胴体が家の頭骨部分のなかへと消えかけていた。「自分の職探しの心配をしろよ」

トミはソファクッションに座って、リモコンをカチカチやりながらテレビの空白の画面を見つめていた。わたしはリクライニングチェアに座って、いつもと違うことにはまったく気づかないふりをしていた。トミが学校にいっているあいだに、壁から出ているケーブルを何本か抜いておいたのだ。ケーブルは地下室のクロストレーナーの後ろに隠しておいた、彼がぜったい見ない場所だ。

トミはテレビのほうへ歩き、幾つかボタンを押してから言った。「どこにあるの?」

「あんたの母さんが枕を盗んでったって聞いたよ。母ちゃんのおケツに訊いてみれば？」

トミは負けたという顔になった。がっくりうなだれて、自分の左右ばらばらのソックスを見つめ、小さな穴から足の指を出してもぞもぞ動かした。着ている黒いTシャツにプリントされている炎を、ぽっちゃりした人差し指でなぞる。「たちの悪い人だからね」

「母親なんて、みんなまともじゃないんだよ」とわたしは言った。「本屋へ行こうと思ってたの。いっしょに来る？」

トミは顔をゆがめ、靴下を履いた足をカーペットの上でパタパタ上下させた。彼は首をぐるっとまわし、メガネの下で目をむいた。

「ガタガタ震えないでよね」とわたしは言った。

「勝手にほざけ」

「本屋へ行くの、行かないの？」

「あんたが読書好きだなんて信じられないよ」とトミは言った。

「わたしは刑務所にいたんだよ。一日じゅうなにやってたと思ってんの？」


歩くトミは、不思議の国で迷子になった小さな男の子みたいだった。池の端で伸びあがって木からそっと枯葉を摘まむ彼の姿に、わたしは胸をつかれた。そのまえに雨が降っていた。枝には透明な水滴がくっついていた。彼はその葉をぷちんと葉柄からちぎり取った。残っていた水滴がわたしたちの頭上に降り注ぐなか、トミは木の葉を歩道に投げ、ばかでかいクッション付きテニスシューズで踏みにじった。

「あんたの母さんは散歩に連れてってくれたりしなかったの？」とわたしは訊ねた。

「まえは行ってたよ」とトミは答えた。「夏に父さんもいっしょに、日が沈むまえにね」

「わたしも母さんと散歩してた」

「ルイーズおばあちゃん？」

わたしはうなずいた。「父さんからおばあちゃんのこと聞いてる？」

「うん。すっごくきれいなブランケットを作ってたって言ってた」

わたしは笑みを浮かべた。それは本当だとトミに言った。

「ねえコール、子どものころはどの部屋を使ってたの？　僕の部屋、それともほかの、バスルームとつながってる大きな部屋？」

彼が言っているのは主寝室のことで、わたしの父親はそこでシャワーを浴びているときに倒れたのだった。そこはまた、わたしが八歳のときに、母親が眠り込んで二度と起きなかった部屋だった。もう誰もあの部屋を使わない。あそこには幽霊が多すぎる。マニーはあの部屋を物置代わりにして、クリスマス飾りやトミが昔使ったかご形ベッドや季節のガラクタを置いていた。

「わたしはあんたの部屋を使ってた」とわたしは答えた。「気をつけなさい、床板のなかにゴスのガラクタが隠されてるかも」

トミはくすくす笑った。「あの部屋、最低だよ。庭の大きな木のせいでなにも見えないし」

「そんなに悪くもないよ」十代のころ、いつも窓からあのハコヤナギの木に乗り移っていたのをわたしは思い出していた、盗んだテキーラやビールを何本かバックパックに入れて。わたしの出入り口だった木だ。

トミはぶらぶら先を歩いた、彼のジーンズはじゃらじゃら音をたて、無数の部屋の鍵を持ち歩いている管理人みたいだった。「最悪だよ。母さんが出てくとき、姿がぜんぜん見えなかったんだ。母さんの車の音とかいろいろ聞こえるのに、なにも見えなくてさ、ろくでもない葉っぱ以外は」

「母さんは、今どこにいるの？」

「新しい恋人のロナルドといっしょにいる。母さんは僕を連れていこうとしたんだけど、僕はぜったい嫌だった。あいつ、フェレットみたいな臭いで、フリスビー・ゴルフが本気で好きなんだ」

「そりゃあほんとにキモいね」

「ほんとにファッキンキモいよ」

「気をつけなさい」わたしは彼の後頭部を軽くはたいた。「悪い言葉はだめだよ」

書店に着くと、トミをティーンのセクションに案内した、汚れた二人掛けソファのある、人でいっぱいの奥のコーナーだ。壁には九〇年代の有名人が『ビラヴド』と『白鯨』を持ってポーズをとっているポスターが貼ってあった。

「ほらね」とわたしは彼に言った。「吸血鬼殺しのバフィーでさえ読書が好きなんだよ」

それは誰なのだと訊かれたわたしは、なんでもない、と答えて、本を一冊選ぶようにと言った。入り口のほうへ歩いて、店員に求人の応募用紙をもらおうかと思ったものの、こういうところでは前科者は雇わないだろうと考えた。

ちょっと経ってから、トミがわたしの肩を叩き、本を差し出した。表紙に描かれているのは異様に日焼けした戦士が火山に降下しながら生贄の血にまみれた心臓を宙に突き出している姿だった。その背後では、白い稲妻が『アステカの月の出』というタイトルを照らしていた。「シリーズ物なんだ」とトミはささやいた。「何冊買ってくれる?」

わたしは刑務所から出るとき、二百ドルと小銭を幾らか貰っていた。

「第一巻を買えば。気に入ったら、また来て第二巻を買おう」

「いいよ。このシリーズ、チョーすごそう」トミは親指でページをぱらぱらめくった。「ねえ、コール。僕は知恵遅れとかじゃないからね」

「そんなこと言ってないよ」

「わかってる、だけどときどき言葉をごっちゃにしちゃうことがあるんだ。まえは母さんが手助けしてくれてた、だけど今じゃフリスビー・ゴルフやるのに忙しいからさ」

「そりゃひどいね。わたしが手伝ってあげようか?」

つぎの日、学校が終わると、トミはキッチンテーブルでわたしの隣に腰かけ、肉付きのいい腕を重ねて顎を乗せ、前に『アステカの月の出』を置いた。一時間本のページを覗きこんでいたわたしたちの首は、読書マラソンと枕なしで寝ているのとで痛くなった。トミは読むのが遅いことにわたしは気がついた、心配になるほどだ。続く数日、わたしはネットで読書術を調べた。視覚化。注釈。わたしたちはそういうのを試してみて、そして二週間もすると、トミには確かに上達がみられるようになった。彼はとりわけ音読が好きだった。戦士が処女を生贄にする個所にくるといつもトミは本をわたしに差し出した。

「その声色使いが好きなんだ」と彼は言い、わたしはいつもお礼を言っては、ラ・ヴィスタのクリスマス劇で二年続けて赤鼻のトナカイのルドルフを演じたことをあらためて彼に思い出させた。

トミとわたしが『アステカの月の出』を読みはじめて数週間たったころ、マニーが食料品を入れる紙袋とショットグラスを二個持って帰ってきた。兄はキッチンテーブルに座ると、ふうっとため息をついた。わたしはソファの背に腕をまわして兄のほうを向いた。マニーは紙袋からオルニートス（テキーラ）の瓶を引っ張り出し、テーブルにがちゃんと置いた。長い首のところを持ってくるくる回し、にやっとする。「今日は販売のボーナスをもらったんだ。五百ドルだぞ」

「おめでとう。さあ、そのヤバいやつをここから片付けてよ」

「お前のPO（仮釈放管理官）が来る可能性がどれくらいあるっていうんだよ？」

わたしはマニーをにらんだ。「どの夜に来てもおかしくないんだよ。それをトラックへ持ってってったら」

わたしは兄に、早期釈放の一環として、チャーリー・メイはいつでも好きなときに訪問できるのだということを思い出させた。彼女の声が聞こえるようだった、**住居内ではアルコールもその他の禁制品も一切認められません。**指貫一杯のマシュマロ風味ウォッカでもラ・ヴィスタへ逆戻りということになるのだ。

マニーはテキーラのキャップをねじって開けようとするかのように瓶の先端で手を動かした。まだ封印されたままの瓶を傾けて、ショットグラスに注ぐふりをした。左手の甲にかけた塩をなめる。「上に（アリバ）、下に（アバホ）（上に、下に、真ん中に、お腹のなかに、という乾杯のときの文句）」

「ばっかじゃないの」と言いながら、わたしもいっしょにテーブルに座った。

ボーナスはマニーの現実あるいは架空の酒を飲みたいという気持ちとなんの関係もなかった。兄は過ぎ去った昔を恋しがる気分になっていて、両親のことを話したり、昔々の話をしたりして、追憶にふけった。「お前はとてつもなく怯えきってたよな」と兄は何度も言った、父にのぼるなと警告されていたハコヤナギの木からわたしが落ちたときのことだ。**ひとつまちがったら、お前たちは首の骨を折ることになるぞ。**マニーは裸足のまま前庭へ飛び出し、誰かがうちの芝生に投げ込んだ割れた瓶で踵を切った。わたしを家のなかへ運び込む際に、硬材の床の上に血まみれの左足で跡をつけた。兄の肩越しに赤く光る血だまりが見えた。「あれ、わたしの首?」とわたしは訊いた。「違うよ」と兄は答えた。「俺の血だ」

「トミのことが心配なの」しばらくして、わたしはマニーに話した。「あの子には問題があると思う。読むことに問題が」

「あいつは十一で、本を読むのは好きじゃない。普通のことだよ」

「十よ」とわたしは言った。

「え?」

「十。トミは十だよ」

わたしはマニーの顔をじっと見ながら、わたしたちの父親がこの年頃だったときと似ているんだろうかと思った。鼻の両側から長いしわが口の端まで続いている。黒い目は輝いているが、濃い隈ができている。ラ・ヴィスタで、わたしはよく小さな男の子のマニーを思い浮かべた、生真面目な顔に断固とした目。でも、わたしにとってこの人が子どもであったことはなかった、いつも兄だった、いつも大人だった。

「なんで面会にきてくれなかったの？」わたしは訊いた。

マニーは自分の膝に目を落とした。「ナタリーが行くのを嫌がったんだ。トミによくないって言って」

「わたしは兄さんに会いたかった」わたしは小さな声で言った。

「あんなところにいるお前を見たくなくてさ。俺になんて言ってほしいんだ？」

「すまなかったって」

マニーは首を振ると、もう一杯架空の酒を注いだ。グラスをわたしに向かって掲げた。「俺たちの両親の命に誓う、もしまたお前が酔っぱらって、盗んだ車で人が住んでいる建物に突っ込んだら、刑務所に面会に行ってやる」

わたしはごくんと唾をのみこみ、震える喉を落ち着かせようとした。「黙れ、バカ」


トミとわたしは『アステカの月の出』を水曜の午後に読み終えた。最後のページを声をそろえていっしょに読み、最後の行を読み終わると、トミは涙を流さんばかりの目でわたしを見て言った。「『アステカの宇宙船』が待ってる」彼は鼻のメガネを押し上げた。「すぐ本屋へ行こうよ」

わたしは現金が残っておらず、マニーに頼むことも考えたけれど、仕事を見つけろと言われるだけだとわかっていた。

「図書館へ行ってみない？　バスに乗っていけばいい。なにに乗るのも冒険だよ」

「ああ」とトミは言った。「貧乏人のためのね」

「あのね、わたしは貧乏なの。そしてあんたは十歳。だから、貧乏が初期設定（デフォ）ってことになる」

バスは中心街を通っていき、そこでは新しい金属的なアパート群が空に突き出し、山並の景色を模倣していた。都会の煙霧の下で車が連なって動きながら咳のような騒音を発し、健康そうな若者たちが自転車で通りを走り、その横ではホームレスがへたった段ボールの下で丸くなっている。トミはわたしの横に座って窓の外を見ていた。図書館に近づくと、彼はおしっこしようとする子犬みたいにわたしのほうへ身を乗り出した。

「あの家見える？」彼は改築したばかりのバンガロー式住宅を勢い込んで指さしながら訊いた。「あれがロナルドの家だと思う。母さんは今あそこに住んでるんだ」

わたしはその家を見ながら、そんな家で暮らすナタリーを想像してみようとした。どうもしっくりこなかった。きれいな四角い芝生に、年代を経たハコヤナギの代わりに苗木が何本か、細いロープで支えられてまっすぐに植えられている。その家にはなんと車三台分の車庫があり、アメリカ国旗の下にバスケットボールのフープまであった。「あの人があそこに住んでるとは思えないな」とわたしは言った。「あんたの母さんはあんな家好みじゃないよ」ところがバスが角を曲がるときに、ナタリーのホンダが私道に入っていき、わたしたちは二人とも黙ってしまった。

中央図書館では、大きなコロラド州旗が何枚も連なっている下で、警備員に出迎えられた。広い空間は床が大理石でひんやりしている。トミにバッグのストラップをはじかれながら、わたしはデータベースで『アステカの宇宙船』を検索した。第一巻の後ろに、つぎの巻には宇宙における生贄のことが書いてあると記してあった。わたしたちは二人ともたくさんの疑問を抱えていた、たとえば、重力がゼロのところで、血はどこへ向かって噴出するのだろうとか、ジャガーの歯と鋭く尖った黒曜石はなおも望ましい武器なのだろうか、とか。わたしは著者の名を白い四角い紙に書き、トミについてくるよう言った。二人で通路を出たり入ったり、顎を上へ向けてジグザグに歩くうちに、やっと目指す棚の前へ来た。アステカ銀河系シリーズ全巻が目の前に並んでいる。

「どうしてなんだろう」紙を見ながらわたしは言った。「ここのはずなんだけど」

トミはもっと上を見ようと飛び上がった。「ないの?」

「ない、なくなってる」

「最悪」とトミが言った。「そうだ、なくなったんだ」彼は棚を蹴飛ばし、大きな靴が脱げて白いソックスがむき出しになった。彼の黒い目はある一点を見つめていて、わたしの背後の棚を探しているように見えたのだが、そうではなかった。

彼はまっすぐにわたしの顔を見た。「コール、その歯はどうしたの?」

「ええ?」

「その歯だよ」トミはわたしの口を指さした。「いっしょに本を読んでるときに抜けてるのが見えた。なんか言うのはいやでさ。そういうことは知らんぷりしないといけないって母さんに言われてるから」

わたしの歯についてなにか言った最後の人はラ・ヴィスタの歯医者で、差し歯にできると言われた。**無料の歯科治療を利用したほうがいいでしょうな**、と言われた。わたしは口のなかを探った、とっくになくなってしまった臼歯のあとの黒い空間を。「のみこんじゃったの。車でぶつかったときに」

「あの盗んだ車で？」

わたしはうなずいた。

「なんでそんなことしたの？」

「さあ。昔はうんと飲んでたの、だけど、もうそんなことしない」

トミは横を向いて、突然なにかとても大事なことがわかったというように項垂れた。疲れ果てているみたいに、年より老けているように見えた。ほとんどマニーみたいに見えた。

「あんたは僕の金を盗んだって母さんが言ってた」

「うん」と自分が言うのが聞こえた。「それもやった」わたしは本棚を探した、カラフルな背表紙の果てしない列をひとつずつ。トミのほうを振り向くと、彼の顔は変わっていた。黒っぽい茶色の目は急に遠く離れてしまったように見えた。「ここにいて」とわたしは言った。「司書に訊いてくるから」

わたしはレファレンスサービスの列に並んだ。担当の司書は年配のチカーノで、首にずっしりした金鎖をかけていた。黒焦げの薪の色をしたハリネズミみたいな髪だった。やっと彼のデスクにたどりつくと、彼は『アステカの宇宙船』はどこにも見つからないと言った。それからシャツの袖をたくしあげると、表紙のない本をわたしの眼前で振った。「こっちのほうが気に入りますよ。読んだことありますか？」

「なんの本だかわかりません」とわたしは答えた。

「たぶん、お若すぎるせいでしょう。これは素晴らしい本ですよ、ヒタ」

司書のところを離れて、トミがいた通路をのぞきこんだ。彼はいなくなっていた。わたしは司書に呼び掛けた。「わたし、小さな男の子と一緒に来たんです。甥なんです。見ませんでした？」

司書は肩をすくめた。「プルーンかな」

「ええ？」

「便所へ行きたかったんじゃないですか？」

「いえ」わたしは不安な気持ちで言った。「あの子、ちゃんとここにいたんです」

司書は腹の底から笑った。「すぐ戻ってきますよ」

司書が落ち着いた足取りで受付へ戻るのを見てから、わたしはトミを探した、児童書のコーナーを、記録文書の保管場所を、無人の男性用トイレを。「トミ」とわたしは呼び続け、しまいに半狂乱で叫んでいた。外の、子どもたちが手を取り合っている真鍮の像のまわりを確かめ、駐車場沿いのピクニックテーブルのところへ走った。でも彼はどこにもいなかった。逃げ出したんだろうか、それとも誘拐？　トミが見知らぬ人の白いバンにもぞもぞと乗り込む様が浮かんだ、山のようなツイズラーキャンディーに釣られて。パニックになってきて、心臓の鼓動が血管に広がった。「トミ」わたしは叫んだ。「お願いだから帰ってきて」

あの司書が警備員を連れて外に出てきた、二人とも悪い知らせを告げるときの強張った態度だ。二人のほうへ近寄ると、司書は右手をわたしの肩に置いた。「悪い知らせです、ここにいるリクがその子が出ていくのを見た気がするそうです」

「出ていく」とわたしは言った。「出ていくって、どこへ？」

「どんなふうに見失ったんですか？」警備員が訊ねた。

「見失った？　いいえ、あの子はちゃんとここにいたんです。あの子はトミという名前で、十一歳です。十歳。そう十歳です。髪は黒っぽい茶色でメガネをかけてます、それに大きな靴を履いていて」胸がしゃっくりのように震えるのを感じた。「小さくて、まだひとりでいられる年じゃありません」

司書と警備員は顔を見合わせた。よくない雰囲気だ。

「その子が行きそうな場所の心当たりは？　友だちの家とか公園とか」

「夜ですよ。あの子はなにもわからないんです」

「あんた」と警備員が言った。「飲んでたのかね？」

「冗談言ってるんですか？」

彼は言った。「あんたをまえに見かけたことがある。あんたたちノースサイドの女の子たちがどんなかは知ってるよ」

「あの、ちょっと」と司書が言った。「この人はそれほど酔っぱらってるようには見えないがね」

図書館から出てくる人たちがわたしたちのほうを振り返る。ピンクのスパンデックスを着て腰に幼児を抱えたほっそりした女が、娘をレンガ壁のほうへ向かせようと身をひるがえした。そのとき、トミがどこへ行ったかわかった。

「それはわたしじゃありません」とわたしは言った。「きっと誰かほかの人と間違えてるんです」

ずっとまえのある晩、パーティーの帰りに酔っぱらっていて自分では運転できないことがあった。わたしはタクシーの助手席に座って、緑や青の街の灯がリボン状に流れるのに目を丸くしていた。マリファナの霞のせいだったかもしれないし、酒でぼんやりしていたせいかもしれない、でもわたしは水中に没したような気分だった。ついに本物の街にたどりついた、地上階に、すべてが生まれる場所にたどりついた、みたいな。運転手に、デンバーで見てきたいちばん奇妙な場所は、いちばんひどい地区はどこかと訊ねた。変わるまえの、わたしの住んでいる地区だと言われるだろうと思っていたのに、そうではなかった。彼はこう答えたのだ。「チェリー・ヒルズですね、あのずらっと並んだ大邸宅がどうも気味悪くてね。あのあたり一帯が、街全体が、眠ったまま死んでしまったみたいで」ナタリーの新しい家の白いポーチに立ったとき、わたしが感じたのがそれだった。そしてまた同時に、前に停まっているマニーのトラックを見て、恥ずかしさと不安も感じた。わたしはドアを強くノックした。

中年の白人女がハイキングの服装で出てきた。チェーンは掛けたままで問いかけてくる。「なんの御用?」

ナタリーを探しているのだとわたしは告げた。ナタリー・モラレスを。

「べつの名前ですけど。ドゥラン?」

「まえはその名前でした。彼女、いるんですか?」

女はチェーンを外した。暖かい空気とともに外に出てきた。「ナタリーは裏にいるわ。彼女とロンはうちのゲストハウスを借りてるの」女は砂岩の小道へ案内してくれた。小さな照明が幾つも道を照らしている。「何人も訪ねてくる人がいていいこと」女は見下したように言った。

マニーとナタリーは二つの建物のあいだの裏庭で、黒っぽい芝生に立って、切りつけるように怒鳴っていた。トミはゲストハウスのポーチに置いてあるプラスチック椅子に座っていて、ひょろっとした白人男が横に立って、ウンコしてるフクロウみたいな格好で口論を眺めていた。

ロナルドだ、とわたしは思った。**いい男捕まえたじゃないの。**

トミはわたしを見ると、メガネを外して膝に置いた。ナタリーはサメのように動き、キャラメル色に明るくした長い髪が庭になびいた。彼女はわたしの前に立った。小さく見える、それにブロンドっぽい髪のせいでバカみたいに見えた。彼女は体重も減っていた、皮膚の上に自分の骸骨を着ているみたいな感じだった。

「こいつに」ナタリーは、わたしのほうを指さしながらマニーに向かってわめいた。「前科者にトミのことみさせておいたのね」それからわたしに向き直った、彼女の目は怒りでぎらぎらしていた。「あんたはクソみたいなろくでなしだね、ニコール。二度とあたしの息子を連れださないで」

わたしは笑いだした。「どこへ連れだすっていうのよ？　あんたんとこへ？」

わたしたちの後ろで、大きな家の照明がぱっと点き、誰かがよたよた階段を下りてくるような音がした。ロナルドはクージー（断熱ホルダー）をかぶせたビールを飲んだ。「ベイブ、ベイブ、ショーナにもっと気を遣おうよ」と彼は言った。

わたしはナタリーをじっと見た。「あんた、ここでフェレットみたいな臭いのろくでもない恋人と暮らすために家を出たんだね？」

ナタリーは手を上げると、わたしの口元を殴った。下唇から血が迸（ほとばし）った。わたしは赤い血を手で拭きながら、鉄の味がするものを吐き出せる場所を探した。透明の覆いの下にきちんと植えられたハーブ畑があった。そちらへ歩き、ビニールの覆いを脇へ蹴飛ばして、枯れたローズマリーの上一面に血を吐き出した。

「あの人を殴ったな」トミが叫ぶのが聞こえた。

そちらを見ると、あの子がどれほど怯えて悲しんでいるか、そしてどれほど小さいかわかった。メガネをまた掛けていて、茶色の目が大きく見える。彼は膝で両手を撚りあわせて腹を覆うようにしていた。たちまちその場にいるのがいたたまれなくなった。わたしたちはなんて人間なんだろう。トミは叔母と母親が、母親がクージーなんか持ってるどっかの阿呆といっしょに暮らしているゲストハウスの庭で喧嘩するのを目撃したのだ。父親は横に立っていた、屈辱にまみれて、妻の新しい白人の恋人と向かいあって。

「あたしに手を触れたら」とナタリーはわめいた。「警察を呼ぶからね、そしたらあんたは古巣に逆戻り」

「俺たちは帰るよ」マニーはそう言って、つかつか歩み寄るとトミの前腕を摑んだ。

ピックアップトラックへと向かいながら、マニーは振り向いて、なるべく礼儀正しく枕のことを訊ねた。ナタリーはそれを無視し、ゲストハウスのドアをぴしゃっと閉めた。そのとき彼女が気の毒になった。彼女が自分を恥ずかしく思っているのがわかった、これまでずっと恥ずかしく思っていたのがわかった。彼女はずっと、自分は十七で子どもを産んで夫のおんぼろな家で暮らしているあのノースサイドの茶色い肌の女の子だと感じていたのだろう。父が昔スペイン語で言っていたことを思い出した、**ねじれた木の幹をまっすぐにすることはできない。**

家に着くと、トミは自分の部屋へ駆け込み、マニーはキッチンへ行って水を一杯注いだ。彼はそれをわたしに渡し、テーブルに座ると、わたしにもそうしろと合図した。

「なにがあったの？」わたしは訊いた。

「あいつ、あそこまで歩いていったんだ」とマニーは言った。「たぶん、母さんが恋しいんだろうな」

「あの子、怖がってた？　迷子になったりしなかった？」

「あいつは大丈夫だ。だけどな、ああいうことは二度としてもらっちゃ困る。もっとよくみててくれ」

たまたまそうなったのだとわたしは話した、トミが自分で出ていったのだと。でも話せば話すほど、わたしの声は嫌になるほどお馴染みの響きになった、何年もまえの自分の声を録音したやつみたいに。

わたしは言葉を切り、代わりに家のなかの音に耳をすませた。冷蔵庫がぶんぶんいっている。床板が軋む。この家はまるで湿っぽい咳をする老人みたいだった。

「わたしはどっかおかしいんじゃないかな」とわたしは言った。

「反射神経が役に立つぞ。つぎは避けるんだな」

「違うの、人間としてってこと」わたしは泣くのを抑えられなかった。涙が鼻を伝い、裂けた唇に沁みた。「わたしはいつもしくじっちゃう。いつも家族を傷つけちゃう」

マニーはあたりを見まわしてナプキンを探したが、見つからなかった。指を素早く動かしてフランネルのシャツのボタンを外して脱ぐと、わたしの両手にのせた。

「顔を拭け。お前にはおかしいところなんてひとつもない。これまでだってそうだ」兄は椅子から立ち上がると、背中を丸めて階段をのぼりかけた、白い下着姿だと、妙に痩せて見えた。

「明日は職探しに付き合ってやる。早めに出よう。ちゃんと起きるんだぞ」マニーは声を小さくした。「面会に行ってやらなくてすまなかったな、コール」

「ありがとう、お兄ちゃん」

「おまえは昔よりうんとよくなっている。うんとよくなっている」

兄が二階でベッドに入ってしまうと、家は静かになった。わたしは長いあいだテーブルに座って、いろんなことを考えた。母や父のこと、子供時代の兄や自分のこと、昔はマニーの髪がどれほど黒かったか、この家がどれほど変わっていないか。古めかしいオーク材の床、妙に埃っぽい空気、はためく緑のカーテンに夜の穏やかさ。この家だけがわたしたちのものなのだ。

数分してから、わたしは地下へ降りてフトンの上に這い上がり、顔を着ていたジャケットにくっつけてひっそりとまた泣いた。さほど経たないうちに、誰かが地下室のドアを開けた。明かりのスイッチを押さずに足早に入ってきたのはトミだと、わたしにはわかった。

彼はフトンの端のわたしの足の傍に腰をおろした。なにも言わなかったが、しゃべってもらう必要はなかった。子どものころのあのわくわくする気持ちがこみあげた、大好きな人がベッドの足元にいてくれるというあの感覚、お話をしてもらって、もうなにも言うことはない。わたしはトミの呼吸に耳をすませた、小さな肺、鼻づまりの。彼は何度かなにか言いたそうな気配を示したが、黙ったままだった。やがて、彼の体重がすこしずつフトンから離れるのが感じられた。でも上へ行くまえに、トミは戻ってきてわたしの顔の横になにか置いた。目を細めて暗闇を透かし見た。枕だ。

「ずっとあんたが持ってたの?」わたしは訊ねた。

トミは階段で立ち止まった。肩越しに振り向いた。わたしたちのあいだにあるほんのわずかな光がメガネに映っている。「なんで?」と彼は訊いた。「もうひとついる?」

西へなどとても

Any Further West

わたしはコロラド州サグアリータの、母と祖母のいる日干しレンガの家で大きくなった。家にいるのはわたしたち女の子だけだった。男はいっさいいたためしがなかった。母はいつも、母の父親は金時計をめぐって頭のおかしい男の手で殺されたと言っていた、でも、いちど祖母から聞いたところによると、祖父を殺したのは祖父自身の手だけだということだった。わたしの父親はといえば、たったいちど母をアロンゾ・レーンのドライブイン・シアターへデートしに連れていった。「そしてね、あたしのかわい子ちゃん」と何年も経ってから祖母は言うことになった、「あんたは、素敵な女の子が男の子と一緒に車に乗っちゃいけないってことの証しなんだよ」

小柄で謎めいた女性だった、わたしの祖母は。裏庭にハーブ畑を持っていて、金属ロープに洗濯物を吊るし、ときおり手首を優雅にさっと動かして鶏の首をへし折った。ずっと毎朝、くたびれ果てて目を覚ました。「こんな老いぼれなんだから、いまさら子どもなんか育てられないよ」と祖母は言うのだった。「だけどあんたのことじゃないんだからね、ネヴァ」祖母が言っているのはわたしの母、デジリー・レティシア・コルドバのことだった。母は生涯を通じて酒やヤクやろくでもない男どもで苦労してきた。二十代のとき、母はウィッシィズという町のはずれのストリップクラブで踊っていた。さほど長くなかった人生の、三十代のとき、母はわたしを連れて住み慣れた土地を離れ、カリフォルニアに行った、ときおり絶え間ない悲しみから抜け出して大はしゃぎする時期のことだった。こういう中断期はまれにしかなかったが、効き目は大きく、ぜんぜん眠る必要がなく気の向くままに生きる女十人分の力を母に与えた。

わたしが十二のとき、ある夕刻に仕事まえの母の寝室へ呼び込まれた。母は躓き(つまず)ながら歩きまわって金色のビキニを探していて、ラジオはドゥーワップの局に合わせてあり、あたりは母のヘアアイロンのにおいがぷんぷんしていた。床のしわくちゃになった服の山からビキニを引っ張りだしたあと、母はタンクトップをまくりあげると、帝王切開の傷跡にメイクを施した。赤い切り傷は薄くなり、化粧台の点々と埃がついた鏡で母は自分の姿を確かめた。「この町は本物のごみ溜めだね」と母は言った。「こんなとこじゃ、チャンスもありゃしない。大きな計画を考えてるとこ。陽がさんさんと照るサンディエゴなんかどうかな」

わたしたちは二か月後に引っ越した。母は石油とガスの仕事をしている白髪のカウボーイを説きつけて二千ドル出させた。その男にとって金はなんでもない、神よりたくさん持ってるんだから、と母は主張した。そんなのデタラメだと祖母は言った。「お金には鎖がついてるんだよ」と祖母は言った。口ひげを生やしてステットソン帽をかぶった男たちが鋼鉄製の鎖をじゃらじゃらいわせている様をわたしは思い浮かべた。家を離れたくなかった、でも祖母とサグアリータに留まったら、母にはその鎖しかないことになるとわかっていた。

出発の日、わたしは母から渡される荷物や必需品を車に積み込んでいた——料理の本、レインコート、電池、ポテトチップス。早朝の靄をすかして、わたしたちの家が地面にどっしり建っているのが見えた、セージの茂みの上の短い坂に、サファイア色の山並を背景にして。太陽が完全に大地の上に姿を現すと、祖母がキルトのエプロンにピンクの室内履きで外に出てきた。お茶のカップを持っていて、顎のほんのちょっと下まで湯気が立ち上っている。祖母は目を細めてわたしたちのほうを見た。「途中で雨になるよ。土砂降りになったら、車を停めるんだよ」

「もちろん、そんなことわかってるよ、ママ」と母が言った。

祖母はちらっとわたしを見た。「この子の面倒をみてやってね、そして、頼むから、ねえデジリー、自分の面倒をちゃんとみるんだよ」

ユーラ・コートはゴミだらけの緑の小谷からべつの小谷へとサメのヒレみたいにカーヴしていた。色とりどりの家並を行き過ぎ、やがて母は箱みたいな家の外に車を停めた、家は明るい黄色で白い縁取りがある。バックミラーで自分の姿を確かめると、広い額と胸の深い谷間をナプキンで拭った。キラキラ光るリップグロスを塗った。スパゲティ・ストラップを直した。

「これが」と言いながらわたしは人差し指を向けた。「わたしたちの住む家？」

「あたしたちのは二番目」と母は言った。「裏にある、馬車小屋(キャリッジ・ハウス)よ」

わたしは母について母屋へ行き、母は呼び鈴を鳴らしてからそっとノックした。背後から、母の肩甲骨が目についた、骨組みが砕けたのを慌ててくっつけ直したみたいにごつごつ隆起している。ドアが開いて、わたしたちは男の甲高い声に招じ入れられ、母の背中が屋内の薄暗さにのみこまれて消えた。正面の部屋には黒い革のソファとテレビしかなかった。ビーチサンダルを履いてプカ貝のネックレスをした、まだそれほどの年ではない男が目の前に立っていた、だらしない感じの茶色い髪は、まえの学校の女の子たちがものぐさな爽やかさ（レイジー・フレッシュネス）と呼んでいたようなスタイルだ。彼はケイシーと名乗った、家主だ。

「運転がきつくなかったんならいいけど、お嬢さんがた」顎を上へ向けて彼は言った。「きっとここを好きになるよ」

　ケイシーは車から荷物を下ろすのを手伝ってくれた。せっせと体を動かすのだけどぎくしゃくしていた。キャリッジ・ハウスは、彼の説明によると、彼の家とそっくりで、ただしミニチュア版だ。ガスレンジ、給湯器、それに下の車庫のドアの開け閉めの際に感じるかもしれない振動について説明したあとで、彼はカーゴショーツのポケットをぱたぱた押さえて二組の鍵を取り出した。「なくさないでくれよ。百万ドル請求しなくちゃならなくなるからな」

　母は笑って彼の肩をぱしんと叩いた。「きっとここのドアにはカリフォルニアじゅうでいちばん頑丈な鍵がついてんのね」

「ああ。だけど僕のほうのドアはたいてい開けっ放しだから」

　ほかになにか要るものがないか訊かれて、母は、なにも不足はないと答えて礼を言った。表の家へ帰っていく彼を母は見守っていた。ふたつの家のあいだには草の茂った狭い中庭があり、彼の家の陰になった裏窓がわたしたちの日の当たる正面の窓と向かい合っていた。「彼、好きだな」しばらくして母が言った。「頼れそう」

　キャリッジ・ハウスはサグアリータのわたしたちの家とは似ても似つかなかった。ヤシの木とハイビスカスが玄関のドアをつついていて、ドアの外に狭いポーチがあり、そこから白い鉄の手すりがついたコンクリートの階段でケイシーの中庭へと降りていくようになっている。レンジ台や調理台やタイルはアボカドグリーン。わたしの寝室は卵の殻のような小さな空間で、母の部屋は広々と大きく、クイーンサイズのベッドがど真ん中の天井ファンの下に置かれていた。リサイクルショップで買った母のレースのドレスがクローゼットに掛けられ、プラスチックのアクセサリーは輪にして壁に画鋲（がびょう）で留められた。香水――バニラ、スパイス、フローラル、オリエンタル――は化粧台の上に並べられた。窓はいつも開けっ放しで、強烈な日光と街の臭いが入り放題だ――遠くの潮のにおい、車の排気ガス、インアンドアウト・バーガーのにおい。「へえ、まったくもって」と祖母は電話でわたしに言ったものだ。「なんてインチキな天国だろうね」

すぐさま、母が仕事を見つけなくてはならないことが明らかになった――引っ越しと最初の二か月の家賃分の金しかなかったのだ。祖母が夜わたしといてくれるわけではなかったので、母はダンスは諦めた。問題ないって、と母は言い張った。新しい生活を始める気まんまんだった。たいていの日は、わたしが学校へ行くまえもあとも、母はキッチンで猛烈な勢いで新聞の求人情報に丸をつけていた。調理台のところに立って、片手にペンを持ち、片足をフラミンゴみたいに後ろに蹴上げている。「これならできそう」客を装った商品調査員（シークレット・ショッパー）とか犬の散歩代行者の求人広告を指して母は言う。テレビで歯科助手の学校やマッサージ療法の講座のコマーシャルが流れていた。なにかそういうことをやったらどうかと言うと、母はいつも笑った。「うちには学校へ行くお金なんかないよ、ヒタ。それに、あたしは勉強には向いてないし」

母がまともな、給料のいい職に就ける見込みなどありそうにないと思えたけれど、母はけっして家賃や食費の心配をしなければならないということは口にしなかった。バースデー・ケーキについてさえ。

その十一月、わたしは十三になった。「あんたはあたしのすべてよ、わたしの人生（ミ・ヴィーダ）」母は食料品店でカートを押しながらそう言った。大きなショルダーバッグを掛けて、汚れた厚底サンダルを履いていた。目のまわりの黒のアイライナーがにじんでいて、泣いていたんだろうかとわたしは心配だった。その朝、母から靴の箱を渡された。なかには白い紙が一枚入っていて、そこにはこう書いてあった。**仕事が見つかったら、これはなんでも欲しいものになるからね。ラブ、ママより。**カートがガラガラギシギシ通路をくまなくめぐっていたとき、わたしはこの紙をポケットに入れていた。六〇年代のポップミュージックが天井のスピーカーから流れていた。母は音楽に合わせて尻を揺すり、いろんなものを持ち上げるときだけ中断した――ミラノ・クッキー、アイスクリーム・バー、トレスレチェ・ケーキ。

「このなかのどれか？」母は訊いた。

わたしたちの横にいた艶のあるサンダルを履いた白人女がこっちを睨んだ。わたしは声を低くした。「お金持ってないじゃない、ママ」

「ほら、ネヴァ。欲しいものはなんでも。あんたの日なんだから」母はナッターバター（ピーナツバターサンドクッキー）の箱をわたしの顔の前で振ってみせた。「これ、あんたの好物でしょ」

わたしは首を振った。「だけど買えないじゃない」

母はわたしのおでこにキスし、母のピーチの口紅のべとっとした感触が残った。わたしがそっぽを向いていると、母はクッキーをカートに放り込んだ。母は通路を歩いては、さらに商品を放り込んだ——カップケーキ、匂いつきキャンドル、アボカド、オリーブ、マラスキーノチェリー。しばらくすると、母はカートをピラミッド形に積み上げられたソーダの缶の後ろへ押していった。バッグのジッパーを開け、バッグはまるで底なしの飢えた口のようにあらゆるものをのみこんでしまった。母が作業を終えると、カートに残っているのはナッターバターと瓶入りマヨネーズだけだった。店員がレジに打ちこんで七ドル三十四セントになると、母は舌を鳴らした。ブラからよれよれの十ドル札を出して渡した。わたしは床に目を落として自分のジェリーサンダルを見つめた、艶のあるコンクリート床の溝の汚れを、母の塗りたてのような青いペディキュアを。すると、ビーチサンダルが見えた。ケイシーがわたしたちの後ろに、フムスと卵を入れたかごを持って立っていた。

「今夜はパーティーだな」わたしたちのクッキーとマヨネーズを見て、彼はそう言った。

母は振り向き、目を輝かして笑顔になった。「ほんとにパーティーなの。ネヴァは今日で十三なのよ。バルボア公園に行ってお祝いするの」

「ティーンの世界へようこそ、お嬢さん（チカ）」ケイシーはレジ横にあるいろんなチョコレートの上に手をかざし、雰囲気（バイブ）を感じとっているんだと言った。彼はM&M'Sの包みをひとつ、フムスと卵といっしょに黒いベルトコンベヤーの上にぽんと置いた。「誕生日おめでとう、お嬢ちゃん。このピーナツ入りが好きだといいんだけど」

「わたし、アレルギーなの」わたしは嘘をついた。

母がバッグをわたしにぶつけた。「忙しくなかったら、いっしょにいかが?」

バルボア公園の東端で、わたしたち三人はコイのいる池の近くの芝生にメキシコ風ブランケットを敷いてすわった。母は盗んだ食べ物を並べ、わたしたちが金を払っていないことを知っていたのだとしても、ケイシーは何も言わなかった。首の下で腕を組んで寝転がった彼の緑の目はぼうっとしていて、化学処理で白くした歯をのぞかせた笑みは、ちょっと歪んでいた。母を横に寄り添わせながら、彼はサーフィンの事故のこと、大地震のこと、徹夜でやる浜辺の焚火のことを話した。母は彼に、海が大好きで、小さなころ、深海にいる鮮やかな生き物のことを夢想していたのだと話した。空で太陽が低くなると、暖かいそよ風が池の表面を波立たせ、二人はわたしに「ハッピー・バースデー」を歌ってくれた。わたしは盗んだカップケーキに押し込んだ盗んだキャンドルを吹き消しながら、そのあいだじゅう、知らない人が見たらわたしたちを家族だと思うんじゃないかと心配だった。

ケイシーは働いていなかった。わたしたちのところの排水管が絡んだ黒髪で詰まったときも、直しかねる有様だった。彼はおもに、国境の近くやもっと内陸部の、わたしが見たことのない地域にある両親からもらったさまざまな不動産の家賃の小切手を集めてまわっていた。毎朝、彼はこの街のホラー映画みたいな霧を突っ切って、太平洋の岸辺に沿って走った。戻ってくると、シャワーを浴び、それからわたしたちのドアをノックする。そして玄関のドア枠に寄りかかって母を相手に軽口をたたく、彼の背後の空は焼けつくような白さだった。十月の中頃には、彼は家賃を値下げしてくれ、十一月にはぜんぜん払わなくてよくなった。

感謝祭は、サグアリータの山並に雪が降って真っ白になる時期なのに、カリフォルニアのわたしたちの庭はフクシアの花が咲きほこり、迷路のようなヤシの葉が茂っていた。学校が休みになったのでわたしはほっとした。昼休みに『ティーン・ビート』や『YM』といった雑誌を読んでいる女の子数人と仲良くはなったけれど、わたしはたいていひとりでいた。たぶんそのせいで、担任の教師からいつもナタリーとかマリアとか呼ばれたのだろう――自分の名前ではない名前で。電話でこのことを話すと、祖母は腹立たしげに唸った。「で、あんたのママはもう仕事見つけた?」母がもう仕事を探していないことは言わなかった。ケイシーと過ごす以外あまりなにもしていないということは。

十二月のはじめ、ある金曜日の午後、学校から歩いて帰ってくると、二人が前の家で言い争っているのが聞こえた。窓は開いていて、クラシック・ロックと母のわめき声が通りへ響いていた。**あたしたちに約束してくれたじゃない**、と母は何度も言っていた。**また踊らなくちゃならない**。帰宅途中の同じ中学の男の子たちが、ゴミだらけの小谷の片方へ向かってこの区画を横切っていた。二人の男の子がくすくす笑い、ほかの子たちの肩を叩いて、聴けよと指さした。わたしはバックパックを歩道に投げ出した。

「おい、ノータリンども」とわたしは叫んだ。「お前らに関係ないだろ」

男の子たちは振り返ってわたしを見た。目をパチパチさせ、顔をゆがめる。ひとりが口を動かした、**なんだよ――**。その子は右手を上げて炎のように鮮やかなオレンジ色のゲームボーイを見せた。男の子たちは母とケイシーの争いを聴いていたのではなかった、ハイスコアを更新しようとしていたのだ。わたしは頬を真っ赤にして近所を三回まわってから家に帰った。

戻ってみると、ケイシーがサングラスをかけて自分のポーチに出てきて、腕にはビーチタオルを掛けていた。母は彼の背後の暗い家のなかから姿を現した――腕を彼の胸に滑らせている。「あたしたちといっしょにミッション・ビーチに行かない?」と母は訊ねた。「ローラーコースターがあるよ」二人とも明らかに酔っぱらうかハイになるかしていた、たぶん両方だ。母はもう一度、わたしも行くかどうか訊ねた。母は外に出てくると、わたしに向かって膝をついた。長い指の爪でわたしの首を撫で、温もりがわたしの背筋に伝った。「お願い、来てよ」と母は言った。「凧買ってあげる。誰でも凧は好きよ」

ミッション・ビーチで、ケイシーはわたしにファンネルケーキを買い、昔懐かしいアーケードゲーム用に二十五セント硬貨を幾つかくれた。わたしたちは桟橋に出て、母はプラスチックの持ち手のついた凧を買った。凧のなかで揚げかけてから、わたしに手渡した。上昇していったと思ったら、凧に乗るまえに桟橋の下に落ちてしまった。わたしはそれを打ち寄せる波のなかにぶら下がったままにしておいた。板張り遊歩道の上で、わたしたちは並んでローラーコースターの順番を待った。ケイシーは手を母の後ろポケットに滑り込ませた。母はくすくす笑って彼にしなだれかかった。わたしたちがローラーコースターに乗ったのは日没まえだった。わたしは二人の後ろにすわり、コースターが曲がるたびに二人ともちょっとよけいに、そしてちょっと遅れて体をぐっと動かすのを面白く思った。

その日曜日、母は夕方まで寝ていた。母がベッドにいるあいだ、わたしは居間の床の上でミステリーのペーパーバックを読んでいた。登場する子どもたちは失敗した科学実験の産物だった。壊れた翼とX線の視力を持っている。彼らの両親は頭のおかしい研究者だった。本を読み終わったのは、数分のあいだに部屋がゆっくりと黄昏から夜へ移り変わるちょっとまえだった。それから母を起こしてみた、まずは揺すぶって、そしてなにか食べ物で。ガスレンジで小麦粉のトルティーヤを温めてバターと砂糖をまぶし、母の横へ運んだ。母は湿っぽい鼾を何度か発すると、寝返りを打ってわたしから離れた。わたしはトルティーヤを自分で食べ、そして母の横にもぐりこんだ。あとになって目を覚ました母に、どうかしたのかと訊ねた。

「なにもかもが同じまま」と母は答えた。「なにも変わらない。まるで自分が死んでるみたいな気がするの」

「今日は悲しい気分なだけだよ、ママ。明日になったら気分がよくなるよ」わたしは母を抱きしめ、長いあいだ沈黙が続いたあとで頼んだ。「お話してくれない？」

「なんの、ネヴァ？　あたしのお話はぜんぶ知ってるでしょ」

「わたしのことは？　生まれたときはどんなだった？」

母はうめき、姿勢を直した。わたしは母の手を取り、細い、レースのようにぐにゃぐにゃした指に自分の指を絡めた。「雪が降ってた。あたしはくたくたで、おばあちゃんもくたくた。あんたは何時間も出てこようとしないから、切って取り出されたの」母は握ったままのわたしの手を毛布とシーツの下で動かして、帝王切開の傷跡のところでとめた。「ほら。あんたはここから出てきたんだよ。おぎゃあおぎゃあ泣き続けてね。これだけ泣いたらもうこの先泣く必要はないねってお医者さんたちから言われた。そのとおりだった。あんたはぜったい泣かないね、ネヴァ。あんたはいつもタフだ」母はちょっと言葉を切り、わたしたちは二人とも黙っていた。

「さあ」いかにも期待しているみたいな声で母が言った。「今度はあんたがお話して」

なにを話したらいいかわからなかった。わたしのお話はぜんぶ母のお話だった。自分が知っていて母にも知ってもらいたいことを考えてみた。たとえば、わたしがどれほどカリフォルニアが嫌いか、どれほどケイシーのことを知らないし、好きでもないか。でも代わりに、わたしは母にこんな話をした。「ママは知ってたかな？　うちの庭やこのあたり一帯にあるヤシの木、あれはサンディエゴ原産じゃないんだ。カリフォルニア原産でさえないんだよ。学校で教わったんだ。あれはここのものじゃないの。誰かが見た目がいいなって思っただけで」

「いや」と母は答えた。「そんなの知らなかった」母はそれからしゃべるのをやめて寝てしまった。一時間後にドアをノックする音が響かなかったら、そのままずっと母といっしょにそうしていただろう。ケイシーが夕食の誘いに立ち寄ったのだった。

母の新しい恋人のことや、母が夜までベッドにいることを祖母に話すと、すぐに二人で帰っておいでと言われた。祖母は母に毎日電話して、道理を説いて聞かせた。子どもによくない、と祖母は主張した。子どもにはちゃんとした生活の枠組みと家庭が必要だ。祖母は母に、定期的にミサに出席し、告解へ行くようにと言った。母が祖母からの電話に出なくなると、祖母はエレガントな震える筆跡でデジリー・レティシア宛の手紙をよこした。祖母には飛行機に乗る金はなかったし、もう年なので車で西へなどとても来られなかったけれど、わたしたちに祖母の存在を感じさせようと心を砕いた。ある手紙で、祖母は母に、どうかお前の父親のことを思い出して、と綴っていた。「あの人は世の中に打ち負かされるがままに、破滅させられるがままになっていた」と祖母は記していた。「あの人は世の中があの人の悲しみを満ち溢れさせるがままにしていた」

クリスマスの一週間まえ、ケイシーと母はビーチでヒマワリの種を食べながらウィスキーの瓶をやりとりしていた。二人は長々と飲んでは、お互いにしなだれかかり、自堕落で幸せそうだった。わたしたちは桟橋の近くにいた、木製の桟橋の下側は白っぽくなっていた。ボディスーツを着たサーファーがボードを手に支柱の下を走っていく。潮にさらされた髪の老人たちの背中で色褪せた青いタトゥーがウィンクしている。大洋の唸りは荒々しかった。

「ネヴァ」とケイシーが言った。「雪って意味だよな、だろ？　ラテン語かなんか？」

わたしは肩をすくめ、手を冷たい砂のなかに潜らせた。

「そのとおり」と母が答えた。「この子のおばあちゃんがつけたの。ネヴァが生まれたときはブリザードだったのよ。ここに住んでたら、サンシャインとかサニーとかって名前にしてたかもしれない」母はくすくす笑って、口から種を飛ばした。

「いい名前だ」とケイシーは言った。「ありきたりじゃない。ビーチは好きかな、ネヴァ？」

ビーチはまあまあだとわたしは答えた。

「それは違うでしょ」と母がだしぬけに言った。「あんた、ビーチは大好きじゃない」母はケイシーのほうを向いた。「さいしょにここへ来たとき、この子を水から引き離せなかったの。足の指に波がぶつかるたびに水しぶきをあげてはきゃあきゃあ言い続けて」

ケイシーは笑った。「クリスマスイブに僕の車で海岸をドライブするのはどう？　ソラーナに海辺のモーテルがあるんだ。僕の友だちがボートを割引してくれる。君たちはここに身内がいないし、僕の身内はフロリダだし、いっしょに行ったらどうかなと思ってさ」

母は彼に飛びついて、おもに彼の口にキスした。「完璧だわ、ベイビー」

ケイシーは肩でわたしを小突いた。「いいだろ、チカ。金は僕が払うよ」

わたしはビーチブランケットから立ち上がって水辺へ向かった。

「気を付けて」母が叫ぶのが聞こえた。「凍えそうよ」

大洋と空には境目がなかった。白いカモメが雲の影のなかでは黒く見えた。わたしはジャケットのジッパーを下ろし、ジーンズを膝までまくりあげた。砂はでこぼこしていて細かく、水は透明ではなかったけれど、わたしはどんどん進んで脚が浸かるところまでいった。一瞬皮膚が疼いただけで、あとはなにも感じなくなった。学校で、南西の砂漠全体がかつては水の下だったのだと教わった。どこもかしこも浅い海だったのだ。母は、溺れているような気がすると言うことがあった。母は、起きたら死んでいる夢を見る、永遠に眠っている夢を見るらしい。でもわたしは？　とわたしは一度ならず訊ねた、すると母はいつも、あんたは運がいいと答える。運がいい、だって泳ぎ方を知っているんだもん。わたしが波を突っ切って歩いているあいだ、母とケイシーは相変わらず浜にいた、二人の脚は白っぽいゲートの金網のように絡み合っていた。ひとりのサーファーが横をひょこひょこ通り過ぎながら、わたしに戻れと叫んだ。

ビーチブランケットのところで、わたしは母とケーシーの横に立ちはだかった。太陽が姿を現していて、わたしの影が二人の上に長く伸びていた。「ママの言ったとおりだった」とわたしは言った。「あっちは凍えそうだ」

「素晴らしいクリスマスになるよ」母はソラーナ・ビーチで一泊するためにバッグ四つ分の荷物を詰めながら言った。「あたしたちにとってこれまででいちばんのクリスマスになるかも」母はクローゼットの前に立って、冬の最中に夏のドレスを選んだ。ウェッジヒール、コルク底のサンダル、それにつばの垂れた日よけ帽。わたしは母のベッドスプレッドの上に寝転がって、母が服のあいだへ分け入ると背中が闇のなかへ消える様子を不思議なものでも見るように眺めた。母は水着を一抱え持って振り向いた。ひとつ選んで、とわたしに頼んだ。わたしは赤い水玉模様のビキニを指さした。母はわたしの目の前で着替えはじめ、Tシャツの下でパンティを足元へ滑らせた。ビキニのボトムを着け、トップの紐をちゃんと締め、おずおずとわたしのほうを向いた。左手で腹部を覆っている。

「これ？」と母は問いかけた。「太って見えない？」

「もちろんそんなことないよ、ママ」

母の体は何年もダンサーをしていたおかげで贅肉がなくて引き締まってはいたが、もちろんここにはクラブの情け深い照明などまるでなかった。あるのは太陽とその容赦ない輝きだけで。黒髪をなびかせ、腕を揺すってくるりとまわってみせながら、母はわたしに念を押した。「傷跡はどう？」

「そんなの、もう千回も見てるよ」

「だけど、ケイシーは見たことないもん。明るいところで見せたことないの」

「誰が気にすんのよ？」とわたしは言ってみた。

母はわたしに、水着をもうひとつ選ばせた。結局、ワンピースに落ち着いた、真っ白で、ヒップのところがえぐれている。それから母はまたクローゼットへ姿を消した。小さな木の箱を持って出てきた。母はそれをわたしの前に置くと、開けてみろと急き立てた。真鍮の留め金をそっと外したら、母は笑って、わたしの両手を握った。「そっとやる必要なんかないよ、ベイビー。そんな特別な箱じゃないんだから」なかには、三つだけチャームのついたチャームブレスレットが入っていた。赤ちゃんのガラガラと、鶏と、ロケット。母はブレスレットをわたしの手首に掛けてまわし、ロケットのところでとめた。

「あんたが二つのとき、ひどい熱を出したの」と母は話した。「ものすごく熱くなって触れないくらいだった」母はロケットを開け、二房の黒っぽい髪を見せた。「熱を下げられなかったらあんたは死んでしまうっておばあちゃんが言うのよ。冷水のお風呂に入れてみた。あんた、ぜんぜん泣かないの。ただ震えながら湯船のなかで座ってるだけで。一晩じゅう祈った、そして朝が来たら、なんといきなりよくなってたの。落ち着いてにこにこしてて、平熱だった。でね、あたしがどうしたと思う?」

「わかんない」とわたしは答えた。「覚えてないもん」

母はわたしの頭にキスした。「あんたの髪をひと房切り取ったの。熱の髪って呼んでね。このロケットにあたしの髪といっしょに入れた。なぜだかわかんないけど、こんなふうにあたしたちをいっしょにしておくと、なんか嬉しいの」

手首にブレスレットの重さが感じられた。熱くて抱いていられないほどの熱が出ている人に触れるのは、すごく変な感じがするんだろうな、とわたしは思った。わたしはそんな人に触れたことはなかった、この先そんな経験をすることがあるんだろうかと思った。

その夜、雪が降っているようなスノーノイズのテレビ画面が、眠れない状態と夢とのあいだを行き来するわたしの脳裏に浮かんでいた。笑い声が聞こえたように思った、なんでも遊びにしてしまう小さな子どもたちのいる遊び場の横を歩いていると耳に入ってくるような類（たぐい）の笑い声だ。棒をフェンスに突っ込んだり、足を耳にあてて電話代わりにして家にかけてみたり。わたしはみずみずしい花を目にしていた、レモンやオレンジの木を、それに、クリスマスの時期にはわたしには奇妙というより美しく見える火山岩の庭。ケイシーの車でソラーナ・ビーチへ行くところを想像した、傾斜した海岸線や数百万ドルのガラス張りの家々を高速で通り過ぎる。ラホーヤの崖の霧に潮の香りを感じ、海獣の大きな吠え声を聞いた。母のことを考えた。海にむかって開け放たれた窓の下に置いてあるモーテルの大きなベッドで母と並んで昼寝するところを思い描いた。

でもケイシーは迎えに来なかった、そして、わたしは驚かなかった一方で、母は疑念のさまざまな段階を潜り抜けていった。キッチンにみじろぎもせずにすわって、フリーザーで見つけたわずかばかりのウォッカを飲みながら。**もしかして、彼、病気？　事故に遭ったとか？　手助けが必要なのかも？**　母は窓を開けもせずにマールボロライトをひと箱吸ってしまった。眉のあいだにしわが一本現れたが、煙が漂っているので見定めにくかった。彼は来ないとついに悟った母は、ありとあらゆる言葉で彼を罵り、それに**コックサッカー、マザーファッカー、アスホール**、といった侮辱を果てしなくくっつけた。「あいつは悪い男だ」母は最後のタバコを二本の指で挟んでこめかみに押し付けながら、きっぱりと言った。「あいつもただのクソッタレだった」

コンクリートの階段を駆け下りて前の家へ向かう母をわたしは止めようとした。母はなにかをぶち壊すつもりでいた、自分自身か、それともほかのものか。母がするっと水着を着こんでしまうのと同じように簡単にするっと激怒状態に入り込むのを、わたしは畏敬の念で眺めた。母は拳で彼の家の窓を叩き、郵便受けに石をぶつけた。ドアに泥を投げつけた。やり終えると、母の指の爪は折れて泥がこびりつき、玄関口にすわりこんで、この区画にひとつ、またひとつとクリスマスの明かりが瞬くのを眺めるくらいしかすることはなかった。そのうち、母が泣きはじめた、さいしょは静かに、やがてとめどなく喘ぎながら。背中をわたしに向けていて、ごつごつ隆起した肩甲骨が震えていた。わたしは膝をついて両手で母の顔をわたしの顔に引き寄せた。わたしたちは絡み合って母の涙にまみれた。

「いっしょにすこし寝ようか、ベイビー?」母は問いかけた。

わたしは、うんと答えた。母を玄関口から引っ張った。

母はベッドでわたしと並んで横になった。ちょっと暑かった、窓は開いていて、天井ファンは高いところで回っていたけれど。母の背中が汗でじっとりしてきたので、ベッドスプレッドを押しのけて床に落とした。母の瞼がぎゅっと閉じ、睫毛が震えた。「ここもうおしまいかもね、ネヴァ。家に帰るのがいちばんかな」

午前四時に、強い振動がベッドを揺らした。車庫のドアが開いたのだ。ケイシーが帰ってきた。母は目を覚まし、息をのんだような声を出した。母は中庭の彼のところへ走った。二人が言い争うのをわたしは正面の窓から見守った。タイヤがパンクした、友だちのタイヤがパンクした、国境近くの難しい物件。母の髪が顔に吹き付けられて、目を覆った。母のネグリジェは透け透けで、その薄い生地の下は裸だった。ケイシーと話しながら、母は腹を覆っていた、体の真ん中の傷を隠していた。わたしがベッドに戻り、口論に聞き耳を立てていると、やがて母が日の出のちょっとまえに戻ってきた。浴室から洗顔料をとってくると、わたしの部屋の入り口に立った。わたしたちは目を見交わした。

「だいじょうぶ」と母は息を切らせて言った。「もう怒ってないから」

母は身をひるがえすと廊下へ出て、キャリッジ・ハウスのドアに鍵をかけてからケイシーの家へ行ってしまった。


クリスマスの朝、わたしは雪の夢から目が覚めた。サグアリータに住んでいたころなら、居間へ駆けていって母に抱きつき、祖母にキスし、それから実用的なプレゼントの詰まった靴下を開けていたことだろう。誰も欲しがらないけれど誰もが必要とするようなもの——ソックス、下着、デンタルフロス、リップクリーム。母の寝室へ行って、クローゼットを開けた。顔を母の服にくっつけた。頰を袖に、唇を襟に、鼻をコットンに。母のジャケットやブラウス、ワンピースやスカートに体を埋めた。息を吸い込んで、数えきれないさまざまなスパイスの匂いを嗅いだ、どれも甘かった。

外では、霧がたちこめていた、地面に低く垂れ下がり、アスファルトや芝生にしみこむ。母が車に荷物を積んでいるのが見えた、白いロングドレスに麦藁帽をかぶり、二本のお下げ髪を肩に垂らして腰をかがめている。ケイシーの家から通りへと続くコンクリートの小道を裸足で歩いていくわたしに、母が手を振った。空が雲に覆われたなかに一本目立つ筋があり、飛行機の尾部が東へ飛んでいった。母はトランクをバタンと閉めてから、歩道にいるわたしのほうを向いた。目は大きな黒い水たまりだ。顔は露のように爽やかで若々しく、わたしたちがカリフォルニアにやってきた日の顔みたいだった。「ほら、急ぎなさい」と母は言った。「あんたのバッグを持っといで」

「どこへ行くの?」わたしは訊いた。「家?」

母は舌を鳴らして笑いをこらえた。「ケイシーとビーチへ行くのよ。覚えてる?」わたしはまじまじと母の顔を見つめながら、皮肉の気配が、眉が上がるとか上唇が曲がるとかが見られないかと期待した。でも母はただ、かすかに青ざめた唇でにこっとしただけで、指先を宙で動かして、大きくてきれいな爪でわたしに行けと促した。その背後で、ケイシーがサングラスをかけて外へ出てきて、それをちょっと顔から外して母を引き寄せてキスした。目を閉じたまま、二人は車のドアにぶつかった。母の帽子が頭から飛んで、広い額がむき出しになり、帽子はくるくる宙を舞ってさっとわたしのつま先に着地した。帽子を拾って母に持っていくと、母はわたしの両手から優しく受け取った。母の両の親指が描く堂々とした弧はわたしのとそっくりだった。わたしたちのあいだの空気は静止し、わたしの手が触れた母の肌はとても冷たくて奇妙で、ほとんど死んでいるみたいだった。

ケイシーが訊ねた。「具合でも悪いのか、チカ?」

わたしは彼に、だいじょうぶだと答えた。

「なら急ぎなさい」と母が言った。

母の身のこなしは不安定で拙く、まるで誰かほかの人に自分の皮を使わせてやってるみたいだった。そのときわたしにはわかった、母は永遠に自分の内にある底流にとらえられ、ひとつの深いうねりからつぎのうねりへ弾んでいるのだと。母は決してその海からわたしを引き上げてくれることはないだろう。けっして小休止して肺に空気を満たすことはしないだろう。たちまち世界が母の悲しみの鎖を持って、あらゆる海岸、あらゆる岩、あらゆるガラスまみれのビーチを引きずりまわし、あとにはただ溺れた女の打ち砕かれた残骸しか残らないということになるだろう。それからわたしは母に背を向け、キャリッジ・ハウスに向かった、いや、という言葉を何度も何度も繰り返し呟くうちに、しまいにハトの鳴き声みたいになった。母は何度か、待って、と頼んだ。わたしが歩けば歩くほど母の声は軽薄な調子から甲高い叫びとなり、ハイビスカスやヤシの木を越え、正面の家やキャリッジ・ハウスのドアの向こうへと響き渡った。

彼女の名前をぜんぶ

All Her Names

マイケルは老けていた。笑顔は若々しかったが、皮膚のたるみや顔のくぼみは、三十三歳という年齢よりはもっと年上の人のものだった。彼はコルファックス大通りにある、中規模のマリファナ調剤薬局のセールスマネージャーだった。携帯ショップに似ていて、大麻入り食品の売場と「器具（ハードウェア）」のショーケースが備わった店だ。夫のゲーリーが毎年の競売人の大会に出席するため町を出るといつも、アリシアはマイケルに電話する。自分がひとりで夜を過ごせないことを、彼女はわかっていた。それもあるし、それに彼女はいまでもマイケルを愛していた。たぶんこれからもずっと。

夜のとばりが下りると、アリシアは彼の古い青緑のノヴァに潜り込む、改造車（ローライダー）の雑誌から抜け出したみたいな車だ、内側は豚小屋だったが。くしゃくしゃのスウェット、女物の黒のタイツ、それに空になったペンキのスプレー缶が三つ床にある。アリシアは缶のひとつを拾い上げた。マイケルの膝で転がすと、ガラガラと小石が入っているような音がした。「こんなもんトランクに入れといて。ホアキンが去年の夏、重犯罪で告発されたじゃない」

「あの間抜け（ペンデホ）がデカより速く走れなかったばかりにな。それに、侵入してくるヤッピーどもに誰かが居心地の悪い思いをさせてやらなくちゃならん。ひょろひょろのマザーファッカーどもめ。始末に負えなくなってきてる」着古した革ジャケットを着たマイケルは、ゲーリーとアリシアのコンクリートとガラスでできた家、最新式ヴィクトリア朝風の家々のなかの黒い四角のほうを身振りで示した。「どこへ行こうか、俺の高級住宅地化（ジェントリフィケーション）マリンチェ（コルテスの奴隷としてスペインのアステカ帝国征服を手助けした先住民女性）ちゃん？」

「ローレンス通り」

「いったいなんだって俺たちそんなとこへ行くんだ、シア？」

「うちの犬よ。ノミがいるの。くるぶしにびっしり、それに耳の後ろにも」

「獣医は考えたのか？」

「だめだめ」とアリシアは言った。「本物の薬じゃなくっちゃ、あの薬草のじゃないと」


　犬の名前はケインとオスカー、ゲーリーが結婚前から飼っている黒のラブラドルレトリバーで、いつもヒステリーを起こしていた。アリシアは犬を我慢し、二匹がぎくしゃくとギャロップしたり細い体でサイドテーブルや椅子を縫って歩いたりするさまに身震いするだけだった。その朝、二匹を裏庭へ追いやり、いちばん虫の好かないケインがそこで落ちた木の枝を丸ごと齧っているすきに、アリシアは二階へ行き、人生二度目の妊娠を確認したのだった。彼女は二十九、あと一週間で三十になる、子どもを持つにはなんの問題もない年だ、だがアリシアはぞっとした。ほとんど悲嘆にくれた。白いバスタオルにくるまって、便器にかがみこみ、プラスチックの妊娠検査キットを二つに折って使っていないタンポンと丸めたティッシュの下に埋めた。誰にも言わないつもりだった、ゲーリーにさえも。とりわけゲーリーには。彼は最近アリシアの出産タイムリミットのことばかり言いたがるのだ。

二人は結婚して二年になる。ゲーリーは五十四、ネブラスカ出身の元気のよい白髪の競売人で、デンバー最大の農場及び自動車用品競売場を所有していた。さらに手を広げてスペイン語を話す客も呼び込みたいと思っていた矢先、ユニビジョンネットワーク（スペイン語のテレビ局）のミーティングで初めてアリシアに会ったのだった。「あんた」と彼は二十六歳のグラフィックデザイナーに声をかけた。「クソ素晴らしい鼻だな」アリシアは彼のことをわたしの牧場主、わたしの牛飼い（バケロ）、わたしのダディーと呼ぶようになった。ゲーリーは彼女のことをただ子供時代のニックネームで呼んだ――アリ・バードと。彼がベッドで競売人の口調でこの名前を叫ぶのが、彼女は好きだった。実のところ、彼女の名前をぜんぶ。アリシア・モニカ・デル・トロ、そしてのちには、アリシア・モニカ・デル・トロ・パーカー。

結婚してから間もなく、ゲーリーはアリシアを週末にキー・ウエストへ旅行に連れていき、そこでコンテンダーという名前のスピードボートをチャーターし、鏡のような水面に日が沈むのを見に出かけた。海風は奇妙に凪いでいて、二人の顔はラム酒で火照り、ゲーリーは妻を後ろから抱きしめた。「俺たちの子どもなら、みんなものすごく見栄えがよくなるぞ」と彼は言った。

「もう犬が二匹いるじゃないの。それ以上何が要るっていうの？」

「俺にひとりだけ産んでくれ、アリ・バード。俺の名を継ぐ息子を」

「それなら、息子は必要ないわ」と彼女は言った。「わたしがその名前を継いでるでしょ」

ボタニカ・デル・コブレはタコス・ハリスコと隣り合っていた。限られた種類のカーニタス（豚肉料理）とテキーラをカウンターで供する狭い店だ。まずはそこへ寄ろうとマイケルは主張した。

「一杯か二杯だけだよ、ね、夜を始めるためにさ」店は混んでいて、メキシコ人一家が数家族、チカーノのロカビリー・カップルが幾組か、それにもちろんアングロの新住民がちらほら。カーハートのフード付きスウェットにレッド・ウィング・シューズという格好の白人の若者たち、彼らには縁のない作業着だ。「あいつらは嫌いだ」マイケルが下唇の塩を拭いながら言った。クロップトップを着た白茶けた金髪の若い女がソーダファウンテンから彼をじろじろ見た、そそられているのがみえみえだ。「あいつらとヤるのはいいけど、あいつらは嫌いだ」

「あなたの人生の物語」アリシアはマイケルほどデンバーに殺到してきた住民に苛立ってはいなかった。主な理由は、思うに、アリシアは彼らのあいだで暮らしていて、犬の公園では彼らに名前を呼ばれて挨拶され、土曜の朝には彼らのブランド物のベビーカーと並んで散歩するからだろう。

「飲めるだろ、シア」マイケルはオルニートスのグラスをテーブルの上で滑らせた。

「スタイルに気をつけてるの」アリシアは自分が本当にそう思っているのか自信がなかったが、もっともらしく聞こえた。「ほら、デル・コブレはすぐ閉まっちゃうよ」

　マイケルは二杯目をぐいっとあおった。テーブルの下で、彼はアリシアの片膝を手で包んだ、筋肉が覚えている愛撫だ。「あの店だけは」と彼は言った。「永遠に閉まっててくれたら嬉しいな」彼はアリシアににやっとして見せた。「はっきり言って」

あれからもう十年以上になる、と彼女は考えた、二人が初めてボタニカを訪れてから。アリシアの父親は、デンバーの外側にあるウラン鉱山で長年働いたことによる肝臓癌で死にかけていた。医師たちはモルヒネやオキシコンチンやフェンタニルパッチを処方した。父親の苦痛を消してくれるものは何もなく、脳のスイッチを切る以外なかった。「ここまでだね」アリシアの祖母(アブエラ)ロペスはある秋の午後、そう言った。「あんたのパパはね、心の尊厳を保って死んでいくべき人だよ」祖母はアリシアとマイケルに、震える筆跡で記した薬草のリストを持たせてローレンス通りへ使いにやった。二人がアリシアの父のベッド脇へ戻ると、父親は娘の手を握って虚ろな声で訊ねた。「畑に出てたのか、ステファニー?」あれは最悪だった、最期が近づくにつれ、父親はよくアリシアを、その母親であるステファニー・エルクホーンと、アリシアが四つのときに自分のバッグやリサイクル店で買った服を荷造りして出て行って二度と戻ってこなかったアングロ女と間違えた。

二人はベルの音とともにボタニカへ入っていった、真鍮のドアノブにはバナナの皮が結わえ付けてあった。お守りなのか、警告なのか。どちらにしろ、なんらかの種類の魔術(ブルヘリア)だ。四方の壁は十字架や鏡、齧歯(げっし)動物の頭骨、聖(サント)キャンドルで覆われていた。オレンジと黒のネックレスを何本か掛けた老人がローンチェアにゆったり腰かけて、何十年かまえのラジオでなにかのスポーツ番組の終わりをとらえようとしていた。老人はアンテナをいじくりまわしながら、マイケルとアリシアに手を振り、カウンターの二か国語による掲示を身振りで示した。**新年のための無料のお清めについてお訊ねください。ユリを八本とココナツをひとつお持ちください。白い服をご着**

用のこと。

マイケルはアリシアを引き寄せると、髪越しに優しく訊ねた。「犬用の、そうだろ?」

アリシアは彼を黙らせ、掌で押しやった。「すみません」と彼女は店員に声をかけた。

ピンクの仕事着の、背中がちょっと丸くなった女がビーズのカーテンの奥から現れた。女は木の箱に上がり、新鮮な牛の心臓や乾燥させたコブラの皮が並ぶ陳列ケースのある長いカウンターに堂々と立った。「¿Les puedo ayudar en algo?(なにか御用ですか?)」

アリシアは売買取引をなんとかやってのける程度のスペイン語が話せるだけだった。子供時代、アブエラ・ロペスはときおり大昔の言葉のようなコロラド南部の方言で話しかけてきた。マイケルの家族はベイカーズフィールドの出身なので、女性器(プッシー)とか四十オンス(モルトリカーの四十オンス瓶)に当たるスペイン語のスラングを知りたいというのでもない限り、役立たずだった。アリシアは彼が声の聞こえないところにいることを確かめてから、下手なスペイン語でニームと呼ばれる薬草のことを訊ねた。

「¿Para?(なんのために?)」

アリシアは左手のカナリア・ダイヤモンドをきらめかせた、恥ずかしさからか自負心からなのか、彼女にはどちらとも決めかねた。それからマイケルに背を向けると、自分の子宮を指さした。

「No se garantiza que funcione; y también duele(効くと保証はできませんし、それに痛みますよ)」

アリシアはうなずいた。

「Entonces ya lo sabe(なら、もうちゃんとご存じなんですね)」と店員は言った。「Lo sabe mejor que yo(あなたのほうがわたしよりよくご存じね)」

「ありえない」マイケルがボタニカの端から大声をあげた。「このお香はな、マジで、まむしの精液でできてるんだとさ。なんてこった」

アリシアは彼を無視し、女は奥の部屋へ入っていった。ラジオから聞こえる割れた音は、スポーツからコンフント音楽にかわっていた。また現れた店員は壺のようなものを持っていて、葉を沸騰した湯に三十分浸すようにという明確な指示を与えた。アリシアはグラシアスと礼を述べ、現金で支払った。

外に出ると、月はほぼ真ん丸だった。

「ノミだって？」ノヴァに向かって歩きながら、マイケルが訊ねた、ざらざらした琥珀色のアスファルトの上に二人の影が細く伸びている。彼はキーで助手席のドアを開けた。「お前が嘘をつくのは嫌だな、シア」

彼女は彼のほうに向きなおり、L字形の頬のしわをじっと見つめた。「わたし、妊娠してるの。欲しくないの。それだけ」

「ゲーリーに話すべきだ、まだ話してないんなら。それが正しいやり方だよ」

アリシアは車に乗せてくれるマイケルから顔をそらしていた。さっきより寒くなっていて、時間の拍子が再調整されて別物になってしまったかのようにいっときが長く感じられる光が照らしつけていた。「べつにあの人には関わりのないことだもの」と彼女は言った。「それに、あんたとも」

ノヴァは二十三番通りの廃屋となった成人映画館の外に停められた。敷地はサウスプラット川に沿って伸びるコンクリートの小道に向かって傾斜していて、その道はユニオンパシフィック鉄道の操車場とコンフルエンス・パークへ通じている。アリシアがコロラド大学デンバー校で一年のときにとった歴史の授業で学んだところによると、ここで百五十年まえ、ウィリアム・グリーンベリー・ラッセルという名のアングロが金を発見して町が勃興し、デンバーが創設されたのだ。それよりまえには、アラパホ族の野営地だった。今では麻薬常習者やホームレスが群れる荒涼たる丘陵の斜面で、数百万ドルの高級分譲アパートやパブリックアートに挟まれている。新しい「平原のクイーン・シティー」（デンバーの愛称）だ。

　二人は川へ向かって歩いた、左にはセクション8アパート（生活保護プログラムによる支援を受けている賃貸物件）が並んでいる。アリシアはアブエラ・ロペスが死んでガラパゴ通りの家が銀行にとられたあと、さいしょに住んだところを思い出した。地下のワンルームで地下の窓があり、寒々しい照明だった。蜘蛛の巣や卵嚢（らんのう）がしょっちゅう出現した。アリシアは窓を開け、スプレーボトルでアンモニアを撒き、ガラスの裏に当てられている鋼板製の波板にクモの卵嚢をぶつけて砕いた。ガラパゴでは虫で困ったことはなかった、もっとも一度自転車に乗って古い家を通り過ぎたときに、紫のワンピースを着たアングロ女がおそるおそる害虫駆除業者の一隊を庭へ案内しているのをアリシアは見かけたことがあった。**足元に気を付けて**、と女は言っていた。**新しいオーナーたちはまだ基礎を直しているところだから。**

　マイケルとアリシアは金網のフェンスに人間の体くらいの隙間ができているところで足をとめた。ユニオンパシフィック鉄道操車場の全景が見えた、列車を北はワイオミング、東はカンザス、西は山道や吹雪で前が見えなくなったりする谷を越えてユタまで送り出す見事なルートの広がりだ、旅はカリフォルニアの陽光のもとで終わる。アリシアは自分の名前がそんなに遠くまで行くという考えが気に入った。アリシア・デル・トロ・パーカーではなく、「K - SD」（読み方はcased（ケイスト））という自分のタグネーム（グラフィティ用の名前）が。マイケルはアリシアの手を取ろうとしたが、彼女は払いのけた。彼女は苦もなくよじ登って入った。彼も続き、フェンスが揺れた。

　操車場の西の端で、二人は何も描かれていない貨物列車を探した。線路のあいだを伝って、マイケルとアリシアは幽霊のように見える何やら跳ねるものや、野良猫に追われる野ネズミのそばを通り過ぎた。ホームレスたちの体が操車場のごつごつした土手に沈み込み、よれよれになったブーツや丸まった寝袋が地面に灰色の小山を作っている。マイケルはタバコに火を点けた。操車場の明かりの下で、彼の顔は若く見えた、歯は象牙色で、目は輝いている。二人はなおも進んで、アマチュアの手になるぞんざいなタグが描かれた空の貨車の脇を通った。巨大なDEKOのサインが幾つもあった、長年にわたって活躍しているチンピラっぽいところのあるデンバーの仲間が残したものだ。マイケルがキャラクター・タグに向かって煙を吐き出した、SNOOPYの下に臆病な殴り書きで、MILE HI CITY。彼はこういうクソみたいなやつが大嫌いで、彼女も同意見だった。二人は黄色い入換機関車の後ろを進んだ、二〇メートルくらい先に給水塔があって、そこにK - SDの手になるシルエットが描かれていた。マイケルが言った。「俺が覚えてるのは、あのぐらぐらする梯子をのぼってったことだな」――彼は言葉を切り、おまけみたいに付け加えた――「ずっとお前のケツが目の前にあってさ」

「やあねえ。さっさとこの列車をやっつけちゃおうよ」

　二人は重いバックパックを背負って線路を急いだ、闇のなかで鉄の壁が峡谷を作っている。昔みたいだった、二人がまだ若くてマイケルでじゅうぶんだった頃。アリシアは右肩を彼にぶつけた。「いつもあんたのことが頭に浮かぶの、マイキー。うちの家のそばを午前一時に列車が通るとね、あんたのことだけになる」彼女は列車が大好きだった、独自の時間感覚を作り出しながら、どんどん進む。

「俺もだ」と彼が言った。「線路がガタガタ鳴る音が聞こえて、警笛が鳴り響いて、踏切が下がる。するとすごく興奮してくるんだ。で、ベッドで俺の横にいるかわい子ちゃんのほうを向いて言う。『あれを聞くと昔の彼女のこと思い出すなあ』」

アリシアは足をとめ、ブーツで音をたてて地団太踏んだ。「あんたのバカ。そんな話聞きたくない」

「なんでだよ、シア？　お前こそ結婚してるじゃないか。毎晩おんなじ料理だろ」

「なんであんたがジャブを食らわせなくちゃならないのかわかんない、言いたいのはそれだけ」遠くのほうに、彼女は二人の貨車を見つけた、夕闇のなかで汚れがなく、線路はカンザスへ向かっている。

「なんでかわからないって？」とマイケルが言った。

最初は、マイケルの子だった。アリシアは十九。シュペーア大通りのキング・スーパーズで妊娠検査キットを季節外れの温かいコートのなかに突っ込み、アブエラ・ロペスと暮らしていた家へ自転車で帰った。アリシアは二階の浴室で検査し、ゴミはあとで近所の公園に捨てた。診療所の医者が処方してくれた錠剤はアリシアの腹を三日二晩にわたって切り裂いた。三日目に、痛みでくらくらし目があまりよく見えない状態で、アリシアがよろよろとキッチンへ行くと、アブエラ・ロペスが調理台に立って肉切り包丁で豚肉を切っていた。春だった。窓は開け放たれていた。ライラックの芳香が家のなかに入りこみ、生肉の臭いと混ざり合っていた。

「おばあちゃん（アブエリータ）」とアリシアは呼び掛けた。「話があるの」アリシアが話し終えるまえに、アブエラ・ロペスは豚肉を切りそこない、右の親指をざっくり切って肉が血まみれになった。

　アブエラ・ロペスはその日孫娘にさんざん悪罵を浴びせた。利己的、無慈悲、愚か、子ども並み。なんとか血を止め、腹立ちを抑え込むと、祖母はアリシアに言った。「ああいういろんなろくでもないもんのまえは、薬草しかなかったんだよ、ミハ。なんであたしに頼まなかったの？」アブエラ・ロペスは、どの植物を使うかも、お茶にしたものを飲むときの温度も、何日のあいだ何杯飲めばいいかも、アリシアの腹のさしこみがどのくらい続くかも、乳房にどの程度の圧痛が予想されるかも、ちゃんと知っていた。


　二人はその貨車にしようと決めた。マイケルは片側へ歩き、アリシアは反対側へ行った。彼女は手袋をはずし、ひんやりした鉄に両手を滑らせた。何週間もまえに、アリシアは自分のデザインを考えていた、ネイビーブルーの署名、スリムな文字を中央揃えにして、白で明暗をつけ、彼女のKのなかに黒い丸。マイケルはいつも、K-SDはあまり好きじゃない、アリシアはなにかほかのものを書くべきだ、なにかはっきり女性とわかるものを、と言っていた。でもマイケルのもたいしてよくなかった。SLOKE. 誰がこんなもの書く？　それに、いったいなんて意味？　二人はそれぞれのバッグからラスト・オリウム（塗料メーカー）の缶を引っ張り出して描きはじめた。作業は奇妙な感じだった。アリシアは仕事で数えきれないほどデザインをやっていたが、列車となると、人知を超えた動力が彼女の手を動かした。自分のサインが、あたかも汚い金属の下から自分の手で露わにしたかのように現れるのを見るという感覚をアリシアが経験したのは、一度ではなかったし、ひとつの場所だけでもなかった。

スカーフで鼻と口を覆ったアリシアは、長いダッシュの途中で一休みして、貨車の端からマイケルをのぞき見た。書いているときほど彼がハンサムに見えることはなかった。スプレー缶を優雅に動かし、黒い目はひたすらSLOKEに注がれている。伸ばした腕と首のあいだの三角形の空間に、遠くの街灯の光がらせん状に見えた。「どんな具合?」

「半分終わった。そっちはまだ二番目の文字?」

「わたしのダッシュ。縁がすごく鮮やかで、すごく素敵なの。あんたにはそういうことはわかんないだろうけど」

マイケルは缶を振ってまた始めた。「おいおいシア、俺だってあのダッシュのことは知ってるよ」

「あんたはバカだもん」

「わかってる」マイケルは誇らかに答えた。

低い振動が線路をがたがた言わせた。幽霊列車が走っている。エンジンが着火している。マイケルとアリシアは身を強張らせながら線路を調べた。二人が昔知っていた子が操車場で死んだ。彼は十六をちょっとすぎたくらいの年だった。夏の最中の、夜のまだ早い時間だった。警官はパトロールに出ていなかった。その子は列車にペイントしていて、一歩後ろに下がったところを一台の貨車に轢かれた。仲間のあいだに噂が広がり、たちまち若者たちがその未完成のサインのところへやってきて、自分たちの願いを黒でペイントした。詩が現れた。**どうか君の旅が果てしないレールを行くものでありますよう／君の列車が走り続けますよう／君の名前が、戻ってきた君の手で完成されますよう。**

アリシアは貨車を蹴飛ばし、鈍い音が響いた。「誰かが練習してたんだ」

「仕事しろよ、シア。だってつぎにお前が——」

彼の顔に光がきらめいた、投光照明の光や街灯の光ではなく、一筋に集中している。マイケルは目を細め、アリシアは線路をぐるぐる探る白い光線を避けようとした。

オマワリだ。二〇メートルばかり後ろ。

それぞれバックパックを貨車の下に投げ込むと、二人は駆け出した、マイケルが先にたって、近道をし、線路を飛び越えて。二人は以前にも走ったことがあり、道はわかっていた。操車場とコンフルエンス・パークの境界で、アリシアは金網のフェンスをよじ登った、空想の世界のようにしなやかに、空へ上っていって星の仲間になろうとするかのように。でも結局地面に戻ってきて、枯草の上にさっと着地した。ペースを崩さず走り続ける二人に、二つの男の声が、あきらめろ、ちょっと待て、もうやめろ、みたいなことを呼びかけた。アリシアは自分たちを猟犬が追ってくる様を想像した。彼女は片脚を突き出してマイケルを転ばせた。彼がなにか言うまえに、彼女は彼に馬乗りになると、スカーフを外し、コートのジッパーを下ろした。セーターを乳房の上までたくし上げ、ブラのホックをはずした。

「いいから黙ってて」と彼女はささやいた。「バカなこと言わないでよ」

彼女はマイケルの手を両手で包み込むと自分の腹へと導き、彼の掌のひんやりする滑らかさに身震いした。手を放すと、彼の手が彼女の中心部へと下がっていくのが感じられた。彼女は体を上にそらせ、背中が放たれたように弓なりになった。懐中電灯の光がまた現れ、二人の警官が斜面の上端に立って、ダウンコートの前をはらわたを抜かれた動物みたいにはだけたアリシアを目の当たりにしていた。マイケルは黙って横たわり、彼女の両足のあいだに押さえつけられていた。アリシアははあはあ息をしながら待った。警官たちがやってきた。

「なにやってるんだ?」と警官たちは言った。「服をちゃんと着なさい」

アリシアはぱっと向こうを向いて泣き出した。警官たちはせいぜい二十歳くらいの、平凡な顔立ちの若者で、ひとりは白人で金髪、もうひとりは茶色で背が低く、たぶんメンドーサみたいな名前の子で、ひょっとするといとこのそのまたいとこかもしれなかった。金髪の警官がカップルに立てと命じ、アリシアはペンキがついていないか手を確かめながら立ち上がった。それから彼女は左手をきらめかせた、石がどんなバッジよりも輝いている。「すごく恥ずかしいわ」と彼女は言い、マイケルがその横に立った。「わたしたち、夜の散歩をしてたの、お祝いに。わたしたちのさいしょの赤ちゃんが生まれるの」

同じ警官がマイケルに、本当かと訊ねた。

「はい、本当です。パパになるのが嬉しくて、つい我を忘れてしまって」

「我を忘れた?」今度は背の低いほうが問いかけた。警官はアリシアのブーツを見た、右のつま先にネイビーブルーのペンキがちょっとついている。彼女はその足をもう片方の後ろへ動かした。

「誰か来るのを見かけませんでしたか?」

「いいえ」二人は声を揃えて答えた。

「でもあの、ほら」とマイケルが言った。「あんまり目に入ってませんでしたから」

警官たちは身分証明書を要求したが、マイケルもアリシアも提示できないとわかっても驚いたようには見えなかった。「あの」と金髪が言った。「赤ちゃんのこと、おめでとうございます。僕は二人いるんです、女の子がね。でも、だからといってああいうことを公然とやっていいということにはなりませんからね」

「もちろんです」とアリシアは答えた。「ちょっとその、なんていうか、すごく感動しちゃったもので」

「なるほど」と背が低いほうが言った。「あなたがたは我を忘れて、感動した。奥さん、お名前は？」

「ステファニーです。ステファニー・エルクホーン。そしてこちらは夫のゲーリーです」マイケルに睨みつけられているのを感じながらも、アリシアは彼の顔を見ようとはしなかった。

「これは警告です。一度しか言いませんよ。自分の物を持ってここから出なさい」それだけ言うと、警官たちは踵(きびす)を返して丘を登っていった、ブーツと帽子の金具を月光にきらめかせながら。

マイケルとアリシアは黙って立っていた。街の輪郭が蓋をするように二人を取り囲んでいる。長い道のりを歩いてノヴァに戻り、数区画走らせたところで、マイケルはアリシアのほうを向いた。彼女の顔に触れ、頬にキスした。救ってくれたことに礼を言った。アリシアは頭のなかで、話に聞いたことはあるものの けっして目にすることはないであろう海の生物のようなものに彼を重ねてみた。うんと深い、完全な暗闇にいて、透明で、壊れた時計みたいに内臓が見えている。

「お前とこれからもっていうだけじゃなくなるんだよな」と彼は言った。「ゲーリーとこれからもってことになる。お前たち二人とこれからもってことに」それからマイケルはアリシアのコートのジッパーを上げ、彼女のスカーフに手を伸ばしてそっと首にかけてやった。「アリシア・デル・トロ・パーカー、もうこれ以上お前とは会えない」

アリシアの三十歳の誕生日に、ゲーリーは彼女をコロラド南部に所有している何エーカーもある土地に建つ山荘へ連れていった。近くのサン・ルイス・バレーには彼女の一家の出身地があり、彼女は子供時代に夏をそこで過ごし、父親はそこに葬られていた。山荘は谷の高いところに位置し、荒野に形作られた幾つもの小丘が見渡せた。気候は良くなっていた。晩春のような秋の週末。低い雲が頭上をのろのろ動き、形が移ろっていくその影がサングリ・デ・クリスト山脈の白い峰々に伸びている。大地は燃えるように輝いていた。

遅い時刻だった。二人は外の大きな焚火のそばでジントニックを飲んだ。アリシアは一週間にわたった酒断ちを止めたところで、酒は勢いよく彼女の血管を駆け巡った。ゲーリーは籐椅子にゆったりもたれかかっていた。アリシアはその向かいに座っていた。空を見つめていた彼女は、つと立ち上がって火から離れた。片手に飲み物を持って、もう片方の手で星を指さした。後ろにいたケインが彼女の膝の裏を舐めた。アリシアは身を強張らせると、自由なほうの手を犬の首輪に置いた。彼女は女神ダイアナのことを考えた。月のことを考えた。

「なにを見てるの、アリ・バード？」ゲーリーが訊いた。

「わたし、いつも北極星を見つけられるの。父さんから教わったことのひとつでね、道に迷うことがないようにって。それが今夜は見つけられないのはどういうこと?」

「酔っぱらってるからだよ、お誕生日のお嬢ちゃん」ゲーリーは笑って、頭上高くを指し示した。

空はちりばめられた無数の星でかすんでいたが、デザインされたような黒い虚空はなおも不変だった。小さな太陽のように、炎の熱気がアリシアに押し寄せ、顔や腕を温めた。彼女はセーターを脱ぎ、地面に落とした。遠くのほうで、町にむかう舗装していない道をヘッドライトが山腹に沿って曲がり、闇のなかを遠ざかっていった。火がパチパチいう音、アリシアの心臓の強い鼓動が響き、その横でケインがはあはあいっている。風向きが変わり、炎のなかから燃えさしが爆ぜた。アリシアは犬の高さまで腰を落として、自分の潤む目を煙から守った。「あった」と彼女は嘘をついた。「今度は見える」

幽霊病

Ghost Sickness

アナはたくさんの窓と古ぼけた緑の黒板がある長い教室に座っている。教室は半分空だ。今は夏で、大学の歴史クラスの登録者は少ない。講師のサマンサ・ブラウンが時計の黒い針の下に立っている。若くて、アナが聞いたことのない東海岸の学校で博士号を取得している。

「レッドヴィルに関する興味深い逸話は」とブラウンは話す。「二人の兄弟の話です、ひとりは生きていて、ひとりは死んでいる。一八七五年、死んだ兄弟の墓を掘っていた生きているほうの兄弟が、銀の鉱脈に突き当たったのです。彼は直ちに死んだ兄弟の遺体を雪だまりで凍るにまかせて、その鉱山を手に入れました」

最終試験を控えて、ブラウンはこれまでの授業全体を復習している。ルイス・クラーク探検隊から、毛皮商たちに国立公園まで。今は銀ブームについてだ。アナのノートにはぎっしりメモがとられている、ブルーのインクの手書き文字は刻一刻とぞんざいになっていく。彼女はいつもの席、後ろの窓際に座っている。

「この話が明らかにしているのは、西部の明白な倫理欠如です」ブラウンは倫理、欠如という単語を緑の黒板に書いた。その文字を丸で囲んだ。「これについて考えてみてください」

最前列に座っているコリーンという名前の女子学生が手を上げる。「あの、それは違法ではないんですか？」

ブラウンはコリーンの質問に快く答え、無法状態だったことを説明する。アナはバックパックを探し、こっそり携帯を取り出して膝に置き、クリフトンからメールが来ていないかチェックする。なにもない。ママからのメールだけだ。**Cからは連絡なし。彼に頼みたい仕事があったの。今夜夕食は？**　アナは返信する。座ったまま姿勢を変え、外をちらと見る。

いつもは緑の街が日照りのせいで茶色だ。ブルーのアイシャドーみたいな色の空。埃まみれのネガフィルムみたいな木々。早々に雨が降ることをアナは願っているが、それよりなにより恋人が、今どこにいるのであろうと帰ってきてくれることを願っている。先週の木曜、ニューメキシコのシップロック近郊にいる祖父母に会いにいくつもりだとクリフトンは言った。翼の生えたような形の岩と雲みたいなヒツジが特徴の風の強い平地だ。居留地の彼の祖父母が住んでいるあたりは携帯電話サービスがない、便利な言い訳だ、なにしろクリフトンときたらしょっちゅう姿を消してしまう。彼は退屈するのが我慢できず、野放図なところがある。でもそれがクリフトンなのだ、魚のようにとらえがたい。


ママは食料品の紙袋を幾つも腕に抱えてアナを押しのける。娘の住まいの石のポーチに立ったママは、エビ茶色の手術着姿で、両脇の下にはまだらな汗染みができている。彼女はずっしりしていて頑丈だ。重量があるのに、というかたぶんそれだからこそ、顔は顎や頬の輪郭がくっきりしていて美しい。彼女はアナに冷凍トルティーヤ三袋、洗ったラードの容器に入れたビーフシチュー、それにバナナ六本を持ってきた。アナはママをいつもより強く抱きしめる。

ママが言う。「あんたったらそんなに痩せっぽちで、いやになっちゃう。食べてないの？」

「ああ、大学生協の冷凍ブリトーをどっさり」

「それはそうと、クリフトンはどこにいるの？」

「レストランで余分に働いてるの」アナは嘘をつき、食料品の袋を持ち上げる。

「家まわりの仕事で頼みたいことがいくつかあったんだけど。芝土を運んだり、浴室にペンキも塗らなくちゃならないし」

　ママはこういう仕事をクリフトンのためにひねりだしている、アナへの気配りだ。二年まえ、アナとクリフトンがいっしょに暮らしはじめたとき、ママはいい顔をしなかった。**女の子は同棲なんかするもんじゃない**、と言った。**あんた、早くに老けちゃうよ。**でもママはかつてアナがクリフトンを気遣う以上に彼のことを気遣っていた。彼は十一のときに、十七ドルをめぐる酔っ払いの喧嘩で両親が居留地で殺されたあと、おじのヴァージルに連れられて隣に引っ越してきた。当時ママは彼のことをかわいそうに思っていた。彼はよく、家事をやっているママにつきまとった。**べつのお話聞かせてよ**、ウィンデックスで窓ふきしたり掃いたりしているママにクリフトンはせがむ。**あのね、あたしが小さかったころ、おばさん（ティア）に、モントローズの小さな峡谷へ連れていかれたんだけど、そこには湖の怪物が住んでいると誰もが知っていたの。**アナはいつもそういったつまらない話はうんざりで、いっしょにいて聴こうとはしなかった。

　女二人、アパートの乾いた暖かさのなかで夕食を作る、五〇年代末に建てられたワンルームのレンガの箱にはエアコンはない。オーク材の床から熱気がたちのぼる。ママは最新のゴシップを披露する。信じられる？　ちょうどこの食事のために買い物をしていて、カートを列に残して電池を探しに離れた。戻ってくると、アングロ女から列に割り込んだと非難されたのだ。「あら、一分も離れていなかったはずですよ、それに、それまでずっとここに並んでましたし。するとね、その女が言うわけよ、『あなたなんて見た覚えないわ！』こんなの、信じられる？」ママは首を振りながら玉ねぎを刻む。ママは娘をじっと見つめて話題を変える。「学校はどうなの、ミハ？」

「だいじょうぶ」とアナは答えながら、サン・ティー（直射日光を当てて抽出した水出し茶）のグラスをぐらぐらするテーブルに運ぶ。

「心配な科目があるの？」

「歴史だけ。年号がひとつも覚えられなくて。なにもかもがぼんやりしてるの」

「フラッシュ・カード用意したほうがいいんじゃないの」ママは笑いながら、フライにしているポークに塩を振る。「あんた、もう一科目も落とせないんだからね」

アナもそれはわかっている。もし落としたら、奨学金を貰えなくなる、都会のキャンパスに場所を譲るべく整地されるまえにかつてウエストサイド一帯に住んでいた、大半はヒスパニック系のデンバー住民の孫に与えられる「立ち退き基金」だ。そうなったら、在学中にのみ許される図書館での仕事も失う。そのあとは、アナは家に戻ってママと暮らすことになる。「頑張る」とアナは言う。「いっしょうけんめい」

「ところで、どんな歴史のクラスなの？」

「アメリカ西部の歴史」

ママは隙間のある歯を見せてにこっとする。「いったいどうやって、あんたがそれを落とすのよ?」

アナは笑う。「知ってるでしょ、わたしは歴史が好きだったことなんてないんだもん」

その夜遅く、アナがアパートでひとりでいるときに、携帯が鳴って非通知の表示が出る。悪い夢を見ていた彼女は寝ぼけたまま電話に出る。衛星のあいだの電波雑音が甲高く聞こえるだけだ。クリフトンに違いない、ほかに考えられない。

「あんたでしょ」アナは言って、枕にもたれて上体を起こす、部屋は一面の濃霧のように薄暗い。なんとか彼にしゃべらせることができたなら、彼の声を携帯から引っ張り出すことができたなら。二人が子どもだったころ、クリフトンは何時間も戸棚のなかに、階段の下に、洋服用クローゼットのなかに、姿を隠せるところならどこにでも隠れていた。ドアの隙間から小さな手を突き出して。**ママがお昼食べにおいでって言ってるよ**、とアナは呼び掛けたものだ。**もういいかげんにしなさい**。

アナは携帯に向かって言う。「家賃の支払い期限は木曜よ」

街灯の琥珀色の光がベネチアンブラインド越しに二人の寝室に差し込む。光が筋になって並び、一部はクリフトンの傾いた化粧ダンスの引き出しに当たり、一部はアナの顔や長い黒髪を這う。それがクリフトンの吐息だと想像してみる。とろりと温かく、彼女の耳に吹き込まれる。「帰ってきて、ベイビー。お願いだから」

ウィリアム・H・モファット図書館で、アナは十一時半にタイムカードを押し、上司にその日やることを確認し、それから定期刊行物と児童書のカートを押して書棚の列に踏みこむ。暗記用の紙は用意してあって、カートに積み上げた本を処理する合間にときどき見る。**オター・ミアーズ、鉄道企業家、一八四〇―一九三一。ベイビー・ドウ・テイバー、レッドヴィルの山小屋で死んでいるのが発見された。幼児のわが子にダイヤモンドをちりばめたパジャマを注文。ユーレイ酋長は白人との怪しげな条約に調印。**

　アナは目を閉じ、テストしてみる、忘れている。一時間本を棚に載せていくと、十分の休憩がある、キャンパス中央の住宅博物館の横を歩く、小さいけれど優雅なヴィクトリア朝風の家々には、かつてガルシア、サントス、リオスといった名字の家族が住んでいた。アナは祖父母から聞いた話を思い出す――この区画が生きていて、子どもたちが甲高い声を響かせながら短い革のブーツを履いたこぎれいな姿で走りまわり、砂岩の歩道でビー玉をぶつけ合っていたころの話。**さあ、手を洗って、**若い母親たちがエプロンを白い炎のようにゆらめかせて呼び掛ける。**もうすぐパパがお帰りよ。**

　アナが図書館へ戻ると、歴史のクラスでいっしょのコリーンともうひとりの女の子が二階の雑誌コーナーのそばで勉強しているのが目に入る。二人とも金髪で目鼻立ちがくっきりしていて、首筋は長くて象牙色だ。アナはよくコリーンのような学生たち――信託ファンドで生活が支えられていてロフトアパートに住んでいるデンバーの新住民たち――について、なんだかなあと思うことがある。彼らは技術関係の仕事やマリファナの合法化とともにやってきた、「グレート・グリーン・ラッシュ」だ、とアナは思う。まんざら悪いやつらじゃない、とクリフトンは言う。彼らは新しくペンキを塗った素敵なアパートに住んでいて、彼らの車はどれもちゃんと走り、そして彼らが人前で話しかけてくることは滅多にない、ひとつの場所にふたつの世界があるのだ。でも、彼らがいるのが長くなればなるほど、自分の世界が彼らの世界につぶされていくのではないかとアナは心配になる。彼女は二人を避けようと、政府刊行物の棚の後ろへ滑りこむ。

「ハナ、よね？」コリーンはアナの後ろに、荒れた唇の間抜け顔で立っている。

アナは訂正し、ゴルフ雑誌をラックに置く。

「期末の準備はできてる？」

「できるかぎりは」

「じつはね、ティナとわたしはあなたに訊きたいことがあったの」コリーンは自分の後ろを指さす、もうひとりの女の子の明るい目は携帯電話の画面に落ちている。「あなた、いつもとっても素敵なターコイズのアクセサリー着けてるでしょ。コロラドの地元の人？　アメリカ先住民かなにか？」

「じつはよくわからないの。複雑でね。あなたは？」

「わたしはバーモント」とコリーンは答える。「行ったことある？」

アナは首を振る。「メイプルシロップ？　雪？」

コリーンは歯茎を見せてにやっとする。熱っぽくうなずく。「山もね。小さいけど」

「ああいう遠くの州のことを考えるといつも」アナは書棚に戻りながら言う。「白人と死んだ魔女たちが頭に浮かんじゃう」アナは笑いながらコリーンが当惑して目を細めるのを眺める。「冗談よ」

仕事から帰ると、アパートの窓は開け放たれ、黄昏の暖かいそよ風に紙類が白鳩みたいに舞い散っている。アナは戸口にもたれかかり、乱れ方をチェックする。寝室のなかからはラジオの音が聞こえる。**皆さん、今週は酷暑が続きます。動物は屋内に。水分、水分、水分です。**仕切りが切り裂かれていることもないし、すべて定位置にある。アナの教科書、クリフトンの古い自転車、冷蔵庫に貼ってあるエドワード・カーティスの写真、クローゼットのなかに隠してあるママから貰った銀とターコイズのアクセサリー。ナイトテーブルには紙幣も重ねてある。家賃だ。クリフトンがいつも出すように半分ではない。全額。アナは空のベッドに両手を這わせる。溺れかけているような恐ろしさが彼女の顔にじわじわと泥のように降りかかり、しまいに彼女は埋められたと感じる。彼の番号へ二度かけてみる、どちらのときも電話は反応しない。たぶん金はクリフトンからではないのだろう。たぶん、ママかな。そうかもしれない。アナにはひとつだけわかっていることがある。今夜はひとりで寝たくない。

「くそったれ」アナは小声で言うと、ママのところで泊まるためにバッグを詰める。

家は静まり返っていて、電気製品のブーンという音と弱い隙間風のようなママの鼾の音が聞こえるだけだ。ママは郊外の、ワズワース大通りから脇へ入ったランチハウスに住んでいる。十年まえ、ママはノースサイドのバンガローをフィラデルフィア出身の若い弁護士夫婦に売った。夫婦はすぐさま黄色い家を灰色に塗り、過去を知る誰もがそれとわからないようにしてしまった。ルイーザ・ガルシアは以前ここに住んでいたんじゃなかったっけ？　この区画は町のヒスパニック系側だった、それともイタリア系？　誰ももうこんな質問はしない。誰も覚えていないし、誰も気にかけない。

客用寝室で、アナは服を脱いで足元へ落とす。もとは祖父母のものだった真鍮フレームのベッドにもぐりこむ。アナは真鍮フレームを長いあいだ両手で握り、掌に血のような金属のにおいが移る。それからその手で、汗でつるつるする体を首から腿まで撫でる。何年もまえ、このベッドで、クリフトンはアナの背中に手をまわし、彼女の長い髪を横へ押しやってブラのストラップをいじくった。ママは仕事に行っていた。寝室のドアは開いていた。アナは十六、新しい恋をしていた。彼女は腕を組み、いきなり、という感じで膨らみ切った乳房をあらわにした。クリフトンは飢えたように両の先端にキスし、それぞれの手でぎゅっとつかんだ。

お前といると満たされたって気がする、と彼は一度ならず彼女にそう言った。**お前でいっぱいになるんだ**。

「おはよう」キッチンでシンクの前に立って窓の外の乾燥した芝生を見ているママの頬にアナはキスする。クリスタルのプリズムがぶら下がっている、虹は見えず、動かない。

「食品庫にオートミールがあるけど」ママの黒い目が裏庭を窺う。アオカケスが空から急降下して水の入っていない小鳥の水浴び用水盤にぶつかり、くちばしでセメントを突いてから飛び去る。

「今週はもっと暑くなるんだって」アナはバナナを一本摑んでテーブルにつく。

「誰が言ってるの？」

「天気予報の人たち。ここ四百年で最悪の旱魃だって」

ママは窓から向き直る。完璧な姿勢でテーブルにつく、錨のようにどっしりしていて、ビスビー産のトルコ石を連ねたネックレスが乳房のあいだにきちんと垂れている。「食べるのはバナナ一本だけ？　消えちゃうよ、ヒタ。卵でも食べなさい。焼いてあげるから」

アナは母に料理させておく。ママが冷蔵庫から赤玉卵のケースを取り出して、白いボウルに手早く割り入れるのを眺める。かき混ぜるママの手は、幅広で有能な掌に向かって親指が丸くなっている。アナは母の手が大好きだ、地図のような筋や優美な爪が。

「どうして自分のアパートにいないの？」ママは肩越しに振り返る。「あたしの料理が恋しくなった？」

アナはママに本当のことを話そうかと考える、クリフトンがまたいなくなったことを。今回はこれまでになく長いということを。でもママはアナより人に親身になれるし、洞察力も鋭い。ママは職場に電話を入れ、最低レベルのモーテルやうんと暗いバー、思いつく限りのところを探すだろう。クリフトンが隠れそうなあらゆる場所を。「お腹が空いてたんだけど、食べるものがなくて。それにすごく暑いのに、うちにはエアコンがないし」

「ああ」とママは言う。「もしかして、くだらない授業かなんかのことがストレスになってるんじゃないの。あんたの記憶力はきっと白人からの遺伝だね」ママは笑い、また笑う。「ああ、そうだよね。遺伝だ」

ママはよく遠い昔にいなくなったアナの父親を冗談の種にする、テキサス出身の白人で、アナが生まれるまえに去っていった男、**お前が賢い女なら、始末するんだな、**と言った男だ。

ママはアナの前に焼いた卵にコーンのトルティーヤを二つつけた皿を置く。それから、看護師免許や額に入れたアナの写真を置いてある棚の上に手を伸ばす。ヒマラヤスギの箱を下ろすと、蓋を開けてビーズの袋を見せる。

「あんたの曾祖父にあたるデシデリオを覚えてる?」

アナがデシひいおじいちゃんについて覚えているのは、幾つかの断片だ。ひいおじいちゃんのメガネに自分の顔がぼやけて映っていたこと、肌が温かくて、蠟のようでひびが入っていたこと、タバコとオールドスパイス(デオドラント)の香りがしたこと、しゃべると子守歌みたいに聞こえたこと、スペイン語となにかほかの言葉だ。「わたしがまだうんと小さかったころに死んだんだよ、ママ」

「エピソードを覚えてるとかじゃなくてもいいの」とママは言う。「イメージとか、感じとかでいいんだけど」ママは椅子に横向きに腰かけて、豊かな体を外側に曲げている。ライラック色の手術着を着て、編んだ髪にお揃いの紫のリボンをつけている、なにかへの連帯を示しているのだろう、たぶん、退役軍人とか銃乱射事件の被害者とかへの。「これはひいおじいちゃんのなの。儀式用のタバコを入れていたのよ」

アナはテーブルに置いてあった古くさいポーチを手に取り、ずっしりしているので驚く。

「あのね」とママは話す。「クリフトンからまえに聞いたんだけど、このポーチは出現を描いているんだって、あたしたちの祖先が地面から這い出してきた場所を。南のほうの、サンファン山脈の近く」

アナはポーチを見てみる。白、青、黄、黒の四つの山がある。真ん中のところを指で撫でる。ビーズが一列緩んでいる。

「あんたはこの土地の生まれなのよ、ヒタ。それを覚えておけばその歴史のクラスとやらに役に立つかも」
「幽霊病（ゴースト・シックネス）は」とブラウンが話す。「ナバホ及び他の南西部の部族の文化依存症候群です」彼女は強張った口元にピンクの歯茎を見せてしゃべる。「文化的背景を切り離すと、この病気は存在しません」

　アナは青のインクでメモを取りながら、ほんの時たまノートの余白にさまよい出て、渦巻き模様や長い睫毛のある小さな目玉を描く。**想像上の病は、**とアナは書く、**愛する者の突然の／暴力的な死のあとに生じる。症状は食欲の減退、恐怖感、極端な場合は、幻覚。**

「今日では、こういう症状で医者へ行くとしたら、それはいわゆる不安神経症とか鬱病ということになりますね。現代医学ではこれに、夜通し踊ったり祈りの儀式をおこなったりすることなく対処します」ブラウンは皮肉っぽく説明する。

　コリーンが手を上げる。「これは最終試験に出ますか？」

　ブラウンは左の眉を掻き、ペンのインクで頬を汚す。「いいえ、コリーン」と答える。「ですが、特別単位として、ネイティヴ・アメリカンに関連した質問はよく出します」

　アナは特別単位という単語を書き留める。記憶できるかどうかは動きを持続させることにかかっているとでもいわんばかりに、アナはペンを動かし続ける。机の上の参考書は、学習補助教材というよりも契約書を読んでいるかのようだ。サンド・クリークではなにが起こったか？　ファン・デ・ウリバリがスペインに要求したのはどこの土地か？　一六八〇年のプエブロの反乱の原因は？　アナはこういうことを知っている。断言できる。反乱の際、スペイン人は面や祈り棒やビーズの袋を焼いた。プエブロの男たち全員が右足を鋸(のこぎり)で切断されたという話はどうも気になる。肉と骨から血が乾いた砂地へしたたり落ちる様が浮かぶ。虐殺された人々のぱっくり裂かれた喉で永遠に失われた幾つもの祈りの歌があるのだ。アナは手を上げ、自分でも驚く。

「はい」とブラウンが言いながら、クラス名簿を確認する。「エリカ、質問ですか?」

「アナです。アナ・ガルシアです」

ブラウンは謝る。アナに続けなさいと促す。

「一六八〇年のプエブロの反乱ですが、あのときは旱魃もあったんじゃないですか?」

ブラウンは黙ったままうつむいて、腕時計のバンドをまわす。「アナ、ちゃんと授業についてきてくださいね。基本的に質問には答えますよ、でも今は一八二〇年の土地法の話をしているんです」

アナはぼそぼそと謝る。じっと膝に目を落とす。

授業の残り時間、ブラウンは講義をし、幾つかの適切な質問に答え、首を振る、**いえ、そこまではないです**、と、前列の学生がメサ・ヴェルデの断崖住居群をノートルダムの壮麗さと比べたのに対して。


アナは自宅の硬材の床のテレビの前に座って、べたべたする両脚のあいだで歴史の教科書を開いている。ニュースでは山火事のことと、年配の男が自宅のソファで死んでいるのが発見されたという話が流れている。熱中症、とニュースキャスターが言っている。男が何日も家から出ていないことに誰も気がつかなかったのだが、隣家の女性によると、むっとする悪臭がじつにひどく、四年前に彼女の車のヘッドライトにぶつかった鹿の臭いみたいだったそうだ。アナはそわそわと頬の内側を嚙み、しまいに血の味がする。彼女は勉強しようとし、部屋は昼から夜へと変わる。壁がすみれ色に輝く。床は灰色になってしまう。アナは闇のなかを行ったり来たりしながら繰り返しクリフトンに電話し、時間がわからなくなる。心に穴があいたような気持ちがどんどんふくらみ、しまいに気持ちを切り替えようと彼女は決める。

風呂の湯気でシンクの上の鏡が曇る。アナはぼやけた映像の鏡面を拭う。寝室からキャンドルを持ってきている、ひとつはバニラでもうひとつはセント・マイケル。それを湯船の隅に置く。ピンクのタイル壁の下の湯はバラ色だ。アナは夏じゅう湯船は暑いので避けていたのだが、今夜は湯船にゆっくり浸かり、肺ががまんできるかぎり顔を沈める。水中で、アナは遠くでがんがん、かちかちという音を聞く。砂をすくう音を、土を掘る音を。上から見た小さい自分を思い浮かべる、黒髪が広がってインクのように渦巻いているところを。

そのとき、クリフトンが見える。細い山道を車で走っている、シルヴァートンとユーレイのあいだ、ミリオンダラー・ハイウェイ、かつて建設は不可能と思われていた道路だ、崖があまりに険しく、見捨てられた土地なので。夜も更けている。路面はからからに乾いていて、クリフトンはらせん状の道を左に右に傾きながら進む。フォードのピックアップでものすごいスピードを出している、ヘッドライトがひとつだけの一つ目サイクロプスだ。トラックは幾つかのカーヴを走り抜ける。黒熊がぼうっと戸惑いながら、暗い木立から現れる。クリフトンは道をそれる、峡谷への落下はリアルタイムでは測定不能だ。小さなトラックは何千フィートも落下する。クリフトンは何千フィートも真っ逆さまに下の谷へ、世界の始まりの闇のなかへと落ちていく。地中に沈むピックアップは落ちる星のようだ。

凄まじい勢いで、アナは自分の体を水の壁の下から持ち上げる。彼女の左手は湯船の縁に掛けられ、手首や指から白黒市松模様の床に水がぽたぽた垂れている。彼女はあえぎ、肺の音がキャンドルで照らされた浴室じゅうに響きわたる。柔らかい胸がしばし湿った空気で膨らむ。彼女は泣きはじめる。

アナにはわかっている——自分が生きているのと同じくらい確かに——クリフトンは死んだのだと。この感覚がもっと幅広く拡大していくにまかせる、うんと広がって、街々の上を進み、平原を越え、花崗岩のむこうへ、まっしぐらに冷たい大地へと。アナは左足でゴム栓を外し、後ろへもたれかかると湯は前へ流れる。

「わたし、怖い」そのあと彼女はママに電話して言う。「クリフトンはこの世にいない気がするの」

「なにも目にしたくはありませんからね」とブラウンは言う。「ただ、テストと皆さんの鉛筆だけ。携帯はなし。余分な紙もなし」試験の開始と終了の時刻を緑の黒板に記す。問題をやり終えたら伏せて、四十五分後までに教壇に置くようにと学生たちは言われている。地味なクロッグサンダルを履いたブラウンは、通路を歩いて最終テストをそれぞれの机の上に置いていく。「頑張ってね、これまでの勉強が報われますように」ブラウンは後ろの窓のところへやってくる。アナは最後にもう一度、外の枯れた芝生やカバノキの木立に目をやる。氷が落ちるような音がして、埃っぽいブラインドが教室の窓を覆う。

テストはアナが予期していたものだ――多項選択方式の何百もの質問。AかBかCかD。それ以上ではない。それ以下でもない。登場人物の数は多く、時系列はない。ホームステッド法は何年？　迫害を避けるために西部に住み着いたのはどの宗教集団？　少年将軍として知られるようになったのは誰？　アナはクラスメートたちの後頭部を眺めながら、彼らの答えを、思考の明瞭さを思い描く。自分があまりに何度も、鉛筆で四つのアルファベットを叩いては当て推量しているることに気づく。脚を揺する。髪を結んでは解き、抜け毛を机からカーペットを敷いた床へ払い落とす。たちまち学生たちが席を立って、意気揚々とテストをブラウンに提出する。アナは残る。当て推量を続ける。コリーンが自分の席から立って、教室の前へ向かう、ブロンドの頭を軍馬のように高く上げて。彼女はブラウンに小声でありがとうございましたと言うと、教室を出ていく、もうこれっきりだ。

正解だと自信のある答えの数をアナが計算してみると、結果はよくない。十五か二十とさんざんで、またも落第点だ。そして、恥ずかしさにがっくりうなだれながらアナが最後のページをめくると。特別単位だ。

成績評価を一段階あげるために、ナバホ族の起源神話について詳しく述べよ。

あのとき、クリフトンはアナの髪を首の上のほうへ持ち上げていた。二人はアパートの浴室の寒々しい光のなかで前後に重なって立っていた、引っ越して一週間後のことだ。アナはクリフトンといっしょに自分たちのアパートにいるのが大好きだった。あの狭くて白い空間で彼に抱きしめられるのが大好きだった。

「落ち着けってば、ベイビー」と彼は言った。アナは泣きじゃくるのをやめられず、涙と鼻水が光る筋になって顔を流れ落ちていた。彼女が目をくしゃくしゃにして口をきゅっと歪めているのに、クリフトンは笑った。これすべて、と彼は言った、マダニ一匹のためなんだからな。「もう一度言ってくれ、どこに感じた？」

「そこのとこ。あんたの手があるとこ」アナはクリフトンの左手を自分の右耳の後ろへ押しやった。そこへ押し付けて、半狂乱で呻いた。その日の朝は順調だった。二人でエルドラド・キャニオンをハイキングし、夜明けの最初の光とともに目覚めた。ポプラの木々は葉の色が変わってい て、金色の葉が揺らめいていた。吸い込む大気は高潔に感じられ、鼓動のようなおののきとともに体内をめぐり、独自の温かさを、独自の脈拍を生み出した。二人は笑い、狭い花崗岩の隘路を追いかけっこしながら通り抜け、湿った冷たい岩に掌を滑らせた。しまいに森林局の古い小屋の空っぽの空間に潜りこみ、半分服を着たまま手早く愛を交わした。

「見つけた！」アナの右の耳たぶの後ろの柔らかいくぼみに、マダニがくっついている、とクリフトンは説明した。「このちっちゃいヤツめ、俺の彼女の血を吸うつもりでいるのか？　とんでもない罰当たりめ」

アナは前かがみになった。「笑ってないでよ。取ってちょうだい。ライム病を引き起こすんだから」

「髪を掴んでて、マッチ持ってくるから」

彼女は両手で髪を上げてクリフトンの邪魔にならないようにし、彼は引き出しを幾つかかきまわして黄色い箱に入った酒店のマッチを取り出した。一本火を点けて、針を焼いた。クリフトンは先端が赤くなったものを持ってアナに近づいた。

「じっと立ってるんだよ」と彼は言った。「そうじゃないと、頭をやっつけられないから」

アナの脚は震えた。失敗したらどうなるのかと彼女は訊ねた。

「まずいことになる。こいつらはお前の体内で体を再生できるんだ、心臓のなかでね」クリフトンは笑った。「ごめんよ、ベイブ」

アナは過呼吸になり、あんまり震えて、マダニが取れない。

クリフトンは落ち着いてくれと頼んだ。すぐすむからと言った。聞いておくれ、と言った。

「お話してあげようか？」

アナは力なく問い返した。「お話？　なんの？」

「なにかほかのことに集中していられるじゃないか」クリフトンは冷や汗でつるつるするアナの肩にキスした。「よし——えっと、友だちのテイラーとフェデラル大通りの酒場のマックナードにいたときにさ、盗んだテレビを売りにきたヤツがいて——」

「酒場の話？」アナは一応笑った、ほんのちょっとだったけれど。

「ああ、ごめん。どんなのがいい？　スリラー？　そうだ、幽霊の話」

「いや」とアナは答えた。「なにかいい話を聞かせて」

クリフトンはしばらく黙りこんだが、アナは彼にはいろんな話があるのを知っていた、ママから聞いたもの、彼自身の人生の話、彼がどうにも振り払えない話。しまいに彼は低い声で晴れやかに言った。「ディーネの話はどうかな、すべての始まりの話だ」

「続けて」とアナは言った。脚の震えが緩慢になっていた。

「しっかり聴いてるんだよ。この話には意外な展開があるんだ。ただし最後は愛で終わる」

　そしてクリフトンはアナに最初の男と最初の女の物語を話して聞かせた、二人がどんなふうに星屑と大地から生まれたか、地下の暗闇のなかから這い出て、たくさんの世界を通り抜け、二人の始源である暗闇を後に陽光と大気の現世へと進んでいったか。クリフトンはマダニを取り除き、そのあいだアナは物音ひとつたてずに安らいで、死ぬまでひと言残らず覚えているだろうと思えるほど一心に聴き入っていた。

「そしてこれが」と彼は最後に言った。「万象についての俺たちの物語なんだよ」

謝辞

まずはじめに、わたしが生まれる何世代もまえにアーティストやストーリーテラーとしての仕事を始めた先祖たちに感謝する。本書の執筆に費やしたのは十年ほどかもしれないが、道筋をつけてくれたのは、この世の始まりから南西部で暮らしてきたわたしの同胞たちの不滅の魂だ。わたしたちの物語が忘れられることはない。

とびきり優秀なわたしの編集者、ニコル・カウンツへ。わたしのビジョンを信頼して作品を世に送り出し、わたしの人生を変えてくれたことに感謝します。ワン・ワールドの皆さん——クリス・ジャクソン、ヴィクトリー・マツイ、セシル・フロレスへ。わたしの作品をこの出版界のパイオニアであるインプリントから出版してもらえたのは、なんと幸運だったことか。さまざまな本を世に送り出してくださってありがとうございます。

エージェントであり友であるジュリア・マスニクへ。わたしを引き受けて能力を押し上げてくれ、わたしの作品を守り、この旅路の導き手となってくれたことに深く感謝します。わたしたちがいっしょに作り上げたこの最初の本に、乾杯。

場所と栄養を与えてくれたレジデンシー、マクドウェル・コロニー、ヤドー芸術村、ヘッジブルックにも感謝します。そして、後に本書となる学位論文を練り上げるための二年間を与えてくれたワイオミング大学の芸術学修士プログラムにも。わたしを励まして諦めないよう支えてくれた作家たち――アン・ビーティ、ジュノ・ディアス、アリソン・ハギー、マット・ジョンソン、ラッタウット・ラープチャルーンサップ、ベス・ロフリーダ、ダニエル・メナケル、スティーヴン＝ポール・マーティン、ブラッド・ワトソン、ジョイ・ウィリアムズにも感謝します。そして、マイケルとキャシーのブレイズ夫妻には、いちばん必要だったときに執筆の手助けをしてくれたことに感謝を。

デンバーのわたしのコミュニティーにも感謝を――元気かな、マイル・ハイ・シティー！ライトハウス・ライターズ、デンバー・メトロポリタン州立大学のチカーナ・チカーノ学科、そしてウエスト・サイド・ブックスの全員、特にロイス・ハーヴェイ、わたしの第二の母であり本のなかに鎮座している人に。

家族となってくれた友人たちへ。イブリス・ロドリゲス、あなたの作品にも、長年執筆における姉妹でいてくれたことにも感謝します。作家としての人生を可能だと思わせてくれたセバスチャン・ドハティーにも感謝します。トレント・セグラには、類まれなリサーチ能力と優れたセンスに感謝を。ローレン、トリーハフト、ジェイミー・マッキニー、ジョーイ・ルービン、この短篇集の原稿を読んで助言してくれてありがとう。ローレン・クラバー、あの灼熱の夏にトゥーソンで、「姉妹」の第一稿を書いていたわたしを泊めてくれてありがとう。

そしてなによりも、わたしのワイルド・ウエストの大大家族へ。母レネ・ファハルドには、その御しにくさ、美しさ、そして強い正義感を七人の子どもたちに植え付けたことに感謝します。父のグレン・アンスタインには、わたしが悲観に満ちたティーンエイジャーだったときにわたしの部屋へ本を届けてくれたことを感謝します。パパ、わたしには芸術家としての才能があるって、ずっと信じてくれたよね。六人のきょうだいたち——エイジア、アヴァロン、シドニー、ティム、ディラン、パイパー——へ、わたしたちがいっしょに育ったのはなんという世界だったのでしょうね、そして大人になったら、あなたたちきょうだいそれぞれが素晴らしい親友なのだとわかったのでした。祖父母へ、そして名付け親（ゴッドマザー）のジョアナ・ルセロへ、いろいろなお話を聞かせてくれてありがとう。わたしのパートナー、タイラーへ、わたしたちはみんな深く愛される価値があるのだということを教えてくれてありがとう。

　そして、女の子たちへ——あなたたちがさまざまな本のなかで自分に出会えますよう、あなたたちが自分の物語を書いてくれますように、そして、あなたたちの力が、どんな太陽よりも明るく燃え盛りますよう。

訳者あとがき

カリ・ファハルド＝アンスタインの処女短篇集である本書『サブリナとコリーナ』には、アメリカ、コロラド州の州都デンバーと、コロラド南部からニューメキシコへまたがるサン・ルイス・バレーにあるとされるサグアリータという町を舞台とした十一篇が収録されている。登場するのはいずれも、チカーノ（チカーナ）とかヒスパニック、ラティンクスと呼ばれるラテンアメリカ系の人々だ。

公式な標高である一マイル（一六〇九メートル）にちなんだ「マイル・ハイ・シティー」という愛称を持つデンバーは、主要交通システムへのアクセスの良さから大企業が集まり、失業率は全米でも最低水準にとどまっている。人口の約三割がヒスパニックということなのだが、ではそれがどういう人たちなのかというと、「幽霊病」の視点人物アナが白人のクラスメートから「アメリカ先住民かなにか？」と出自を訊かれて答えるように、なかなか「複雑」だ。

例えば、アナには「スペイン語となにかほかの言葉」でしゃべる曾祖父がいて、「祖先が地面から這い出してきた場所」を描いた儀式用タバコを入れるポーチが遺されている。「ジュリアン・プラザ」の語り手の父親は、母親が「征服者の顔（コンキスタドール）」と揶揄する完璧にスペイン系の顔立ちだ。表題作「サブリナとコリーナ」の語り手のいとこで人目を惹く美人のサブリナは、白人（アングロ）の父親のブルーの目を受け継いでいる。本書は、そういうさまざまな血が混ざりあった人たちの物語なのだ。ちなみに、非ヒスパニック系の白人はしばしばアングロ（アングロサクソン系）と呼ばれている。「治療法」には、おばあちゃんが子どものころ先生から「不潔なメキシコ人」と呼ばれていたというエピソードが出てくるが、作者によると「わたしたちは移民ではない、国境のほうがわたしたちの頭越しに移動したのだ」とのこと（作者の父祖の地であるコロラド南部は以前はメキシコ領だった）、だからこれは移民の物語ではなく、アングロがやってくるまえからその地で暮らしていた人々の物語なのだ。

　まだ小学生の「ジュリアン・プラザ」のアレハンドラから八十代くらいの「ガラパゴ」のパーラまで、視点がおかれている人物はすべて女性で、一九五〇年代が舞台の「姉妹」から現在まで、時代はさまざまだ。

　登場するどの家族もなんらかの問題を抱えている。酒、ドラッグ、暴力、病気、貧困。女たちはおうおうにして十代で妊娠、早くから人生の責任を背負い込んでもがく。父親がさっさと逃げ出すことも多いし一夜限りの関係の場合もある。冒頭の「シュガー・ベイビーズ」や「トミ」では、母親のほうが家族を捨てている。

　そんななかで、人生のさまざまな苦難を乗り越えて老年に達した、一族の要ともいえる「おばあちゃん」たちの存在感が印象的だ。たくさんの悲しみを抱えながらも気丈で、早くに親をなくした孫を育て、悲劇がちりばめられた一家の歴史を語り伝える。古くから伝わる薬草の使い方に明るいおばあちゃんもいて、望まない妊娠をした孫娘を助けたり、シラミの駆除に手腕を発揮したりする。ちなみに、十代の頃の初めての妊娠のときに祖母(アブエラ)から教わった薬草にまたも頼ろうとする「彼女の名前をぜんぶ」の視点人物アリシアの恋人マイケルは、マリファナ調剤薬局のセールスマネージャーだ。コロラド州は二〇一四年、全米で初めて娯楽用大麻を合法化している。おかげでマリファナがらみのビジネスが活況を呈し、ゴールドラッシュならぬグリーンラッシュと呼ばれている。

女たちを襲う暴力もしばしば描かれる。「姉妹」では、行方不明になった若いフィリピン系女性を探すために家族が作ったビラが冒頭で登場する。作者によると、白人女性が行方不明になるとすぐにあちこちで報道されて大騒ぎとなるのに、有色人種の女性だと社会はひどく冷淡で、ろくに捜査もされないことが多いという。この短篇では、姉妹の片方であるドティがデート相手の暴力によって障害を負う。「チーズマン・パーク」では、母に暴力をふるう父に怯えながら育った娘が、付き合っていた相手に大怪我をさせられて警察へ訴えるが、すげなくあしらわれる。こうした警察の対応は有色人種の女性の経験として珍しいことではなく、作者自身も警察で同様の扱いを受けたことがあるという。

人生の終末期を迎えたパーラの視点で語られる「ガラパゴ」では、ヒスパニック系住民から見たデンバーという都市の歴史も垣間見える。地域の大都会であるデンバーへ流れ込んできた人々は、懸命に働いて土地と家を手に入れた。当時、街は人種ごとに住む区画が分かれていた。通りで暮らす誰もが皆知り合いだったコミュニティーは、やがて、ジェントリフィケーションの波に襲われる。それまで労働者階級や移民が多く暮らしていた都市中心部へ富裕層が回帰し、街が再整備されて地価や家賃が上昇、元の住民が転居を余儀なくされる現象だ。ヒスパニック系の人々は郊外へ追いやられ、街は様変わりし、土地の来歴には無頓着な白人富裕層が新住民となる。「トミ」では、語り手の兄は、以前の面影がなくなった今風の建物が並ぶ通りで、親から受け継いだ古い家に頑固に住み続けている。「幽霊病」のアナは、立ち退かされた住民たちの子孫に与えられる奨学金を貰って、かつて自分の先祖が住んでいた場所に建てられた大学に通っている。そしてまた、「彼女の名前をぜんぶ」のアリシアのように、そんな新住民の一員となって暮らしている女もいる。デンバーという都市の姿も、この短篇集の重要な要素のひとつだ。

作中に出てくるデンバーの通りや店の名前はほとんどが実在のもので、例えば、「姉妹」や「ガラパゴ」に出てくるベニーズ・ダンスホールは、一九二〇年代にフィリピンからデンバーにやってきた作者の曾祖父が曾祖母と出会った場所だという。今はないダンスホールを作品のなかで蘇らせたかったとのことだ。一方で、地名としては唯一、サグアリータという町は架空の名前である。フォークナーのヨクナパトーファにならって、作者にとっては大切な父祖の地を、あえて架空の名前にしたとのこと。

そのサグアリータで、男の子たちが先住民の骨を発見するシーンから始まる「シュガー・ベイビーズ」を皮切りに「幽霊病」の起源神話で終わる本書の表題作「サブリナとコリーナ」には、この短篇集の特色がぎゅっと詰まっている。

少女時代は離れがたい仲良しだったいとこ同士のサブリナとコリーナ。とびっきりの美人で大きな夢を持っていたサブリナの自死を今ではショッピングモールで美容部員として働くコリーナが知らされるシーンから始まるこの短篇は、自分の美しさの犠牲になるかのように、間違ったほう間違ったほうへと道を踏み外していくサブリナの姿を、地味でまっとうな道を歩んだコリーナの目から描いて、なんともいえない感慨を読者に抱かせる。簡潔で抑制された描写のなかから、身を置かれた枠組みから抜け出せないまま、ずるずると落ちていくやるせなさが湧きあがる。人種や階級や経済力が複雑に絡み合ったなかで生きるチカーノの人々のリアルな姿を、本書の十一の短篇はくっきりと浮かび上がらせる。

カリ・ファハルド＝アンスタインは、一九三〇年代にコロラド南部からデンバーへやってきた、フィリピン人、ユダヤ人、アングロの血も混じったチカーノ一族の出身。作者自身はデンバーで生まれ育ち、五人の姉妹と弟がひとりいる。今はまったく縁が切れている実父は、八〇年代にデンバーへやってきた中卒の学歴しかないデトロイト出身の白人。子どものころから読書好きだった作者は、躁状態と鬱状態を繰り返しては家族に暴力をふるうこの実父のもとにいるときは、本の世界が隠れ家だったという。自分を養って本を与えてくれ、いつかきっと作家になれると励まし続けてくれたのは現在の父で、実父からは暴力について学んだ、と作者はあるインタビューで語っている。

十五歳のときに、謝辞にも名前が挙げられているデンバーの有名書店ウエスト・サイド・ブックスでアルバイトを始めた作者は、棚にチカーノ文学は並んでいるものの、自分たちコロラドのチカーノを描いたものがないことに気づき、自分が書かなくては、と思い立ったという。学校で読んだサンドラ・シスネロスの『マンゴー通り、ときどきさよなら』にも強い影響を受けた。自分たちの文化のなかにある語りの伝統に改めて気づき、ならば自分は文字で語ろうと考えたのだ。

ところがその後、いざ書きはじめると、ワークショップや教室で講師から、もっとメキシコ風にしたらどうか、登場人物にはスペイン語をしゃべらせるべきだ、といった指摘を受けて困惑する。チカーナである作者自身、スペイン語は苦手で英語モノリンガルなのに。世の中にはチカーノ(チカーナ)に対する根強いステレオタイプイメージがあることに気づいた作者は、ラテンアメリカ系文学に求められる「それっぽいパフォーマンス」を拒否し、あくまでリアルに、ナチュラルに書くことを心に決め、二〇一〇年に「治療法」を書きあげ、『Bellevue Literary Review』に掲載された。この頃、「幽霊病」の最初の草稿も書いているが、これは作者が在籍していたデンバー・メトロポリタン州立大学のキャンパスが舞台となっている。

その後、ワイオミング大学で芸術学修士号取得を目指すうちに、愛読書である『Lost in the City』でエドワード・P・ジョーンズがワシントンD.C.のアフリカ系アメリカ人コミュニティーを描いたように自分のコロラドを描き、短篇集を編みたいと考えるようになり、二〇一六年までに書き溜めた作品群が本書に収められている十一篇だ。

修士号を取得したのち、アメリカ各地で教え、エッセーや短篇が幾つか雑誌に載ったものの、出版社からは断られ続けたあげく、思いがけなく大手出版社ランダムハウスのインプリントであるワン・ワールドから出版が決まり、夢が現実となった。昨年四月に刊行されたあとは現実となった夢がさらに加速し、二〇一九年度「全米図書賞」最終候補、「ストーリー賞」最終候補、「ペン/ビンガム賞」最終候補となり、「リーディング・ザ・ウエスト・ブックアワード」受賞、「デンバー市長芸術文化賞」受賞、ニューヨーク公共図書館、アメリカ図書館協会、『カーカス・レビュー』、『ライブラリー・ジャーナル』などの「二〇一九年注目の一冊」に選ばれ、今や本書は全米で多くの読者を得ている。

学生時代、教室に自分の居場所がないように感じたり、授業を理解できるだけの能力がないのではないかと教師から言われたりし、創作の道に進んでからも幾つもの出版社から断られ続け、本を出す望みなど到底ないだろうと思いながら、出版界の中心から遠く離れたところで社会の周縁部で生きる人たちのことを書いてきたファハルド＝アンスタインは、『Literary Hub』のインタビューで、どんな人たちに本書を読んでもらいたいかと訊かれてこう答えている。

「子どもの頃のわたしのように、自分は周囲から無視されていると感じ、しょっちゅうびくびくしていて、貧しい変わり者だから学校には馴染めず、バックグラウンドとなる文化がひどくごちゃ混ぜなので自分を何人（なにじん）と定義するのが難しい、そんな女の子に読んでもらいたい。この本のなかに居場所を見つけてもらいたいのです」

次作についてだが、短篇集の企画を出版社から断られ続けていたころ、まずは長編を書いて売り込んでみてはどうかとエージェントに言われ、ずっと以前から考えていた曾祖母の姉妹をモデルにした長編にとりかかり、本書を仕上げる傍ら書きついできた。こちらは社会のもっと大きな枠組みに目を向けた歴史小説だが、作者自身もその一人である、アメリカの主流文化のなかで無視されてきた人々の存在を「見える」ものとしたい、彼らが潜り抜けてきた苦難とそこから立ち上がった強さを描きたいという思いは共通しているという。一九三〇年代にコロラド南部からデンバーへやってきた、スペイン人と先住民の血を引く、本書に登場する人々の第一世代一家の物語だ。ワイルド・ウエスト・ショーで働いていた一家は人種間抗争を逃れてデンバーにやってくるのだが、その頃デンバーではクー・クラックス・クランが勢力を持っていた。当時のコロラド州における人種差別を見据えたラブストーリーだとのこと。こちらは今年末か来年初頭に同じくワン・ワールドから刊行の予定。

また、つい先日、『O, The Oprah Magazine』に久々の短篇「The Yellow Ranch」が掲載された。短篇も長編も、ファハルド＝アンスタインがこれからどんなものを書いていくのか、とても楽しみだ。

昨年初めにツイッターを眺めていて、アリス・マンローについてのツイートがふと目に留まった。カリ・ファハルド＝アンスタインというそのツイート主が、もうすぐ初めての自著である短篇集が出る、と書いているのを見て興味を惹かれ、早速予約注文したのが本書だった。読みはじめるや心を摑まれ、読後すぐにレジュメをまとめて新潮社に送ったのだが、正直、デンバー在住の無名の新人作家では邦訳の刊行は難しいかもしれないと思っていた。ところが本書はその後アメリカで前述のように注目を集め、おかげでこうして日本の読者にお届けできることになった。

ファハルド＝アンスタインはPEN Americaのウェブサイトに掲載されたインタビューで、いちばん会いたい作家は誰かと訊かれてアリス・マンローだと答え、創作技術、小説における時間、短篇という形態、作品のなかで女の生き方を示す技法などについて話し合いたい、と述べている。

ちなみに、日本語版出版が決まったという知らせを作者が受けたのは、ゼイディー・スミス、エドウィジ・ダンティカと共に最終候補となった、優れた短篇集に与えられる「ストーリー賞」

の授賞式の朝だったそうだ（ダンティカが受賞）。ちょうど前日のイベントでひとりの日本人女性から、日本の女性たちがこの本を日本語で読めるようになることを願っています、と言われたばかりだったので、ニューヨークのホテルの部屋で躍り上がって嬉し涙にくれた、とのこと。

本書の邦訳刊行を決断してくださった新潮社出版部の須貝利恵子さん、原稿を念入りにチェックしてくださった前田誠一さん、校閲部の皆さま、どうもありがとうございました。翻訳家平野キャシーさんには、今回もたいそうお世話になりました。そして、ツイッターとフェイス・ブックで恐る恐るお訊ねしてみたら、すぐさま疑問点に丁寧に答えてくださったカリ・ファハルド＝アンスタインさんにも感謝いたします。

コロラドで生きるチカーナたちの思いが、日本の読者の皆さま、とりわけ女性たちの胸に響きますよう！

二〇二〇年六月

小竹由美子

Kali Fajardo-Anstine

Sabrina & Corina
Kali Fajardo-Anstine

サブリナとコリーナ

著 者
カリ・ファハルド＝アンスタイン
訳 者
小竹由美子
発 行
2020年8月25日

発行者　佐藤隆信
発行所　株式会社新潮社
〒162-8711 東京都新宿区矢来町71
電話 編集部 03-3266-5411
読者係 03-3266-5111
https://www.shinchosha.co.jp

印刷所
株式会社精興社
製本所
大口製本印刷株式会社

ISBN978-4-10-590167-7 C0397